Dolffin Gwyn

Llyfr arall gan Gill Lewis:

Gwalch y Nen

Dolffin Gwyn

Gill Lewis

Addasiad Elin Meek

RILY

Dolffin Gwyn
ISBN 978-1-84967-151-4

Cyhoeddwyd gan RILY Publications
Blwch Post 20, Hengoed CF82 7YR

Addasiad gan Elin Meek

Hawlfraint yr addasiad © RILY Pulications Ltd 2013

Cyhoeddwyd yn wreiddiol yn Saesneg yn 2012 fel
White Dolphin gan Oxford University Press

Hawlfraint y testun © Gill Lewis 2012
Hawlfraint y darluniau © Mark Owen 2012
Darlun y clawr © Simon Mendez 2012

Dymuna'r cyhoeddwyr gydnabod cymorth Cyngor Llyfrau Cymru.

Cysodwyd mewn 12/15pt Garamond
gan Wasg Dinefwr, Llandybïe, Sir Gaerfyrddin

Argraffwyd a rhwymwyd ym Mhrydain
gan CPI Group (UK) Ltd, Croydon, CR0 4YY

www.rily.co.uk

I

Mam a Dad

ac i'r

Nerys-Jane

'Llyfr i'w gadw am oes.'
NAZIA

'Dyma un o'r llyfrau gorau i mi ei ddarllen erioed . . . dwi'n rhoi 10 allan o 10 iddo fe.'
ZAK

'Stori sy'n cyffwrdd calon rhywun.'
LYDIA

'Roedd y cymeriadau fel petaen nhw'n fyw ac yn cerdded o dy gwmpas di.'
HARRY

'Hynod o ysbrydoledig.'
EMMA

'Mae Gill Lewis yn awdures wych . . . Pum seren!
ASHWIN

'Llyfr gwych, arbennig o dda.'
MICHELLE

Rhagair

Mae'r un peth yn digwydd bob nos. Dwi'n sefyll fan hyn ar fin y traeth, yn cyrlio fy nhraed i'r tywod oer, gwlyb. Uwch fy mhen, mae'r lleuad yn wyn llachar, llachar. Mae hi'n arllwys golau, fel llwybr o laeth ar y dŵr. Mae'r dolffin yma eto, ei gorff gwyn perlog yn mynd fel bwa drwy'r môr canol nos. Mae'n troi ac yn troelli y tu hwnt i'r tonnau sy'n torri, yn mynnu fy mod yn ei ddilyn. Ond mae'r môr yn enfawr ac yn ddu, ac wn i ddim beth sydd y tu hwnt i'r traeth hwn. Felly dim ond sefyll wna i, a'i wylio'n nofio i ffwrdd.

Bob nos dwi'n cael y freuddwyd hon. Bob nos mae'r dolffin gwyn yn disgwyl amdanaf. Ond dwi'n ofni ei ddilyn i'r man lle mae'n mynd.

PENNOD 1

Rhwygaf dudalen arall o'r llyfr.

Dwi'n ei rhwygo hi allan, reit allan.

Mae'r papur yn denau fel papur sidan, ag ymyl aur. Mae'n ysgwyd yn fy llaw fel aderyn pitw bach, bron â marw isie dianc. Dwi'n ei ollwng ac yn ei wylio'n hedfan fry i'r awyr las glir.

Dwi'n rhwygo un arall allan, ac un arall. Mae'r tudalennau'n codi ac yn troi a throsi ar draws caeau sy'n frith o wartheg ac i'r tes uwchben y môr glas ariannaidd.

'Hei, Cara!'

Dwi'n edrych i lawr. Mae wyneb pinc Jake yn edrych i fyny arnaf yn erbyn llygad yr haul. Mae Ethan yn sefyll wrth ei ochr, yn ceisio dod o hyd i fannau i roi ei fysedd ym mlociau ithfaen y wal. Mae'n neidio i 'nhynnu oddi ar y wal, ond dwi'n tynnu fy nghoesau i fyny o'i afael.

Mae'r wal yn rhy uchel.

Dwi'n ddiogel fan hyn.

'Cara'r dwpsen ddwl,' gwaedda Jake. 'Mae'r athrawes yn chwilio amdanat ti.'

Dwi'n rhedeg fy mys ar hyd rhwymiad lledr garw'r llyfr. Mae'n drwm yn fy nghôl. Mae'r ymylon caled yn torri i mewn i 'nghroen. Dwi'n rhwygo tudalen arall allan ac yn ei gollwng yn rhydd, i hedfan fry, tua'r awyr.

'Ti mewn helynt a hanner, Cara'r dwpsen ddwl,' gwaedda Jake. 'Yr ysgol bia'r Beibl yna. Fe gei di dy hala i uffern am wneud 'na.'

'Ond wnaiff hi ddim cyrraedd,' galwa Ethan. 'Fydd hi ddim yn gallu darllen yr arwyddion.'

Mae Jake yn chwerthin. 'Wyt ti wedi dysgu sgrifennu dy enw eto, Cara? C-a-r-a W-o-o-d, Cara'r dwpsen ddwl.'

Dwi wedi clywed hyn o'r blaen, ganwaith. Dwi'n troi fy nghefn arnyn nhw ac yn edrych ar hyd y llwybr troed sydd yr ochr draw i'r wal. Mewn un cyfeiriad mae'n arwain at lwybr yr arfordir ar hyd y clogwyni, ac i'r cyfeiriad arall, i lawr grisiau sy'n llawn danadl poethion a chwlwm y cythraul i'r harbwr yn y drefn islaw.

'Dwi isie gwybod,' medd Ethan, 'a ydy Cara Wood mor dwp â'i thad?'

'Mae Mam yn dweud,' medd Jake, 'bod tad Cara wedi colli'i swydd ddiwetha achos ei fod e'n methu sgrifennu ei enw ei hunan.'

Dolffin Gwyn

Mae Ethan yn pwffian chwerthin.

Dwi'n troi ac yn rhythu arnyn nhw. 'Caewch eich cegau am fy nhad.'

Ond dydy Jake ddim wedi gorffen. 'Dwi wedi clywed bod dy fam yn gorfod sgrifennu ei enw drosto fe. Mae hynny'n wir, on'd yw e, Cara?'

Mae fy llygaid yn llosgi'n boeth gan ddagrau.

'Pwy sy'n sgrifennu ei enw drosto fe nawr, Cara?'

Dwi'n cau ac yn agor fy llygaid ac yn troi'n ôl at y môr. Mae blaenau gwynion i'r tonnau allan yno. Dwi'n teimlo'r haul poeth ar fy wyneb. Rhaid i mi beidio crio. Wna i ddim gadael iddyn nhw fy ngweld i'n crio. Os ydw i'n eu hanwybyddu nhw, fe ân nhw i ffwrdd fel maen nhw'n ei wneud bob amser. Mae awel y môr yn llaith ac yn hallt. Mae'n cydio yng nghotwm gwyn fy nghrys ac yn ei godi allan fel hwyl llong. Dwi'n cau fy llygaid ac yn dychmygu fy mod i'n hwylio ar draws môr diddiwedd, cefnfor glas llydan, â dim byd o 'nghwmpas ond yr haul a'r gwynt a'r awyr.

'Hei, Cara!'

Mae Jake yn dal yno.

'Trueni am y Merry Mermaid,' gwaedda.

Os ydy Jake yn gwybod am y Merry Mermaid, yna mae pawb yn gwybod.

Dwi'n troi i edrych arno.

Mae ychydig o blant eraill o'r dosbarth yn ein gwylio ni o bell. Mae Chloe ac Ella yn edrych arnom o dan

gysgod dwfn y gastanwydden. Mae Adam wedi rhoi'r
gorau i'w gêm, ac yn cydio'n dynn yn ei bêl-droed yn
erbyn ei frest.

'Ond dyna ni,' medd Jake, 'tafarn ddigon gwael oedd
hi. Fe wnaiff hi dŷ haf gwych i rywun cyfoethog o
Lundain, siŵr o fod. Fe glywes i fod y bwyd yn ofnadwy.'

Mae Jake yn gwybod bod fy nhad yn gweithio yng
nghegin y Merry Mermaid. Mae e'n gwybod na fydd dim
swydd a dim arian ganddo i fyw arno pan fydd y dafarn
yn cau ddiwedd yr haf. Byddai'n fêl ar fysedd Jake petaen
ni'n gorfod symud o Gernyw.

'Efallai y gall dy dad ddod 'nôl a gweithio i 'nhad i ar
ein llongau pysgota ni,' medd Jake. 'Dywed wrtho fe y
byddwn ni'n pysgota am bysgod cregyn pan fyddwn ni'n
cael tynnu'r rhwydi dros wely'r môr eto mewn deg
diwrnod. Mae Dad wedi prynu offer newydd hyd yn oed,
i gribo pob cornel o wely'r môr. Fedrith e ddim aros.'

Dim ond rhythu arno wnaf i.

Mae Jake yn chwerthin. 'Fe ofynna i iddo fe gei di
ddod hefyd.'

Dwi'n cydio'n dynnach yng nghloriau caled y Beibl.

Y tu hwnt iddo fe, dwi'n gweld Mrs Carter yn camu'n
fras tuag aton ni. Gallwn i geisio cuddio'r llyfr, ond
byddai Jake ac Ethan yn dweud wrthi beth bynnag.

'Wyt ti wedi gweld yr hysbyseb yn yr iard gychod,
Cara?' gofynna Jake. Mae e'n edrych arna i nawr ac yn

gwenu fel giât. Mae Ethan yn gwenu fel giât hefyd.
Maen nhw'n gwybod rhywbeth nad ydw i'n ei wybod.
Mae'n amlwg o dôn ei lais fod Jake bron â thorri ei fol isie
dweud wrtha i.

Mae Mrs Carter hanner ffordd ar draws y buarth.
Mae ei hwyneb yn galed ac yn gas.

'Mae'r *Moana* ar werth,' gwaedda Jake yn uchel. Mae e
wrth ei fodd nawr.

Dwi'n sgrialu ar fy nhraed. 'Celwyddgi!'

All hyn ddim bod yn wir. Dwi'n siŵr na all e.

Mae Jake yn fodlon iawn â'i hunan. Mae'n bwrw'r
hoelen olaf yn yr arch. 'Mae Dad yn mynd i'w phrynu hi
a'i thorri hi i wneud coed tân,' gwaedda. 'Achos mae e'n
dweud nad ydy hi'n werth dim fel arall.'

Dwi'n taflu'r llyfr ato. Mae ymyl caled y Beibl yn taro
trwyn Jake ac mae e'n disgyn fel carreg, ei ddwy law yn
cydio yn ei wyneb.

Mae Mrs Carter yn rhedeg nawr. 'Cara!'

Dwi'n cael cip ar Jake, sy'n cwyno yn y llwch islaw.

'Cara, dere i lawr, nawr!' bloeddia Mrs Carter.

Ond dwi'n troi oddi wrthyn nhw i gyd ac yn neidio,
gan adael Jake Evans yn gwaedu drwy ei fysedd tew,
yn troi'r ddaear sych, lychlyd yn goch.

PENNOD 2

Dwi'n rhedeg ac yn rhedeg, ar hyd y llwybr troed
llawn danadl poethion, ar hyd heolydd caregog
a strydoedd cefn tuag at y môr. Mae'n rhaid i mi ddod
o hyd i Dad.

Mae'n rhaid i mi.

Mae'r dref yn brysur, yn llawn traffig a sŵn driliau a
pheiriannau sy'n gweithio ar y ffordd newydd i'r harbwr.
Y tu hwnt i'r conau oren a'r ffensys adeiladu mae'r
Merry Mermaid, a'i hen do gwellt yn wyrdd. Mae'r awyr
yn drwm o arogl cwrw a sglodion. Mae'r byrddau
sydd dros y palmant dan eu sang, a phobl yn bwyta
cinio yn heulwen yr haf. Mae'r Merry Mermaid yn
gwgu arnyn nhw o'r llun sydd wedi pylu ar yr
arwydd uwchben y drws. Dwi'n llithro i mewn i'r
tywyllwch ac yn gadael i'm llygaid addasu ar ôl y golau
llachar y tu allan.

Dolffin Gwyn

'Wyt ti'n iawn, Cara?' Mae Ted yn glanhau un o'r gwydrau yfed, yn troi a throi ei ymyl â lliain.

'Ydw, dwi'n iawn,' atebaf. 'Ble mae Dad?'

'Mae e wedi cymryd y diwrnod bant,' ateba. Mae'n dal y gwydryn i fyny i'r golau, i weld a oes unrhyw olion arno. 'Ydy popeth yn iawn, Cara? Doedd dim llawer o hwyl arno fe heddiw.'

Dwi'n edrych o gwmpas, fel petawn i'n disgwyl gweld Dad yma o hyd.

Mae Ted yn rhoi'r gwydryn i lawr ac yn pwyso ar y bar tuag ataf. 'Wyt ti'n siŵr dy fod ti'n iawn?'

'Ydw,' atebaf, 'dwi'n iawn.'

Allan â fi o'r dafarn. Mae'r haul yn llachar. Mae'n tywynnu oddi ar y tai gwyngalchog. Dwi'n dechrau rhedeg oddi wrth yr harbwr ac i fyny'r bryn i'r ystad newydd o dai yr ochr i'r dre. Mae pigyn yn fy ochr, ond dwi'n dal ati i redeg heibio gerddi ffrynt y tai, heibio darnau o wyrdd a phyllau padlo a beics tair olwyn i'r tŷ ar y pen, lle mae carafán yn sefyll ar frics ar y borfa.

Dwi'n arafu ac yn gwthio'r glwyd ffrynt ar agor. Mae Anti Bev yn hongian oferôls a dillad oel pysgotwr ar lein ddillad rhwng y garej a'r garafán. Rhaid bod Wncwl Tom gartre o'r môr.

Mae Anti Bev yn edrych arnaf heibio coesau'r oferôls 'nôl i ac yn rhoi ei llaw ar fol sydd wedi chwyddo.

Mae hi'n dal dau beg dillad pren yn ei dannedd. Maen nhw'n sticio allan fel dannedd twrch.

Dwi'n troi dolen drws y garafán. Mae darnau o rwd coch yn disgyn o ffrâm y drws, ond mae'r drws ar glo. 'Ble mae Dad?' gofynnaf.

Mae Anti Bev yn tynnu'r pegiau allan o'i cheg ac yn dweud. 'Fe ddylet ti fod yn yr ysgol.'

Dwi'n dyrnu drws y garafán.

'Mae dy dad wedi mynd mas,' medd hi.

Dwi'n rhoi cynnig arall ar y drws.

'Mae e wedi mynd *mas*, ddywedes i.' Mae Anti Bev yn rhoi pâr o drowsus ar y lein. Mae hi'n dal i edrych arna i.

Dwi'n plygu o dan y lein ac yn ceisio rhuthro heibio iddi i'r gegin, ond mae hi'n rhoi ei llaw ar draws y drws.

'Wyt ti mewn helynt, Cara?' gofynna.

'Wedi anghofio rhywbeth, Anti Bev,' atebaf. 'Dyna i gyd.'

'Wel, brysia, mae Wncwl Tom yn cysgu. Paid â'i ddihuno fe.' Mae hi'n symud ei llaw, ac yn gadael i mi fynd heibio.

Dwi'n ei theimlo hi'n fy ngwylio'n dringo'r grisiau ac yn mynd i mewn i'r ystafell dwi'n ei rhannu gyda Daisy. Mae Daisy'n eistedd ar ei gwely yng nghanol ei doliau, yn darllen un o'i llyfrau tylwyth teg i'w chath degan. Wrth i mi ddod i mewn mae hi'n stwffio rhywbeth y tu ôl i'w chefn. Dwi'n ei glywed yn siffrwd yn ei dwylo. Ond mae un losinen ar ôl ar ei chwilt pinc fel untywysoges.

'Dwyt ti ddim yn yr ysgol,' meddaf. 'Rwyt ti i fod yn sâl.'

Mae ceg Daisy'n llawn. Mae hi'n edrych ar y drws agored ac yna arna i.

Dwi'n gwenu. 'Paid â phoeni, ddweda i ddim byd.'

Mae diferyn gludiog yn llithro i lawr ei gên. 'Dwi'n teimlo'n sâl nawr.'

'Does dim rhyfedd,' meddaf. Dwi'n sychu'r llwch siwgr oddi ar y gwely ac yn eistedd wrth ei hymyl. 'Daisy, wyt ti wedi gweld Dad?'

Mae Daisy'n nodio. 'Mae Wncwl Jim wedi mynd i bysgota,' ateba. 'Fe aeth e â'r gwialenni pysgota môr, y rhai hir 'na.' Mae ei gwallt yn bownsio wrth iddi nodio. Mae'n ysgafn ac yn grychiog, sy'n arwydd bod y tywydd braf yn mynd i bara. Dwi wedi'i weld yn mynd yn dynn ac yn gyrliog cyn i'r stormydd ddod.

'Ers pryd?'

'Diolch, Daisy.' Dwi'n estyn o dan fy ngwely cynfas am fy mag nofio, y masg a'r fflipers. Mae teganau Daisy dros fy ngwely i gyd a losinen yn sownd yn fy ngobennydd. Alla i ddim cwyno, wir. Ei stafell hi ydy hi wedi'r cyfan. A bydd angen fy lle i arnyn nhw pan ddaw'r babi.

'Wyt ti'n mynd gyda fe?' gofynna Daisy.

Dwi'n nodio. 'Paid â dweud, plis.'

Mae Daisy'n tynnu ei bysedd dros ei chalon ac yn eu gwasgu yn erbyn ei gwefusau.

Dwi'n newid i grys-T a throwsus byr, a dim ond ar ôl clywed drws car yn cau'n glep a lleisiau ar y dreif y tu allan dwi'n sylweddoli bod car wedi stopio y tu allan i'r tŷ. Mae tryc mawr du tad Jake wedi'i barcio ar draws y dreif. Dwi'n camu'n ôl o'r ffenest. Dwi ddim isie i dad Jake fy ngweld i yma.

Dwi'n ei glywed yn siarad ag Anti Bev yn y gegin.

'Dyw Jim ddim lan 'na, Dougie.' Mae llais Anti Bev yn uchel ac yn swta. 'Fe ddyweda i wrtho am ffonio pan ddaw e 'nôl.'

'Ei ferch e dwi isie'i gweld.'

'Cara?' gofynna Anti Bev. Dwi'n ei chlywed hi'n oedi ac yn baglu dros y geiriau. 'Mae hi yn yr ysgol.'

Drwy hollt yn nrws y stafell wely, dwi'n gweld Anti Bev i lawr yn y yn y cyntedd. Mae hi'n rhwystro'r llwybr i'r gegin. Mae ei gwar yn goch llachar ac mae hi'n troi lliain sychu llestri o gwmpas ei dwylo yn ddi-baid.

Mae Dougie Evans yn rhoi ei law ar ffrâm y drws. 'Dwi'n gwybod ei bod hi lan 'na, Bev.'

Mae Anti Bev yn camu 'nôl. Mae ei llais yn dawel, fel petai'n sibrwd, bron. 'Beth wyt ti isie 'da hi?'

'Dim ond gair, dyna i gyd.'

'Beth mae hi wedi'i wneud?'

Dolffin Gwyn

Mae Dougie Evans yn y cyntedd nawr, ar waelod
y grisiau, ei esgidiau môr ar garped glân Anti Bev. 'Mae hi
wedi torri trwyn Jake, dyna beth mae hi wedi'i wneud.'

Dwi'n cau'r drws ac yn gwasgu fy hun yn ei erbyn.

Mae sŵn traed ar y grisiau, yn gryf ac yn drwm.

Mae Daisy'n syllu arna i â llygaid mawr, a'r cwilt wedi'i
dynnu at ei gên. 'Mae e'n dod lan,' sibryda.

Dwi'n gwthio'r gwely cynfas yn erbyn y drws ac yn
croesi'r stafell at y ffenest. Mae to gwastad y garej odano,
ond mae'n dipyn o gwymp i lawr ato.

'Cara!' gwaedda Anti Bev. Mae ei llais yn canu, bron
yn ddidaro, ond dwi'n gallu clywed y cryndod ynddo.
'Mae Dougie Evans isie dy weld di.'

Dwi'n taflu fy mag i lawr i'r ardd ac yn swingio fy
nghoesau allan o'r ffenest.

Mae sŵn curo ar y drws. Mae'n hedfan ar agor ac yn
taro yn erbyn y gwely cynfas.

'Cer,' medd Daisy, heb lais.

Dwi'n disgyn ar y to, gan droi wrth lanio. Oddi yno
dwi'n neidio i lawr i'r borfa feddal. Dwi'n troi ac yn gweld
wyneb coch Dougie Evans, yn pwyso allan drwy'r ffenest.
Ond all e mo fy rhwystro i nawr.

All neb fy rhwystro.

Dwi'n cydio yn fy mag ac yn rhedeg.

PENNOD 3

'Aros,' bloeddiaf. 'Aros.'

Dwi'n gweld y *Moana* cyn i mi weld Dad. Mae hi'n edrych yn fach o'i chymharu â'r llongau eraill yn yr harbwr. A'i hwyliau melyngoch a'i dec pren agored, mae hi'n wahanol iawn i blastig gwyn y cychod modern. Dwi'n sgrialu i lawr y grisiau ac yn rhedeg ar hyd y pontŵn, a 'nhraed yn curo'r estyll yn drwm. Mae'r *Moana* yn arnofio'n araf tuag at y bwlch cul rhwng waliau uchel yr harbwr. Dwi'n gweld Dad yn eistedd wrth y llyw.

'Dad,' gwaeddaf. 'Aros amdana i.'

Mae Dad yn gwthio'r llyw ac mae hwyliau'r *Moana* yn hongian yn llac wrth iddi droi'n ôl i mewn i'r gwynt. Mae hi'n drifftio tuag ataf, ei chorff sydd wedi'i beintio'n taflu patrymau glas golau ar y dŵr. Gallai'n hawdd fod wedi hwylio allan o un o'r hen ffotograffau o'r harbwr hwn gan mlynedd yn ôl.

Dolffin Gwyn

Dwi'n sadio fy hunan wrth iddi daro yn erbyn y pontŵn, yn cydio yn rhaff yr angor ac yn ei thynnu i mewn. 'Cer â fi 'da ti,' meddaf.

Mae Dad yn cysgodi'i lygaid yn erbyn yr haul i edrych arna i. 'Pam nad wyt ti yn yr ysgol?'

'Alla i ddim aros yn yr ysgol,' meddaf. 'Ddim heddiw, o bob diwrnod, Dad.'

Dim ond eistedd yno mae Dad, ac un llaw ar y llyw, yn fy ngwylio. Dwi'n meddwl tybed ydy e'n cofio am heddiw, ydy e'n golygu rhywbeth iddo yntau hefyd. Mae hwyliau'r *Moana* yn curo ac yn ysgwyd uwch ein pennau. Mae hi'n awyddus i fynd.

'Gad i mi ddod, Dad,' meddaf. Dwi isie gofyn iddo ydy'r stori am y *Moana*'n wir, ydy e'n mynd i'w gwerthu hi go iawn. Ond mae rhywbeth yn fy atal, achos dwi isie hwylio ynddi un tro ola, heb wybod ydy'r stori'n wir ai peidio. Mae'n ddiogel peidio â gwybod. Mae'n gadael lle bach i obaith y tu mewn i mi.

Mae Dad yn rhwbio'r blewiach ar ei ên. 'O'r gorau,' ochneidia. 'Dere i mewn.'

Dwi'n neidio ar y llong, yn tynnu fy siaced achub amdanaf ac yn gwthio'r *Moana* i ffwrdd. Mae'r dŵr yma y tu ôl i freichiau hir waliau'r harbwr yn ddwfn ac yn wyrdd ac yn llonydd. Mae crychiau lliw'r enfys o olew'n ymledu dros arwyneb y dŵr. Mae Dad yn codi'r brif hwyl a dw innau'n tynnu'r hwyl grog i mewn. Dwi'n gwylio'r triongl o hwyl uwch fy mhen yn mynd yn dynn, ac yn dal y gwynt, ac ry'n ni'n llithro o dan gysgod yr harbwr ac allan i'r môr.

Mae'r môr yn fyw allan yn y bae. Mae awel gyson yn chwythu o'r lan, gan wneud tonnau bychain, a darnau bach o wyn ar eu blaenau. Mae ewyn yn hedfan dros flaen y llong wrth iddi godi a disgyn allan tua'r penrhyn. Dwi'n eistedd ac yn gwylio'r dre a'r stribed golau o draeth euraid yn llithro i'r pellter. Cyn hir, mae'r ysgol a thŷ Anti Bev ar goll yng nghanol yr holl heolydd a'r tai sy'n codi uwchben yr harbwr. Mae'r cychod hwylio a'r llongau pysgota a tho gwyn hir y farchnad bysgod yn ymddangos yn bell i ffwrdd nawr hefyd, fel byd arall, bron.

Ac unwaith eto, ni'n tri sydd yma.

Y *Moana*, Dad a fi.

Dwi'n eistedd wrth ymyl Dad, ond dydy e ddim yn edrych arna i. Mae ei lygaid wedi'u hoelio ar y gorwel pell, yn edrych y tu draw i hwnnw rywsut, ar rywle arall na alla i ei weld. Bron y gallai fod yn hwylio mewn cwch arall, ar ryw fôr arall. Dwi'n cau fy llygaid ac yn ceisio meddwl yn ôl i fel roedd hi'n arfer bod.

Y tu hwnt i'r penrhyn, mae'r gwynt yn gryf ac yn oer. Mae'n chwythu o'r gorllewin, gan wneud tonnau bach tywyll ar y dŵr. Dwi'n difaru nawr na fyddwn i wedi bachu siwmper a gwisgo jîns. Dwi'n lapio fy mreichiau am fy mhengliniau ac yn gwylio'r croen gŵydd yn codi ar fy mreichiau a 'nghoesau.

Dolffin Gwyn

'Wyt ti'n iawn, Cara?'

Dwi'n edrych i fyny ac yn gweld Dad yn fy ngwylio nawr. Dwi'n nodio, ond mae fy nannedd yn dal i glecian.

'Cer i nôl dy garthen os wyt ti'n oer,' medd Dad.

Dwi'n llithro ar hyd y seddi ac yn agor y locer bach o dan y dec blaen. Mae tair carthen wedi'u plygu'n daclus fel maen nhw bob amser, wedi'u clymu wrth y silff isel uwchben y bocs offer a'r ffaglau. Dwi'n tynnu fy ngharthen allan ac yn ei lapio amdanaf. Mae'n wyrddlas, fel y môr yn yr haf, a stribedi o ruban arian drwyddi.

Dwi'n cyrlio yn erbyn siâp y *Moana* ac yn claddu fy mhen ym mhlygion trwchus y garthen, gan anadlu'r arogl hallt a llaith. Mae'r môr yn rhuthro odanon ni, yn ffrwd gyson o sŵn gwyn. Mae tonnau'n taro yn erbyn corff y *Moana*, fel calon yn curo. Dwi'n cyffwrdd â'r pren sydd wedi'i beintio er mwyn ei deimlo'n curo yn erbyn fy llaw. Rywle o dan yr haenau trwchus o baent mae'r darluniau pensil o ddolffiniaid yn neidio – lluniau a dynnodd Mam i mi. Dwi'n ceisio dilyn eu hamlinell â 'mysedd. Dwi bron yn gallu arogli blawd llif a phren y cwt cychod lle bu Mam a Dad wrthi'n ailadeiladu'r *Moana*. Os ydw i'n cau fy llygaid, dwi'n dal i fedru gweld Dad yn plygu'r estyll coed i ffurfio corff y *Moana*, a Mam yn rhoi calch gwyn rhwng yr estyll rhag iddyn nhw ollwng dŵr. Ro'n innau'n eistedd yn y baw, yn rhoi cychod papur i arnofio ar draws moroedd llydan y pyllau dŵr.

Mam, Dad a minnau.

Mae'r dolffiniaid pensil hynny'n dal yno o dan y paent, ar gorff y *Moana*. Dwi'n ceisio eu gweld yn llygad fy meddwl. Do'n i byth yn meddwl y byddwn i'n anghofio, ond rywsut, nawr, er fy mod i'n gwneud fy ngorau glas, fedra i mo'u gweld nhw mwyach.

Ac mae'n rhaid mai dyma sut dwi'n cwympo i gysgu, yng nghrud y *Moana*. Oherwydd pan ddihunaf, mae'r gwynt wedi gostegu a'r *Moana*'n llonydd. Mae ei hwyliau i lawr ac mae hi'n siglo'n dyner, wedi'i hangori yng nghysgod y traeth bychan lle ry'n ni'n cadw ein potiau cimychiaid. Mae llinynnau o stêm coffi poeth melys yn hofran tuag ataf o gwpan tun coch Dad. Mae'r haul yn gynnes ar fy nghefn, ac mae'r môr yn wyrddlas, a chrychiau o olau arian arno. Rywle uwch fy mhen mae gwylan yn sgrechian. Ond fel arall, mae popeth yn dawel ac yn llonydd.

Mae Dad yn pwyso dros yr ymyl, yn tynnu ar raff. Mae honno'n mynd yn dorch yn y cwch, yn diferu o wymon a heli. Mae Dad yn codi un o'r potiau i mewn ac yn ei roi ar y llawr. Gallaf weld coesau a theimlyddion cimwchyn blith draphlith y tu mewn iddo. Mae'n un mawr a bydd pris da i'w gael amdano yn y farchnad. Dwi'n gwybod bod angen yr arian arnom.

Mae Dad yn agor y trap ac yn rhedeg ei law ar hyd cragen galed y cimwch. Mae'n ei dynnu allan â'i grafangau'n gwibio drwy'r awyr. Mae teimlyddion coch y cimwch yn symud yn ôl a blaen. Mae Dad yn ei droi drosodd, ac ym mwa meddal ei fol mae cannoedd o wyau pitw bach gyda'i gilydd, yn disgleirio'n ddu yn yr heulwen.

'Cimwch benyw ydy hi ac mae hi'n llawn wyau,' meddaf. 'Allwn ni mo'i gwerthu hi. Edrych ar yr holl wyau yna.'

Mae Dad yn edrych i fyny. Mae e newydd sylwi fy mod i ar ddi-hun. 'Fe awn ni â hi a'i gollwng yn y warchodfa natur,' dywed.

'Does dim llawer o bwynt,' meddaf. Gwgaf arno. 'Mae Jake yn dweud bod ei dad yn mynd i lusgo'i gadwyni dros bob cornel o wely môr y warchodfa pan fyddan nhw'n codi'r gwaharddiad.'

Mae Dad yn gosod y cimwch benyw mewn bwced mawr du ac yn rhoi tywel drosti. Mae'n gwgu nes bod ei wyneb yn edrych yn dynn, a rhychau dwfn drosto i gyd. Mae'n gwybod na allwn ni wneud dim i atal Dougie Evans rhag dinistrio'r rîff.

'Cadw draw oddi wrth Jake,' rhybuddia Dad. 'Mae ganddo drwyn am helynt fel ei dad.'

Dwi'n chwerthin dan fy nannedd. Gwelaf Jake yn gorwedd yn y baw, a'r gwaed yn arllwys dros ei wyneb. 'Nac oes, ddim rhagor.'

Mae Dad yn edrych i fyny. Dwi'n ceisio cuddio fy ngwên, ond dwi'n gallu dweud bod Dad wedi gweld yn barod.

'Wyt ti mewn helynt, Cara?' gofynna Dad.

Dwi'n codi'r tywel ac yn syllu ar y cimwch. Mae'n rhythu arnaf innau â'i llygaid bach duon. 'Mae angen heli arni,' meddaf.

'Beth arall mae Jake wedi bod yn ei ddweud?' medd Dad.

Dwi'n rhoi'r tywel dros y bwced ac yn eistedd 'nôl fel y gallaf edrych i fyw llygaid Dad. Dwi'n gofyn y cwestiwn sydd wedi bod yn llenwi fy meddwl yr holl siwrne. 'Ydy'r *Moana* ar werth?'

Ond mae Dad yn troi i ffwrdd. Dwi'n gwylio wrth iddo glymu darn o gnawd macrell yn abwyd i'r pot cimwch, ac yn ei daflu'n ôl i'r dŵr. Mae'r torch o raff yn dadweindio ac yn diflannu yng nghanol y pelydrau crynedig o olau.

'Mae'n wir, on'd yw e?' meddaf. 'Ti'n ei gwerthu hi. Ti'n gwerthu'r *Moana*.'

Dwi isie iddo ddweud wrtha i nad ydy hynny'n wir, oherwydd dydy Dad byth yn dweud celwydd wrtha i.

Ond dydy e ddim yn dweud hynny.

Mae'n troi i edrych arna i. 'Ydy,' ateba. 'Mae'n wir.'

A dyna'r cyfan mae'n ei ddweud. Ond dwi'n teimlo fel petai rhywun wedi pwnio'r anadl allan o 'nghorff.

'Ond fedri di ddim,' sibrydaf.

'Does dim dewis, Cara,' medd Dad. 'Mae mwy o ddyled 'da fi nag y gallaf i ennill byth. Allwn ni ddim fforddio'i chadw hi yn yr harbwr, hyd yn oed.'

Dolffin Gwyn

Dwi'n troi gwaelod y garthen rownd a rownd yn fy llaw. 'Beth am Mam?' mwmialaf.

Mae Dad yn taflu diferion olaf ei goffi allan i'r môr ac yn cau caead y fflasg yn dynn. 'Does dim dewis arall.'

'Beth am Mam?' Dwi'n ei ddweud yn uwch y tro hwn, i wneud yn siŵr ei fod yn gallu fy nghlywed.

'Mae Mam wedi mynd,' ateba. Mae'n edrych yn syth tuag ataf. 'Mae hi wedi mynd ers blwyddyn i heddiw. Wyt ti'n meddwl nad ydw i'n gwybod hynny? Mae hi wedi mynd, Cara. Dim ond ni sydd yma nawr.'

Dwi'n rhythu arno. Dydy Dad ddim wedi siarad am Mam ers misoedd. 'Fyddai Mam byth yn gwerthu'r *Moana*,' meddaf. 'Ry'n ni i gyd yn berchen arni. Fe adeiladon ni hi gyda'n gilydd. Sut byddi di'n egluro wrth Mam dy fod ti wedi gwerthu ein cwch ni pan ddaw hi 'nôl? Fe ddaw hi 'nôl, dwi'n gwybod y daw hi.'

Mae Dad yn fy ngwylio, fel petai'n ceisio penderfynu beth i'w ddweud.

'Fe fydd hi'n anfon arwydd,' meddaf. Mae fy llygaid yn bŵl gan ddagrau. Dwi'n cau ac yn agor fy llygaid i'w gwthio'n ôl. Dwi'n meddwl am y bluen colomen y des i o hyd iddi'r diwrnod y diflannodd Mam. Dwi'n meddwl am y gragen Fair, un wen, wen; yr un y des i o hyd iddi wrth olau cannwyll, y noson y rhoddon ni ganhwyllau i arnofio iddi ar y môr. 'Fel gwnaeth hi o'r blaen, fe fydd hi'n anfon arwydd.'

Mae Dad yn cydio yn fy ysgwyddau, ond mae ei ddwylo'n crynu. 'Anghofia am y peth, Cara,' mae'n dweud. 'Does dim arwyddion. Doedd dim byth.'

Dwi'n gwthio dwylo Dad i ffwrdd.

Mae'r tawelwch yn drwch rhyngon ni.

Mae'r gwynt yn llonydd. Mae'r dŵr yn wastad, fel gwydr.

'Cara,' medd Dad wrth benlinio o 'mlaen. 'Edrych arna i.'

Dwi'n cau fy llygaid yn dynn.

'Cara . . .'

Dwi'n rhoi fy nwylo dros fy nghlustiau oherwydd dwi ddim isie gwrando.

Dwi'n plygu fy mhen i mewn i 'nghôl fel nad ydw i'n ei glywed.

Dwi ddim isie clywed yr hyn y mae'n mynd i'w ddweud.

Dwi ddim isie'i glywed.

Ond does dim yn tycio.

Dwi'n ei glywed yn ei ddweud, beth bynnag.

'Dydy Mam *byth* yn dod 'nôl.'

PENNOD 4

Dydy Dad erioed wedi dweud y geiriau hynny o'r blaen. Dwi'n codi ar fy nhraed ac yn camu'n ôl oddi wrtho.

'Rwyt ti wedi rhoi'r ffidil yn y to,' meddaf. 'Rwyt ti wedi rhoi'r ffidil yn y to.'

'Cara . . .'

Dwi'n tynnu fy siaced achub ac yn estyn i mewn i 'mag am fy masg a'r fflipers.

'Eistedd, Cara,' medd Dad.

Dwi'n gwthio fy nhraed i mewn i'r fflipers, yn tynnu fy masg wyneb amdanaf ac yn sefyll i fyny ar ochr y *Moana*, gan gydio yn y rhaff fetel sy'n cynnal ei hwylbren. Mae'r dŵr islaw yn glir fel grisial.

'Cara, dere i lawr . . .' Mae Dad yn estyn ei law.

Ond dwi ddim yn cydio ynddi.

Dwi'n gollwng fy ngafael ac yn plymio i'r dŵr, i lawr i'r glesni llachar a'r heulwen yn gwibio drwyddo. Dwi'n troi

ac yn gwylio rhes o swigod arian yn troelli tuag i fyny.
Dwi'n gweld Dad drwy wyneb crynedig y dŵr yn pwyso
drod yr ymyl, yn edrych i lawr. Dwi'n cicio'r fflipers yn
galed, yn gwthio drwy'r dŵr ac yn nofio i ffwrdd oddi
wrtho tua'r lan.

Dwi'n cyfri'r eiliadau yn fy mhen cyn y gallaf ffrwydro
uwchben y dŵr. Dwi'n cyfri'r eiliadau cyn i mi adael i mi
fy hun anadlu. Mae fy nghalon yn curo'n gyflym, yn rhy
gyflym. Alla i ddim ymlacio. Mae fy ysgyfaint yn llosgi.
Mae fy asennau'n boenus. Alla i ddim dod o hyd i'r man
tawel yn fy mhen sy'n gadael i 'nghalon arafu ac i'm
meddwl glirio. Dwi'n rhy ddig i hynny ddigwydd. Mae'n
rhaid i mi anadlu. Dwi'n ffrwydro i fyny ac yn llowcio'r
aer.

Dwi hanner ffordd rhwng Dad a'r lan. Gallaf glywed
Dad yn galw fy enw, ond dwi'n dal i nofio nes i 'nwylo
gyffwrdd â thywod meddal y traeth bychan. Dwi'n tynnu
fy fflipers a'r masg ac yn cerdded yn droednoeth i fyny
dros y creigiau at y llwybr uwchben y clogwyni. Mae fy
nghrys-T yn taro'n wlyb ac yn oer yn fy erbyn, ac mae fy
siorts yn glynu wrth fy nghoesau, ond dwi'n dal i gerdded
heb edrych yn ôl.

Dim ond ar ôl cyrraedd y gamfa lle mae'r llwybr yn
troi i mewn i'r tir dwi'n troi am 'nôl ac yn cropian drwy'r
gwair hir. Mae hwyliau'r *Moana* i fyny, ac mae Dad yn
hwylio oddi wrth y traeth bychan. Gwyliaf e'n hwylio

tua'r warchodfa forol, y darn o wely'r môr sydd rhwng y
lan a Chraig yr Wylan, yr ynys fechan sydd y tu hwnt i'r
penrhyn. Mae hwyliau'r *Moana*'n taflu cysgodion hir yn
haul cynnar y min nos.

Codaf ar fy eistedd a sychu'r tywod a'r heli o 'nillad, ac
edrych o gwmpas. Mae awel ffres yn symud drwy'r gwair.
Does neb arall yma, dim ond fi. Dwi ddim isie mynd yn
ôl i dŷ Anti Bev. Alla i mo'i hwynebu hi ac Wncwl Tom.
Dwi ddim isie wynebu Dad nawr chwaith.

Y tu hwnt i'r traeth bychan hwn mae traeth bychan
arall llai o faint, sy'n rhy gul i'r rhan fwya o gychod fynd
iddo. Mae'r dŵr yn ddwfn ac yn glir fel grisial, â'r ochr
draw iddo mae stribyn o dywod. Dwi'n mynd yno nawr,
i ffwrdd oddi wrth lwybr yr arfordir, tuag at wal werdd yr
eithin sy'n drwch ar y clogwyni hyn. Mae pigau'r eithin
yn cydio yn fy nghrys-T wrth i mi sgrialu drwy'r llwyni at
ymyl y clogwyn. O dan y pridd briwsionllyd a gwreiddiau
troellog yr eithin, mae craig dywyll galed yn torri drwy
haenau llwydwyrdd mwy meddal o lechen, ac yn arwain i
lawr i'r traeth bychan. Dwi'n dringo i lawr, gan chwilio
am y mannau cyfarwydd i roi fy nwylo a 'nhraed, a
chyfri'r haenau o graig wedi plygu. Miliynau ar filiynau o
flynyddoedd wedi'u gwasgu at ei gilydd. Fel fforwyr yn
mynd yn ôl mewn amser, byddai Mam yn arfer dweud.

Mae'r llanw uchel dros y traeth bychan. Dwi'n symud
yn araf tuag at y creigiau gwastad sy'n ymestyn y tu hwnt

i'r traeth i mewn i'r môr. Weithiau mae morloi llwyd yn llusgo'u hunain ar y creigiau hyn ac yn torheulo. Dwi'n gwasgu fy nghefn yn erbyn bwa o graig sydd wedi ei threulio gan y gwynt a'r tonnau nes ei bod fel plisgyn wy.

Byddai Mam yn arfer eistedd yma gan obeithio y bydden ni'n gweld dolffiniaid. Ro'n i'n arfer meddwl bod ganddi allu arbennig, fel petai hi'n gallu eu teimlo nhw rywsut, neu eu clywed nhw'n galw drwy'r dŵr. Weithiau bydden ni'n disgwyl am oriau. Ond roedd hi bob amser yn gwybod y bydden nhw'n dod. Bydden nhw'n codi fel creaduriaid hudol o fyd arall, yr heulwen yn disgleirio oddi ar eu cefnau, sŵn eu hanadl yn ffrwydro uwchben y dŵr. Bydden nhw'n neidio ac yn mynd tin dros ben yn y dŵr, dim ond ar ein cyfer ni, dyna roedden ni'n ei feddwl. Roedd yn gwneud i mi deimlo fel petaen ni wedi cael ein dewis rywsut, fel petaen nhw isie rhoi cip i ni ar eu byd nhw hefyd.

Dwi ddim wedi bod yn ôl yma ers hynny. Ddim ers i Mam adael. Dwi'n lapio fy mreichiau am fy mhengliniau ac yn syllu allan i'r môr aur, gwastad. Mae gwaelod yr haul yn cyffwrdd â'r gorwel, gan waedu goleuni i'r dŵr. Dwi wedi bod yn aros am arwydd oddi wrth Mam drwy'r dydd, ond mae hi'n rhy hwyr nawr. Mae'r haul bron â machlud.

Efallai mai Dad sy'n iawn ac nad oes unrhyw arwyddion i chwilio amdanyn nhw.

Dolffin Gwyn

Efallai fod yn rhaid i mi dderbyn na ddaw Mam byth yn ôl.

Dwi'n gwylio pelydrau ola'r haul yn fflachio fel ffaglau ar drwy'r awyr.

Ac yna dwi'n ei weld.

Dwi'n gweld fflach o wyn yn neidio o'r dŵr.

Mae'r goleuni'n disgleirio ar ei gorff llyfn fel bwa, cyn iddo blymio'n ôl i'r môr.

Dwi'n codi'n drwsgl ar fy nhraed ac yn sefyll ar lan y môr, yn gwylio'r crychiau euraid yn ymledu.

Dyma'r arwydd dwi wedi bod yn disgwyl amdano.

Dwi'n gwybod hynny'n iawn.

Rhaid mai dyna yw e.

Mae'r dolffin yn llamu i'r awyr eto. Mae'n wyn, wyn. Mae'n troi ac yn trosi cyn plymio o dan y dŵr, gan wneud i ewyn aur dasgu i bobman.

Dwi'n gweld dolffiniaid eraill hefyd, eu cyrff lluniaidd llwyd a'u hesgyll yn gwneud patrymau drwy'r dŵr. Rhaid bod hanner cant o ddolffiniaid o leiaf, haid enfawr ohonyn nhw. Dwi erioed wedi gweld cymaint gyda'i gilydd. Mae pwffian eu hanadl yn ffrwydro drwy'r llonyddwch.

Ond am y dolffin gwyn dwi'n chwilio. Dwi'n ei weld eto; mae'n llawer llai na'r gweddill. Mae arlliw o binc ac aur ar ei gorff golau wrth i'r goleuni bylu. Mae dolffin llawer mwy nag e'n nofio'n agos ato. Mae'r fam a'r un bach yn codi i'r wyneb gyda'i gilydd ag amseru perffaith. Dwi'n eu gwylio'n nofio ochr yn ochr, allan i'r môr agored. Dwi'n lapio fy mreichiau amdanaf fy hun ac yn teimlo'n gynnes er gwaetha awyr oer y nos. Dwi'n teimlo mor agos at Mam rywsut, fel petai hi yma gyda mi, ac mai hi sydd wedi anfon y dolffiniaid. Dwi bron yn gallu gweld wyneb Mam, a'i gwên fawr lydan. Alla i ddim peidio â meddwl tybed ydy hi, ble bynnag mae hi nawr, yn meddwl amdana innau hefyd.

Dwi'n gwylio'r dolffiniaid nes ei bod hi'n amhosib i mi weld eu hesgyll yn llusgo llinellau tywyll ar hyd y dŵr. Mae'r môr wedi tywyllu o dan awyr indigo sy'n frith o sêr. Mae amlinell dwy bioden y môr yn sgimio dros wyneb y dŵr, eu hadenydd pigfain byr yn curo'n gyflym ac yn galed. Ond dyna'r cyfan.

Dwi'n gwybod y bydd Dad yn fy nisgwyl adref erbyn hyn. Dwi'n sgrialu i fyny'r clogwyn at lwybr yr arfordir sydd i'w weld rhwng ymyl y clogwyn a'r caeau. Mae'r aer yn ffres ac yn llaith gan wlith. Mae niwlen ysgafn uwchben y caeau gwenith sy'n ymestyn i mewn i'r tir. Mae goleuni hanner ffordd y cyfnos yn dal popeth yn rhyfedd o lonydd, fel petai amser yn tynnu ei anadl.

Ac mae'n teimlo i mi fel petai *popeth* ar fin newid.

PENNOD 5

Mae tarmac heol yr arfordir yn dal yn gynnes ar ôl haul y dydd. Mae'r daith oddi yma adref dros ddwy filltir o hyd a dwi'n gobeithio nad yw Dad yn disgwyl amdana i. Mae'n gweithio'n hwyr yn y dafarn heno, felly efallai y gallaf sleifio'n ôl heb iddo sylwi.

Dwi ddim wedi cerdded yn bell ar hyd y ffordd cyn i gar stopio, ei oleuadau blaen yn llachar yn fy llygaid.

Mae ffenest y teithiwr yn llithro i lawr. 'CARA! Ti sy 'na?'

Anti Bev sydd yno. Mae hi'n pwyso draw o ochr y gyrrwr. Mae hi'n wyllt gacwn. Dwi'n difaru na cherddais i adre ar draws y caeau.

'Beth sy'n bod?' gofynnaf.

'Dere i mewn i'r car, Cara,' yw ei hateb swta. 'Nawr.'

Eisteddaf yn y sedd gefn nesaf at Daisy. Mae hi yn ei gŵn gwisgo a'i sliperi, yn cnoi pecyn mawr o greision. Fel arfer mae hi'n ei gwely erbyn hyn.

Mae Anti Bev yn troi i rythu arnaf. 'Beth sy'n bod?' Mae hi'n poeri'r geiriau allan.

Edrychaf draw ar Daisy. Mae hi'n pwyntio ataf ac yn tynnu ei llaw ar draws ei gwddf. Mae pethau'n edrych yn wael.

'Beth sy'n bod?' gwaedda Anti Bev eto. 'Mae gwylwyr y glannau a'r heddlu allan yn chwilio amdanat ti, dyna beth sy'n bod. Mae dy dad mewn tipyn o stad. Mae e wedi mynd gyda nhw hefyd.' Mae'n rhoi'r car mewn gêr yn swnllyd ac ry'n ni'n symud ymlaen yn sydyn. 'Mae 'da ti gwestiynau i'w hateb pan gyrhaeddwn ni adref. Oes wir, fy merch fach i.'

Dwi ddim yn yngan gair. Dwi'n cau fy ngwregys diogelwch heb ddweud dim.

Ry'n ni'n mynd tuag adre mewn tawelwch ac mewn tywyllwch. Mae Daisy'n cydio yn fy llaw ac yn ei gwasgu. Dw innau'n gwasgu'i llaw hithau.

'Fe ddwedes i wrthyn nhw y byddet ti'n iawn,' sibryda. 'Ond roedden nhw'n gwrthod gwrando.'

'Dyna ddigon oddi wrthot ti, Daisy,' medd Anti Bev yn swta. 'Fe ddylet ti fod yn y gwely ers awr.'

Yn ôl yn y tŷ, af i eistedd yn y gegin i aros am Dad. Gallaf glywed Wncwl Tom yn ffonio'r heddlu a gwylwyr y glannau i ddweud eu bod nhw wedi dod o hyd i mi. Mae Anti Bev yn twymo llaeth mewn sosban ar gyfer diod amser gwely Daisy. Maen nhw wedi dweud wrth Daisy

am fynd i i'w stafell, ond mae hi'n eistedd wrth fwrdd y
gegin, yn troi cudyn o wallt euraid o gwmpas ei bys o hyd.

Mae hi'n pwyso tuag ataf fel bod ein pennau ni'n agos
at ei gilydd. 'Beth ddigwyddodd?'

Mae'r cwestiwn yn fy nal ar eiliad wan.

'Fe ddaeth y dolffin gwyn,' sibrydaf.

Mae llygaid Daisy'n agor led y pen. Hi ydy'r unig un
sy'n gwybod am y breuddwydion dwi'n eu cael.

'Mae'n amser gwely i ti, Daisy,' medd Anti Bev.
Mae hi'n arllwys y llaeth cynnes i gwpan ac yn pwyntio at
y grisiau.

Dw innau'n sefyll i fynd hefyd, ond mae Anti Bev yn
rhoi arwydd i mi aros. Dwi ddim isie bod yma, dim ond
hi a fi. Dwi'n gwylio Daisy'n rhoi ei dwylo am y cwpan
ac yn gadael yr ystafell. Mae hi'n rhoi gwên fach cyn
diflannu drwy'r drws ac i fyny'r grisiau.

Mae Anti Bev yn arllwys cwpanaid o de iddi'i hun ac
yn pwyso yn erbyn y ffwrn. 'Wel?' gofynna.

Syllaf ar fy nwylo heb ddweud dim.

'Fe glywes i dy fod ti wedi torri trwyn Jake Evans heddiw.'

Edrychaf i fyny arni. Mae hi'n rhythu arnaf, yn fy herio
i wadu'r cyfan.

Dwi ddim yn gwadu'r peth.

'Mae'r unig berson sydd â swydd go iawn yn y tŷ 'ma'n
cael ei gyflogi gan dad Jake,' medd yn swta. 'Wyt ti isie
i Wncwl Tom golli ei swydd hefyd? Wyt ti?'

Dwi'n ysgwyd fy mhen. 'Nac ydw, Anti Bev,' meddaf. 'Mae'n ddrwg gen i.'

Mae hi'n ochneidio ac yn rhwbio'i llaw dros ei bol mawr. 'Duw a ŵyr fod y flwyddyn a aeth heibio wedi bod yn anodd i ti, Cara, ond nid ti yw'r unig un sy'n ei chael hi'n anodd. Allwn ni ddim dal ati fel hyn. Mae'n bryd i ni siarad heb flewyn ar dafod yn y teulu 'ma . . .'

Ond dydy hi ddim yn gorffen, oherwydd mae Dad yn rhuthro drwy'r drws.

Mae'n gwthio heibio'r bwrdd ac yn fy nhynnu ato. Mae'n lapio'i freichiau amdana i, yn fy nghladdu yn ei siwmper wlân drwchus. Mae arogl mwg coed ac olew injan arni. Dwi'n teimlo ei anadl gynnes yn fy ngwallt, ac teimlo'n bum mlwydd oed eto.

'Mae'n ddrwg gen i, Cara,' medd Dad, 'mae'n wir ddrwg gen i.'

Mae llais Anti Bev yn torri ar ei draws. 'Cara ddylai fod yn ymddiheuro. Mae hi wedi gwneud i ni i gyd boeni'n dwll amdani.'

Mae Dad yn cydio ynof gerfydd fy ysgwyddau, ac yn dweud 'Mae'n ddrwg gen i am yr hyn ddwedes i am Mam. Ddylwn i ddim bod wedi.' Mae ei lygaid yn goch, bron fel petai wedi bod yn crio, ond dwi erioed wedi'i weld yn crio o'r blaen.

Dwi'n gwenu arno. 'Bydd popeth yn iawn, Dad. Mae hi wedi anfon arwydd. Fe weles i ddolffin, dolffin gwyn. Mam anfonodd e aton ni.'

Dolffin Gwyn

Mae Dad yn gwthio fy ngwallt yn ôl. Mae'n edrych i fyw fy llygaid ond alla i ddim gweld beth mae e'n ei feddwl mwyach.

'Mae Mam yn dal yma i ni, Dad,' meddaf. 'Dwi'n gwybod ei bod hi.'

Mae Anti Bev yn taro ei chwpan i lawr yn drwm, gan arllwys te dros y bwrdd. 'Dydy dy fam ddim wedi bod yma i ti ers y diwrnod y gadawodd hi.'

Mae Wncwl Tom yn rhoi ei law ar ei braich. 'Dyna ddigon, Bev.'

Dydy Anti Bev ddim wedi gorffen. 'Ond mae'n wir. A ni gafodd ein gadael i godi'r darnau. All pethau ddim mynd ymlaen fel hyn, Jim. Faint rhagor ti'n mynd i aros amdani? Blwyddyn arall? Pum mlynedd? Deng mlynedd?'

'Gad hi, Bev.' Mae Wncwl Tom yn ceisio'i harwain oddi yno. 'Ddim nawr, ddim heno.'

Mae Anti Bev yn tynnu yn ei erbyn ac yn rhythu ar Dad. 'Ddylai Kay ddim fod wedi gadael. *Fan hyn* roedd ei chyfrifoldebau hi.' Mae hi'n bwrw ei bys yn galed ar y bwrdd i wneud ei phwynt.

Mae Dad yn eistedd ac yn rhoi ei ben yn ei ddwylo. 'Ry'n ni wedi bod drwy hyn o'r blaen, Bev. Roedd ganddi ei rhesymau.'

'Mynd hanner ffordd o gwmpas y byd ar ryw drip i hipis i achub dolffiniaid?' medd yn swta. 'Oedd hynny'n rheswm digon da i adael gŵr a phlentyn?'

Dwi'n gwgu ar Anti Bev. 'Biolegydd bywyd y môr ydy Mam,' gwaeddaf. 'Mae hi'n atal pobol rhag dal dolffiniaid gwyllt. Ry'ch chi'n *gwybod* hynny.'

Ond mae Anti Bev yn fy anwybyddu ac yn eistedd wrth ymyl Dad. 'Mae'n rhaid i ti wynebu'r peth, Jim. Os na all dy chwaer ddweud wrthot ti, pwy all wneud? Mae'n rhaid i ti dderbyn nad yw Kay'n dod 'nôl.'

Mae Dad yn taflu cip arni. 'Dy'n ni ddim yn gwybod hynny, Bev. Dy'n ni wir ddim yn gwybod hynny.'

Mae Anti Bev yn taflu ei dwylo i'r awyr. 'Yn union. Dyna fuodd y broblem erioed. Dy'n ni ddim yn gwybod dim byd. Flwyddyn yn ddiweddarach a'r unig beth ry'n ni *yn* ei wybod yw ei bod hi wedi glanio ar Ynysoedd Solomon, a mynd i'w stafell mewn gwesty cyn diflannu.'

Mae Dad yn ysgwyd ei ben. 'Fe ddylwn i fod wedi mynd i chwilio amdani ar y pryd.'

'Doeddet ti ddim yn gallu fforddio pris y bws i'r maes awyr, heb sôn am y tocyn awyren,' wfftia Anti Bev. 'Doedd yr awdurdodau draw 'na ddim yn gallu dod o hyd iddi. Doedd y ditectif preifat gafodd ei gyflogi gan deuluoedd y lleill a ddiflannodd ddim hyd yn oed yn gallu dod o hyd iddi. Mae'r achos wedi'i gau.'

Mae Dad yn gwgu. 'Dydy pobol ddim yn diflannu fel 'na.'

Mae Anti Bev yn eistedd yn ôl ac yn edrych ar Dad. 'Alli di ddim claddu dy ben yn y tywod am byth, er mwyn

Cara. Mae holl ddyledion Kay angen eu talu. Miloedd am y trip 'na a'r holl stwff plymio ffansi brynodd hi. Ond fe fentra i nad wyt ti wedi dweud hynny wrth Cara, wyt ti, Jim?'

Mae Dad yn sefyll ar ei draed. Mae ei gadair yn taro'r wal. 'Dwi'n mynd mas.'

Mae Wncwl Tom yn symud i'r naill ochr iddo gael mynd heibio.

'Dyna ti,' gwaedda Anti Bev ar ôl Dad. 'Cerdda i ffwrdd fel rwyt ti'n gwneud bob amser.'

Dw innau'n sefyll ar fy nhraed hefyd. 'Fyddai Mam ddim yn ein gadael ni. Dwi'n gwybod y daw hi 'nôl. Fe anfonodd hi'r dolffin.'

Mae Dad yn aros, a'i law ar y drws.

Mae Anti Bev yn rhythu ar gefn Dad. 'Does dim tŷ 'da ti, Jim Wood; dim swydd o unrhyw werth, a dim cwch cyn hir.' Mae hi'n tynnu anadl ddofn ac yn troi ataf. 'Felly dwi ddim isie clywed rhagor o sôn am ddolffiniaid yn y tŷ 'ma, Cara. Wyt ti'n deall?'

Mae hi'n plethu'i breichiau.

Mae hi wedi dweud ei dweud.

Mae hi wedi gorffen.

Ond does dim gwahaniaeth gen i. Mae'r dolffin gwyn yn arwydd fod Mam allan yna yn rhywle, ac fe arhosa i amdani, faint bynnag o amser fydd hynny'n ei gymryd. Dwi isie i Dad wybod hyn hefyd. Daw Mam yn ôl.

Dwi'n gwybod hynny. Fe gawn ni fyw ar y *Moana*, y tri ohonon ni, a chysgu o dan gynfas wedi'i dynnu'n dynn ar draws y bŵm. Fe gawn ni hwylio i ffwrdd gyda'n gilydd ryw ddiwrnod fel roedd hi'n dweud bob amser y bydden ni'n gwneud.

Mam, Dad, a minnau.

Mae'r ffôn yn canu drwy'r tawelwch.

Mae Wncwl Tom yn ei ateb ac yn ei roi i Dad. 'I ti mae e, Jim.'

Mae Dad yn cymryd y ffôn a dwi'n ei glywed yn cerdded yn ôl a blaen yn y cyntedd. Dwi'n clywed ei lais, yn fwyn ac yn feddal. Cerdda'n ôl i'r gegin a rhoi'r ffôn yn ôl yn ei le. Mae'n agor y drws cefn, yn pwyso yn erbyn ffrâm y drws a gadael i awyr oer y nos ruthro i mewn.

Mae pen Anti Bev ar un ochr. 'Wel . . . pwy oedd ar y ffôn?'

Mae ysgwyddau Dad wedi crymu. 'Cynnig am y *Moana* yw e,' meddai. 'Mae dyn isie'i gweld hi'r penwythnos yma.'

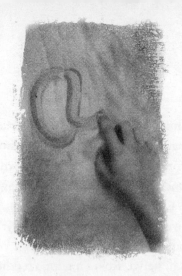

Pennod 6

Dwi'n torri tost Daisy yn drionglau ac yn gwthio'r plât i'w hochr hi o'r bwrdd.

Mae hi'n tynnu'r crystiau ac yn edrych arnaf. 'Ti ddim yn cael brecwast?'

''Sdim isie bwyd arna i,' atebaf.

Mae Anti Bev yn edrych arnaf dros ymyl ei chylchgrawn. 'Dwyt ti ddim yn cael diwrnod bant o'r ysgol. Mae'r pennaeth isie dy weld di am yr hyn wnest ti i drwyn Jake Evans.'

Dwi'n gwgu. Dwi ddim isie mynd i'r ysgol o gwbl.

'Fe anfonais i focs mawr o siocledi at Jake gyda dy enw di arno,' ychwanega hi. 'Fe gostiodd e bron i ddeg punt, do'n wir. Gad i ni obeithio y bydd e'n cadw'i dad yn hapus hefyd.'

Dwi'n codi o'r bwrdd ac yn cydio yn fy mag ysgol. 'Fe fydda i'n aros y tu fas,' meddaf wrth Daisy.

Y tu allan mae'r awyr yn glir ac yn las. Mae clwt o
gwmwl llwyd golau'n ymestyn ar hyd y gorwel pell
uwchben y môr. Y cyfan dwi isie'i wneud ydy mynd allan
ar y *Moana*, ond mae Dad wedi gadael yn gynnar i
goginio brecwast i westeion oedd yn aros yn y dafarn.
Pwysaf yn erbyn y garafán a chicio'r llawr sych â'm sawdl
ac aros am Daisy. Trueni nad ydw i'n ôl yn yr ysgol
gynradd gyda hi hefyd. Ro'n i'n teimlo'n ddiogel yno.
Nid dim ond geiriau a rhifau oedd popeth fel mae hi
nawr yn yr ysgol uwchradd. Roedd Mam yn dal i fod yma
hefyd y llynedd.

'Dwi'n dod,' galwa Daisy.

Dwi'n ei gwylio hi'n cerdded i lawr y llwybr a'i bag
ysgol dros ei hysgwydd a bag mwy'n llusgo ar hyd y llawr.
'Beth sydd 'da ti mewn yn fan'na?'

'Gwisg ffansi ac adenydd a hudlath ac anrheg i
Lauren,' gwena. 'Mae ei pharti hi ar ôl yr ysgol.'

Dwi'n rholio fy llygaid. 'Ro'n i wedi anghofio,'
meddaf. 'Dere, fe garia i fe.'

Dwi'n mynd â Daisy drwy'r mamau a'r cadeiriau
gwthio wrth glwydi'r ysgol gynradd ac yn rhoi cwtsh iddi.
'Fe fydda i 'nôl fan hyn ar ôl yr ysgol,' meddaf.

Mae Daisy'n estyn i'w bag ac yn tynnu darn o bapur
anniben o'r boced. 'Fe wnes i hwn i ti,' meddai, 'i ti gael
lwc dda pan weli di Mrs Carter.'

Dwi'n gwasgu'r papur yn fflat ac yn gwenu.
Mae dolffin o greon gwyn yn nofio mewn môr glas

fel inc. 'Diolch, Daisy,' meddaf. 'Dyna'n union sydd ei angen arna i.'

Dwi'n dweud y gwir hefyd. Mae angen pob lwc posib arnaf.

Dwi'n gorfod colli gwers gelf ddwbl bob bore Gwener i gael sesiynau ychwanegol gyda Mrs Baker, fy athrawes cymorth dysgu. Trueni na allwn i golli mathemateg neu TGCh yn lle hynny. Celf ydy'r unig wers dwi'n ei mwynhau. Nid nad ydw i'n hoffi Mrs Baker. O leia does neb yn chwerthin am fy mhen yn ei gwersi hi. Mae hi'n dweud mai ffordd wahanol o feddwl yw fy nyslecsia i, dyna i gyd. Dwi'n ei chofio hi'n dweud ei fod yn digwydd yn aml mewn teuluoedd a dwi'n meddwl mai dyna pam nad ydy Dad yn gallu darllen nac ysgrifennu. Unwaith ceisiodd Mam ei gael i fynd i weld rhywun am y peth ond roedd e'n gwrthod mynd, gan ddweud ei bod hi'n rhy hwyr iddo ddysgu.

Caban ym mhen pella'r buarth yw'r unig ystafell ddosbarth sbâr. Mae'n cael ei ddefnyddio fel stordy nawr. Dwi'n eistedd wrth un o'r byrddau, a hambwrdd o dywod o 'mlaen. Ry'n ni'n defnyddio techneg newydd Mrs Baker heddiw. *Datblygiad amlsynnwyr*, mae hi'n ei alw.

Dwi'n ei alw'n wastraff amser.

Dwi'n tynnu'r hambwrdd tuag ataf ac yn codi llond dwrn o dywod, gan adael i'r gronynnau redeg drwy fy mysedd. Y tywod bras a garw o ben y maes parcio i'r

traeth ydy e, nid y tywod fel powdr mân gwyn sydd wrth
y pyllau tua'r penrhyn.

Mae Mrs Baker yn tynnu ei chadair at y bwrdd ac yn
rhoi ei llaw dros y tywod i'w wneud yn wastad. 'Gad i ni
drio'r sain "*aw*", fel yn y gair "saws".'

Mae fy mysedd yn hofran uwchben y tywod a dwi'n
dechrau gwneud amlinell '*a*'. Dwi'n gwybod sut un ydy
hon. Mae'r un siâp â Chraig yr Wylan o'r lan, un ochr
gron ac un ochr serth, ac ogof dywyll yn gylch yn y canol.
Dwi'n dechrau dolen uchaf yr '*a*', lle mae canrifoedd o
faw adar wedi staenio'r creigiau'n wyn. Mae huganod yn
nythu ar ochr y môr. Dwi wedi'u gwylio nhw'n troi ac
yn trosi yn yr awyr ac yn plymio am bysgod, fel taflegrau
gwyn i mewn i'r dŵr. Mae Dad a minnau wedi gweld
palod hefyd, yn gwibiouwchben y tonnau. Dwi'n cyrlio fy
mys i lawr i'r gwaelod lle mae'r morloi llwyd yn gorwedd
ar y creigiau gwastad ac yn cael eu rhai bach ar y traeth
cregyn cul sy'n wynebu glan y tir mawr. Mae creigiau ac
ogofâu a bwâu o dan y dŵr yn ymestyn allan i'r môr.
Mae llong ryfel sydd wedi dryllio wedi dod yn rhan o'r
rîff. Rhedaf fy mysedd mewn patrwm tonnau ar hyd y
tywod. Un tro dangosodd Mam ffotograff roedd hi wedi'i
dynnu o wrachen resog, pysgodyn â marciau glas ac oren
llachar, yn nofio drwy bortwll oedd wedi rhydu ac un
arall o iâr fôr oedd yn byw ar hen farilau gynnau'r llong.
Mae'r rîff cyfan yn ymestyn o Graig yr Wylan i'r lan,
yn barc saffari tanddwr, yn lle cudd, gwyllt.

Dolffin Gwyn

'Cara!'

Edrychaf i fyny. Chlywais i mo Mrs Carter yn dod i mewn i'r ystafell. Mae hi'n rhoi gwên sydyn ar Mrs Baker ac yn eistedd wrth fy ochr. Mae hi'n gosod y Beibl a rhai o'r tudalennau sydd wedi'u rhwygo ar y bwrdd, gan ddweud,

'Dwi'n credu bod angen i Cara a minnau gael sgwrs,' medd hi.

Mae llygaid Mrs Baker yn gwibio o'r naill ohonom i'r llall. Mae hi'n codi ei phapurau ac yn rhoi ei bag mawr cynfas dros ei hysgwydd. 'Fydd dim gwers dydd Gwener nesaf, Cara, gan y bydd yn ddiwrnod olaf y tymor, felly os na wela i di cyn hynny, mwynha dy wyliau haf.'

Gwyliaf hi'n cerdded allan tua'r maes parcio yng nghefn yr ysgol.

Mae cysgod cwmwl yn symud dros y buarth, gan dywyllu'r stafell.

Mae Mrs Carter yn plygu ymlaen yn ei chadair, ac yn dweud, 'Dwi'n clywed bod dy sgrifennu wedi gwella llawer.' Mae ei gwên yn llinell denau galed.

Dwi'n syllu ar yr hambwrdd tywod ac yn rhedeg fy mysedd drwy'r gronynnau bras. Ry'n ni'n dwy'n gwybod nad siarad am ddyslecsia ry'n ni heddiw.

'Dwi'n gwybod bod eleni wedi bod yn anodd i ti, Cara.'

Edrychaf i fyny. Mae Mrs Carter yn fy ngwylio. Mae'n tynnu ei sbectol ac yn ei phlygu'n dwt ar y bwrdd.

'Mae'n iawn i ti deimlo'n grac.' Mae ei llais yn feddal, o dan reolaeth. 'Dwi'n deall.'

Dwi'n gwneud cylch yn y tywod, rownd a rownd a
rownd. Dwi isie i hyn orffen.

'Ond fedri di ddim dial ar blant eraill ac eiddo'r ysgol.'

Dwi'n gadael i'r tawelwch eistedd rhyngon ni.

Mae Mrs Carter yn pwyso'n nes ata i ac yn dweud,
'Fe dorraist ti drwyn Jake Evans. Sut wyt ti'n teimlo am
hynny nawr?'

Dwi'n gwneud dau ddot fel dau lygad ac yn rhoi gwên
yn fy nghylch. 'Mae ei dad yn mynd i ddinistrio'r rîff,'
meddaf. 'Mae'n mynd i lusgo'i gadwyni ar hyd gwely'r
môr a difetha'r cyfan pan fydd y gwaharddiad yn cael
ei godi.'

'Does dim esgus dros drais, Cara.'

Dwi'n syllu'n galed ar y tywod. Mae Mrs Carter yn
eistedd yn ôl yn ei sedd ac yn plethu'i breichiau. Dwi'n
credu ei bod hi isie i hyn fod drosodd cymaint â mi.

'Ond pam rwygaist ti'r Beibl, Cara? Dwed hynny
wrtha i.'

Dwi isie egluro bod hynny oherwydd iddi hi ddweud y
bydd Duw yn ateb ein gweddïau ni i gyd. Wel, dwi wedi
bod yn gweddïo am newyddion am Mam am flwyddyn
gron nawr a dwi ddim wedi clywed gair. Ond dwi ddim
yn dweud hynny wrthi. Yn lle hynny, dwi'n codi fy
ysgwyddau ac yn gwasgu'r tywod yn fy nwylo.

Mae cloch yr ysgol yn canu ar ddiwedd yr ail wers.
Mathemateg ydy'r wers nesaf, cyn amser egwyl. Edrychaf i
fyny ar Mrs Carter.

'Sut gallwn ni ddatrys hyn, Cara?' gofynna.
'Dwed wrtha i.'

Dwi'n rhedeg fy mys ar hyd ymyl caled y Beibl.
Datrys beth? Y ffaith nad ydy Mam yn dod yn ôl? Y ffaith
fod y rîff yn mynd i gael ei ddinistrio? Dwi'n gwybod
nad ydy hi'n cyfeirio at y pethau hynny o gwbl.
Dwi'n codi cornel tudalen denau fel hances boced sydd
wedi'i rhwygo. 'Fe allwn i helpu i'w drwsio fe,' meddaf.

Mae Mrs Carter yn eistedd yn ôl yn ei chadair ac yn
nodio. 'Fe fyddai hynny'n ddechrau da. Fe gei di fy helpu
i'w drwsio fe ar ôl yr ysgol ddydd Llun. Fe gei di'r
penwythnos i feddwl dros bethau. Ond rwyt ti'n gwybod y
bydd yn rhaid i mi siarad â dy dad am hyn i gyd.'

Dwi'n gadael i'r tywod ddiferu drwy fy mysedd ac yn ei
wylio'n furfio pentwr fel mynydd bach yn yr hambwrdd.

'Ac mae'n rhaid i ti ymddiheuro i Jake hefyd,'
ychwanega.

Syllaf ar fy nwylo, a gronynnau grisial pitw bach
drostyn nhw i gyd.

Mae Mrs Carter yn sefyll ac yn rhoi'r Beibl o dan ei
braich. 'Fe gei di fynd nawr.'

Dwi'n sefyll ac yn cerdded i ffwrdd ond dwi'n teimlo'i
llygaid yn llosgi yn fy nghefn. Efallai ei bod hi'n gallu
darllen fy meddwl. Dwi am ei helpu i ludio'r tudalennau
yn ei Beibl.

Ond wna i ddim ymddiheuro i Jake Evans.
Byddai'n well gen i farw.

41

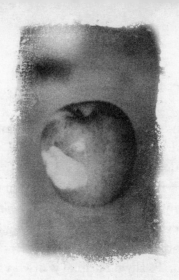

PENNOD 7

Dwi'n sefyll yn dawel yn y coridor y tu allan i'r
ystafell fathemateg. Drwy'r ffenestri yn y pen pellaf
dwi'n gweld y buarth llachar yn yr heulwen ac ymhell y tu
hwnt i hynny, y môr. Gallwn i gerdded oddi yma, dal ati i
gerdded o hyd. Does neb yma i'm rhwystro, does neb yma
i weld. Ond dwi ddim yn gwneud hynny. Yn hytrach,
dwi'n rhoi fy llaw ar y drws ac yn ei wthio'n agored.
Mae pawb yn fy nosbarth yn gwybod fy mod i wedi
gorfod mynd i weld Mrs Carter am dorri trwyn
Jake Evans. Dwi'n gwybod y byddan nhw i gyd yn aros
ac yn troi ac yn syllu pan fydda i'n cerdded i mewn.

Cadwaf fy mhen i lawr wrth i mi gerdded ar draws y
stafell ddosbarth. Arhosaf wrth y man lle dwi'n eistedd fel
arfer. Ond mae rhywun arall yno'n barod, yn fy sedd i.

'Chwilia am sedd arall, Cara,' medd Mr Wilcox
uwchben y tawelwch. 'Brysia.'

Dolffin Gwyn

Dwi'n troi ac yn eistedd wrth ddesg sbâr wrth y ffenest ac yn rhoi fy llyfrau mathemateg o 'mlaen. Dwi'n cael cipolwg ar y bachgen newydd yn y dosbarth sy'n eistedd wrth ymyl Chloe. Mae'n gwisgo jîns du a chrys gwyn. Ond ar ei wyneb dwi'n sylwi fwyaf. Mae'r cyhyrau yn ei wddf yn sefyll allan yn llinellau tyn syth, gan droi ochr chwith ei wyneb i lawr ac wysg ei ochr. Mae'n edrych fel petai ei wyneb wedi cwympo ar un ochr. Mae ei fraich chwith wedi'i throi i fyny yn erbyn ei frest ac mae'n troi a throsi fel petai e'n methu ei chadw'n llonydd o gwbl.

Mae'n fy ngweld i'n syllu, felly edrychaf i ffwrdd.

Amser egwyl, mae Chloe ac Ella yn aros ar ôl gyda fe i siarad â Mr Wilcox. Dwi'n tybio mai nhw sydd wedi cael y gwaith o ddangos popeth iddo fe heddiw. Prin maen nhw wedi siarad â mi o gwbl. Does neb wedi sôn am drwyn Jake chwaith. Dwi ddim yn credu y byddai neb yn mentro o flaen Jake ac Ethan.

Rhaid i mi aros nes i wersi'r bore orffen cyn y gallaf ymuno â Chloe ac Ella yn y ciw cinio. Dwi'n bachu hambwrdd ac yn ei wthio y tu ôl i Chloe.

'Ble mae'r bachgen newydd 'na?' gofynnaf.

Mae Chloe'n edrych dros ei hysgwydd. 'Felix?' gofynna. 'Dim ond bob bore mae e'n dod i'r ysgol. Mae'n dod i ddysgu am y lle cyn iddo ddod yma ar ôl yr haf, dyna i gyd.'

'Prin fod hynny'n werth y drafferth,' meddaf. 'Dim ond wythnos sydd cyn y gwyliau.'

Mae Chloe'n arllwys dau wydraid o ddŵr, un iddi hi ac un i Ella. 'Roedd Mrs Carter yn dweud efallai y bydd yn rhaid i'r ysgol wneud newidiadau cyn iddo fe ddod, fel gosod rampiau a chanllawiau a phethau. Dyw e ddim yn gallu cerdded yn dda iawn.'

'Sut un yw e?' gofynnaf.

Mae Chloe'n codi ei hysgwyddau ac yn edrych ar Ella. 'Dwn i ddim. Ddywedodd e ddim llawer, naddo?'

'Roedd e'n ysu am fynd,' medd Ella. 'Ond dwi ddim yn ei feio fe.'

Y tu hwnt i Ella, gwelaf Jake yn eistedd wrth y bwrdd. Hanner ffordd drwy gegaid o fwyd mae e wedi stopio cnoi i'n gwylio ni'n siarad. Mae Chloe ac Ella wedi'i weld yn gwylio hefyd.

Dwi'n estyn plât o'r pentwr. 'Mae Daisy'n edrych ymlaen yn fawr iawn at barti Lauren,' meddaf. 'Oes llawer o blant yn dod?'

Mae Chloe'n dal ei phlât i gael sglodion. 'Rhyw bymtheg. Dyw Mam ddim yn edrych ymlaen o gwbl. Mae Dad newydd ddod 'nôl o'r môr ac mae e wedi blino'n lân. Mae Mam isie i ni helpu.'

Mae tad Chloe'n gweithio gydag Wncwl Tom ar gychod Dougie Evans. Mae e wedi dod adre i weld pymtheg o ferched fel Daisy, yn hollol ddwl ar ôl yfed diodydd llawn siwgr a bwyta teisen ben-blwydd.

Dolffin Gwyn

'Dwi'n barod i helpu hefyd,' cynigiaf. 'Mae'n rhaid i mi ddod â Daisy draw beth bynnag.'

Mae Chloe'n edrych tuag at Jake ac yna ar Ella. 'Fe fyddwn ni'n iawn,' medd hi. Mae'r geiriau'n dod allan yn rhy gyflym. 'Fe fydd hi braidd yn llawn acw. Fydd dim angen unrhyw help arnon ni.'

Mae Ella'n syllu i lawr ar ei hambwrdd.

'O'r gorau,' meddaf. Dwi'n teimlo fy llygaid yn llawn dagrau. Mae Chloe ac Ella bob amser wedi gadael i mi ymuno â nhw o'r blaen.

'Sglodion neu daten drwy'i chroen?'

Edrychaf i fyny. Mae'r fenyw ginio'n estyn llond sgŵp o sglodion yn un llaw a thaten drwy'i chroen ar fforc yn y llall.

'Sglodion,' atebaf.

Mae hi'n gwagio ei sgŵp o sglodion ar fy mhlât a dw innau'n codi'r rhai sy'n mynd i bobman dros fy hambwrdd.

Mae Chloe'n rhoi bisged siocled ar ei hambwrdd ac yn troi ataf, gan ddweud, 'Mae'n rhaid i mi moyn Lauren a'i ffrindiau eraill hi o'r ysgol, felly fe af i â Daisy hefyd.'

Dwi'n nodio ac yn esgus canolbwyntio ar y platiau o bwdin a'r bowlen o ffrwythau o 'mlaen. 'Dwed wrthi y gwna i ddod i'w moyn hi am hanner awr wedi pump.'

Gwyliaf Chloe'n cerdded i ffwrdd. Mae hi'n eistedd gydag Ella ar y bwrdd hir wrth y ffenest. Mae Jake ac

Ethan ar y bwrdd hefyd. Mae Jake yn rhythu arnaf.
Mae ei wyneb yn llanast o glais dulas. Mae plastr gwyn
llachar dros ei drwyn.

Cydiaf mewn afal a cherdded ar draws y ffreutur gan
deimlo llygaid Jake arnaf bob cam. Mae'r bwrdd yn llawn.
Petai Chloe'n symud draw, gallwn eistedd wrth ei hymyl,
ond mae ei chefn wedi'i droi tuag ataf ac mae ei
phenelinoedd ar led bob ochr i'w hambwrdd. Mae plant
hŷn o Flynyddoedd Wyth a Naw ar y byrddau eraill.
Cymeraf fy hambwrdd ac eistedd wrth fwrdd gwag
ger y drws.

Ceisiaf orfodi fy hun i fwyta, ond mae fy ngheg yn
sych ac mae'r sglodion yn sticio yn fy ngwddf. Gwthiaf
nhw i'r naill ochr, eu cuddio o dan fy nghyllell a fforc a
chnoi'r afal. O leiaf mae hi'n ddydd Gwener. Dim ysgol
am ddau ddiwrnod cyfan, ac yna dim ond un wythnos
arall nes i'r gwyliau haf ddechrau.

'Wyt ti'n cael hwyl?' Mae Jake yn rhoi ei hambwrdd
gwag i lawr ar y bwrdd ac yn eistedd gyferbyn â mi. Mae
Ethan yn pwyso yn erbyn ffrâm y drws ac yn crechwenu.

Edrychaf ar Jake. O'i weld yn agos, mae un llygad yn
llawn gwaed. Mae ymylon y clais yn felyn afiach.

'Ti ddim yn meddwl y galli di wneud iawn am hyn
gyda bocs o siocledi wyt ti?' Mae cornel ceg Jake yn troi ar
i fyny wrth iddo siarad.

'Nid fi anfonodd nhw,' atebaf.

A dwi'n disgwyl iddo fynd, ond mae'n eistedd yno, yn rhythu arnaf.

'Ti'n gwybod pam mae Dad yn dy gasáu di gymaint?' gofynna.

Syllaf ar yr afal wedi hanner ei fwyta ar fy mhlât. Dwi'n gwybod y rheswm pam. Dwi wedi clywed hyn i gyd o'r blaen.

Mae Jake yn pwyso dros y bwrdd. 'Mae Aaron wedi marw oherwydd dy fam di.'

Dwi'n cydio yn ymylon fy hambwrdd. Mae'r fforc yn crynu yn erbyn y plât. 'Doedd dy frawd di ddim yn gwisgo siaced achub pan gawson nhw hyd iddo fe,' meddaf.

Mae Jake yn wfftio hyn. 'Mae 'nhad yn dweud y cei di dalu am hyn.' Mae'n gostwng ei lais fel nad yw Ethan hyd yn oed yn gallu clywed. 'Cyn hir fydd *dim byd* ar ôl 'da ti a dy dad.'

PENNOD 8

Llithraf fy llaw drwy law Daisy. 'Parti da?' gofynnaf.
Mae ei gwisg tylwyth teg yn siffrwd wrth i ni siglo'n breichiau 'nôl a 'mlaen, ac mae hi'n sgipio wrth fy ymyl.

Mae Daisy'n nodio ac yn gwenu i fyny arnaf. 'Pam na ddest ti hefyd?'

Edrychaf yn ôl tuag at y tŷ. Mae Lauren yn y drws yn codi ei llaw arnon ni, ond does dim sôn am Chloe nac Ella.

'Roedd yn rhaid i mi fynd i siopa dros dy fam,' meddaf yn gelwyddog.

Mae Daisy'n rhedeg ymlaen ac yn fy nhynnu gerfydd fy llaw. 'Wnei di chwarae 'da fi gartre?'

Ysgydwaf fy mhen. 'Dwi'n mynd mas.'

'Ble?'

'Mas, dyna i gyd.'

Mae hi'n aros ac yn tynnu oddi wrtha i. 'Ti'n mynd i chwilio am y dolffin gwyn, on'd wyt ti?'

Dolffin Gwyn

Estynnaf fy llaw. 'Dere, Daisy,' meddaf. 'Fe ddwedes i wrth Anti Bev y byddwn i'n mynd â ti adre.'

Dydy hyn ddim yn hollol wir, ond dwi isie mynd yn ôl i'r traeth bychan ac alla i ddim mynd â Daisy gyda mi.

'Dwi isie dod 'da ti,' mynna hi. Mae hi'n gwthio'i gên allan ac yn sefyll yn stond. Mae chwa o wynt yn chwythu ei gwallt cyrliog golau dros ei hwyneb. Mae ei hadenydd tylwyth teg yn symud. Mae hi'n cydio'n dynn yn ei hudlath a'i bag parti yn un llaw ac yn plethu ei breichiau ar draws ei brest.

'*Dere*, Daisy,' meddaf. Dwi ddim yn teimlo fel ymladd. '*Plis.*'

Mae hi'n ysgwyd ei phen. Mae hi'n edrych fel tylwythen deg ddrwg. Tylwythen fach dwt wedi'i gwasgu i mewn i ffrog bale, ar fin strancio.

Eisteddaf ar wal isel y tu ôl i mi a gorffwys fy mhen yn fy nwylo. Teimlaf y gallen ni fod yma am dipyn.

'Fe bryna i hufen iâ i ti yn Zagni's,' meddaf. Dwi'n ysgwyd ychydig o ddarnau arian yn fy mhoced. Gobeithio bod gen i ddigon i brynu un. Efallai na fydd Daisy'n teimlo fel hufen iâ ar ôl yr holl fwyd parti yna. Ond dwi'n adnabod Daisy. Dydy hi byth yn gwrthod hufen iâ. Dwi'n aros ac yn gwylio.

Mae Daisy'n troelli ei hudlath rownd a rownd yn ddi-baid. Mae hi'n rhoi ei dwylo ar ei chluniau, yn edrych arna i ac yn dweud, 'Bydd yn rhaid iddo fe fod yn hufen iâ *mint choc chip*,' medd hi.

'O'r gorau,' meddaf. '*Mint choc chip* amdani.'

Codaf o'r wal, yn barod i fynd.

'A fflêc,' ychwanega Daisy.

Ysgydwaf fy mhen. 'Does gen i ddim digon o arian i hynny.'

'Saws siocled, 'te?'

Nodiaf. 'O'r gorau.'

Mae Daisy'n fflachio'i gwên arnaf ac yn gafael yn fy llaw. Mae ei llaw'n fach ac yn feddal ac yn gynnes, fel pwti. Mae hi'n sgipio wrth fy ymyl, a'r tiara'n bownsio ar ei gwallt cyrliog. A dwi'n methu peidio â gwenu hefyd, achos mae Daisy'n llwyddo i droi *pawb* o gwmpas ei bys bach.

Mae hi'n gynnes yn Zagni's. Yn rhy gynnes. Mae anwedd yn glynu wrth y ffenestri. Ry'n ni'n sefyll yn y ciw hufen iâ a phitsa ac yn aros. Mae'r ciw'n hir ac yn nadreddu o gwmpas y cadeiriau a'r byrddau wrth y rhesi o gardiau post, cadwyni cregyn, a'r cylchau allweddi. Ry'n ni'n symud ymlaen yn araf a sylwaf fod Jake ac Ethan wrth un o'r byrddau. Dwi isie gadael a mynd allan, ond mae Daisy'n cydio'n dynn yn fy llaw. Cuddiaf y tu ôl i'r dyn sydd o 'mlaen a chadw fy mhen i lawr, o'r golwg.

Dydy Jake ac Ethan ddim wedi fy ngweld. Maen nhw'n gwylio bachgen a menyw dal â gwallt golau yn dadlau wrth un o'r byrddau ger y ffenest. Alla i ddim deall

beth maen nhw'n ei ddweud, ond mae'r fenyw'n curo'i
dwylo ar y bwrdd ac yn codi ar ei thraed. Mae ei chadair
yn disgyn i'r llawr ac mae hi'n plygu i'w chodi. Mae'r
bachgen yn rhythu arni wrth iddi ruthro heibio i ni ac
allan drwy'r drws. Dim ond nawr dwi'n gallu gweld ei
wyneb e'n glir.

'Y bachgen newydd yw e,' sibrydaf wrth Daisy. 'Roedd
e yn fy nosbarth i heddiw.'

Mae Felix yn llyncu ei ddiod ac yn pwyso'n ôl yn ei
gadair. Mae'n sychu ei wyneb â'i lawes, gan adael ôl sudd
oren ar ei ên.

Mae Daisy'n tynnu ar fy mraich. 'Beth sy'n bod
arno fe?'

'Dim syniad, Daisy.' Tynnaf ar ei braich. 'Dere, mae'n
anghwrtais i ti syllu.'

Clywaf Jake yn chwerthin lond ei fol ac edrychaf i
fyny. Nid am fy mhen i maen nhw'n chwerthin y tro
hwn. Ond am ben Felix. Mae Ethan yn codi ei fraich i
fyny at ei frest ac yn gwenu'n rhyfedd. Mae wyneb Felix
yn mynd yn dywyll. Mae'n edrych tuag ata i fel petawn i
gyda nhw hefyd, felly dwi'n troi i ffwrdd.

Ry'n ni'n llusgo yn ein blaenau yn araf yn y ciw.

Ond mae Jake ac Ethan yn dal wrthi. Dwi'n eu clywed
nhw'n chwerthin eto.

Edrychaf o gwmpas a gweld poer yn diferu dros
ên Ethan.

Mae Daisy'n hongian fy llaw yn ôl. Ceisiaf ei thynnu ymlaen ond mae hi'n gollwng fy llaw.

'Peidiwch,' gwaedda. 'Peidiwch, wnewch chi.' Mae hi'n sefyll o flaen Jake ac Ethan, ei llaw ar ei chlun, a'i hudlath wedi'i chodi fel Tinkerbell o flaen Capten Hook a Smee. Mae hi'n pwyntio at Felix ac yn dweud, 'Does dim y gall e wneud am y peth.' Mae ei hadenydd yn ysgwyd ac mae ei hwyneb yn goch llachar.

Mae Jake ac Ethan yn piffian chwerthin. Ond mae'r bobol yn y caffi yn troi yn eu seddau i edrych arnyn nhw. Mae Jake yn codi ar ei draed, yn fy ngweld i, yn gwgu ac yn dweud, 'Dere, Ethan.' Mae'n gwthio heibio i mi ac yn sibrwd ond yn ddigon uchel i mi ei glywed. 'Lle i rai anabl a da i ddim yw hwn.'

Mae Daisy'n cydio yn fy llaw eto, yn dynnach y tro hwn. Gallaf deimlo'i hewinedd yn torri i mewn i gledr fy llaw.

Dwi'n rhoi fy mraich amdani ac edrych eto ar Felix. Mae'n syllu ar y bwrdd, gan droi'r pot halen rownd a rownd â'i law dda.

Ry'n ni'n cyrraedd y cownter, yn barod i roi'r archeb, ond mae gan Mrs Zagni hufen iâ yn barod i Daisy. Dwy belen o *mint choc chip*, yn diferu o saws siocled a fflêc siocled.

'Mae hwn am ddim, Daisy Varcoe,' gwena. 'Fe wnest ti rywbeth mawr fan'na. Rhagor o bobol fel ti sydd ei angen ar y byd.'

Dolffin Gwyn

Mae Daisy'n gwenu fel giât ac yn cymryd yr hufen iâ.

'Dere, Daisy.' Dwi'n gafael yn ei hudlath a'i bag parti. 'Gad i ni fynd o'ma.'

'Dwi isie dweud helô, dyna i gyd,' medd hi.

Arhosaf amdani wrth ddrws y caffi a gwenu. Mae Daisy isie i bawb yn y byd i fod yn ffrindiau â hi. Mae hi'n sefyll o flaen bwrdd Felix, yn gwthio ei brest allan ac yn gwenu.

Ond mae rhywbeth yn digwydd. Mae rhywbeth yn cael ei ddweud nad ydw i'n gallu ei glywed. Mae wyneb Daisy'n newid. Mae golau bach y dylwythen deg wedi'i ddiffodd. Mae hi'n gollwng ei hufen iâ. Mae'r côn yn torri ac mae'r *mint choc chip* yn tasgu dros deils caled y llawr. Mae'n rhedeg heibio i mi, drwy ddrws agored y caffi, ei bochau'n goch, goch ac yn ddagrau i gyd.

PENNOD 9

Dwi'n dod o hyd i Daisy wrth yr harbwr. Mae hi'n eistedd rhwng pentwr o botiau cimychiaid, yn beichio crio, a'i hanadl yn fyr.

'Beth sy'n bod, Daisy? Beth ddigwyddodd?'

Mae hi'n tynnu ei hadenydd ac yn eu taflu i'r baw. Mae hi'n ceisio torri ei hudlath ond dim ond plygu mae'r plastig yn ei wneud ac mae hi'n taflu honno i'r mwd a'r olew hefyd.

'Glywest ti beth ddwedodd e?' Mae ei llygaid yn fawr ac yn llawn dagrau.

Penliniaf a rhoi fy mreichiau amdani. 'Beth, Daisy?'

Mae hi'n ysgwyd ei phen ac yn ei gladdu yn fy mrest.

Codaf ei gên. 'Dere, Daisy, fe alli di ddweud wrtha i.'

'Fe ddywedodd e . . .' Mae hi bron â chrio ond mae hi'n llyncu'n galed. 'Fe ddywedodd e . . . nad oedd e wedi gofyn am help gan dylwythen dew.'

Dolffin Gwyn

'Naddo!' ebychaf.

Mae Daisy'n ysgwyd ei phen. 'Dyna ddywedodd e.'

Ceisiaf guddio fy ngwên. 'Anghofia fe, Daisy.
Roedd e'n anghwrtais, dyna i gyd.'

Mae hi'n edrych arnaf â'i llygaid mawr crwn.
'Dwi ddim yn dew, ydw i?'

'Wrth gwrs nad wyt ti,' meddaf, gan wenu'r tro hwn.
'Ti'n berffaith fel rwyt ti. Ac fe wnest ti rywbeth
dewr iawn.'

Mae hi'n edrych arnaf ond dydy hi ddim wedi cael ei
hargyhoeddi. Mae ôl dagrau a baw ar ei hwyneb. Mae ei
chorff hi'n crynu wrth iddi feichio crio.

Codaf hi ar ei thraed. 'Dere. Gad i ni fynd i chwilio
am y dolffin gwyn 'na.'

Mae ei hwyneb yn goleuo ychydig ac mae hi'n gwenu.
'Wir?'

Nodiaf. Ond alla i ddim mynd â hi i'r traeth bach
cudd. Mae'r clogwyni'n rhy serth i'w dringo a fyddwn ni
ddim adre pryd mae Anti Bev yn disgwyl i ni gyrraedd.

'Beth am fynd i lawr i'r traeth?' awgrymaf. 'Efallai y
gwelwn ni fe fan'na.'

Cydiaf yn llaw Daisy a cherdded ar hyd y traeth at y
pyllau yn y creigiau yn y pen pellaf. Edrychaf allan i'r
môr, ond does dim sôn am ddolffin yn y bae.

'Beth am fynd i'r Pwll Glas?' awgrymaf. 'Tybed beth
welwn ni?'

Mae'r llanw yn dal yn ddigon isel i ni allu cerdded ar hyd y slabiau o graig a'r darnau o dywod golau tua'r penrhyn. Yma mae'r pyllau yn y creigiau'n ddwfn ac yn gudd. Mae ambell un fel cwm cul, tua dau fetr o led, sy'n cynnwys byd bach dan y dŵr. Ond mae un pwll yn fwy na'r lleill. Mae fel bydysawd bach ynddo'i hun.

Pwll llanw yw'r Pwll Glas, ac mae slabiau enfawr o lechen ar dair ochr iddo. Tua hanner can mlynedd yn ôl, cafodd silff goncrit ei hadeiladu ar ei draws i gadw'r dŵr i mewn. Nawr mae'n bwll dwfn enfawr, yn ddigon mawr i nofio ynddo. Mae'r waliau'n llawn anemoni a gwymon, ac weithiau mae pysgod yn cael eu dal yno rhwng dau lanw.

Pan fydd y llanw'n uchel, mae'r môr yn cyrraedd yn uwch na'r silff ac yna mae'r Pwll Glas yn edrych fel un o'r pyllau nofio smart dwi wedi'u gweld mewn cylchgronau, y rheini sy'n mynd ymlaen ac ymlaen fel petaen nhw'n rhan o'r môr. Ganol haf mae'n gallu bod yn llawn pobol yma. Ond heddiw, dim ond Daisy a mi sydd yma.

Tynnaf fy esgidiau a'm sanau a thorchi fy nhrowsus. Eisteddaf a rhoi blaenau fy nhraed yn yr heli oer. Syllaf i lawr drwy'r dŵr disglair gan obeithio gweld slefren fôr neu hyd yn oed bysgodyn mawr yn sownd ynddo. 'Beth weli di, Daisy?'

'Menyw'r Adar,' sibryda'n dawel.

'Beth?' meddaf. Edrychaf i fyny. Mae Daisy'n pwyntio ar hyd y lan greigiog. Do'n i ddim wedi'i gweld hi cynt. Roedd hi o'r golwg yn y cysgodion. Ond nawr gwelaf hen wraig yn eistedd wrth y creigiau mawr ar lan y dŵr, ei gwallt hir llwyd a'i siôl ddu yn chwifio yn yr awel. Gwyliaf hi'n rhwygo darnau o dorth o fara a'u taflu nhw'n uchel i'r awyr. Mae'r gwylanod yn troelli ac yn plymio i'w dal nhw, ac yn ffraeo ar y creigiau am friwsion sydd wedi disgyn.

'Miss Penluna ydy hi,' meddaf. 'Ro'n i'n meddwl ei bod hi wedi symud i ffwrdd.'

'Gwrach ydy hi,' medd Daisy.

'Daisy!' Chwarddaf, oherwydd petai gan Miss Penluna ysgub byddwn innau'n meddwl hynny hefyd.

Mae Daisy'n gwgu arnaf ac yn plethu ei breichiau. 'Gwrach *ydy* hi. Yn ôl Tommy Ansty, pan oedd dafadennau ar rai o'r gwartheg ar fferm ei dad, doedd y milfeddyg ddim yn gallu eu gwella nhw, ond roedd Menyw'r Adar yn gallu. Rhoddodd hi hud arnyn nhw. Dywedodd Tommy fod y dafadennau wedi disgyn i ffwrdd y diwrnod wedyn.'

'Wel, gwylia,' meddaf. 'Mae hi'n dod tuag aton ni. Efallai y bydd hi'n bwrw swyn arnat tithau hefyd.'

Mae Daisy'n ceisio fy nhynnu i fyny. 'Dere, gad i ni fynd.'

'Paid â bod yn ddwl, Daisy,' meddaf. 'Does dim o'r fath beth â gwrachod.' Er gwaethaf fy ngeiriau, gwasgaf fy hun i mewn i gysgodion y creigiau wrth iddi fynd heibio. Mae Daisy'n cydio'n dynn yndda i ac ry'n ni'n ei gwylio

hi'n llusgo heibio ac yn dringo'r grisiau, sydd wedi'u
treulio'n llyfn gan draed pobol dros y blynyddoedd, i fyny
at y llwybr ar hyd y penrhyn. Mae ei siôl hir yn llusgo'r
llawr gan adael llinell wlyb ar hyd y creigiau lle mae wedi
mynd drwy byllau dŵr. Mae hi bron â chyrraedd y top,
pan welwn ni hi'n cwympo. Mae hi'n baglu ymlaen. Mae
ei ffon yn disgyn yn swnllyd ac yn llithro i lawr y creigiau.
Y cyfan welwn ni yw top ei siôl uwchben y gwair hir.

Dydy hi ddim yn symud.

Edrychaf ar Daisy, ac mae Daisy'n edrych arna i.

'Mae'n well i ni fynd i weld ydy hi'n iawn,' meddaf.

Mae Daisy'n nodio ac yn fy nilyn dros y creigiau.
Erbyn i ni gyrraedd Miss Penluna, mae hi'n eistedd i fyny
ac yn rhwbio'i phengliniau. Mae staen bach o waed wedi
dod drwy ei theits gwlân.

Codaf ei ffon. 'Ydych chi'n iawn?'

Mae Miss Penluna yn edrych i fyny ac yn gwenu.
'Dwi'n credu 'mod i, diolch yn fawr, cariad.'

Estynnaf fy llaw. Mae hi'n cydio yn fy llaw a helpaf hi i
godi ar ei thraed. Mae ei braich yn teimlo'n denau ac yn
esgyrnog o dan ei siôl. Mae hi mor ysgafn, mae hi fel petai
wedi cael ei gwneud o ddim byd. Mae ei llygaid fel aderyn
yn gwibio ar draws fy wyneb.

'Merch Kay Wood wyt ti, yntê?'

Mae'r cwestiwn yn fy synnu. Does neb yn siarad am
Mam mwyach.

Nodiaf.

Mae Daisy'n cydio'n dynn yn fy llaw.

'Roedd hi'n arfer dod ag adar i mi,' medd Miss Penluna gan wneud cwpan â'i dwylo fel petai hi'n dal un. 'Adar du a gwyn bach rhyfedd, fel pengwiniaid. Ro'n nhw ar goll. Do'n nhw ddim yn gallu dod o hyd i'w tyllau cwningen yn y storm.'

Clywaf Daisy'n ceisio peidio â chwerthin. Mae hi'n dal ei llaw dros ei cheg a gwelaf gornel ei llygaid yn crychu'n wên.

Ond dydy Miss Penluna ddim wedi sylwi. Mae hi'n pwyso tuag aton ni, ei llygaid yn fawr, ac yn sibrwd. 'Fe gadwais i nhw mewn pibenni glaw dros nos.'

Mae Daisy'n ysgwyd wrth fy ymyl nawr, a dwi'n peswch i guddio'r piffian chwerthin. 'Ydych chi'n siŵr y byddwch chi'n iawn?' meddaf.

Mae Miss Penluna'n nodio ac yn sythu ei siôl am ei hysgwyddau. Mae hi'n cymryd ei ffon oddi arna i. 'Fe fydda i'n iawn nawr, diolch yn fawr.'

Mae hi ar fin cerdded i ffwrdd ond mae hi'n troi ac yn fy wynebu, ei phen ar un ochr.

'Sut mae dy fam?' gofynna. 'Dwi ddim wedi'i gweld hi ers i mi fod i ffwrdd.'

Codaf fy ysgwyddau. Mae'n gwestiwn mor syml ond does dim syniad gen i beth yw'r ateb nawr. 'Dwi ddim yn gwybod ble mae hi,' meddaf.

Mae llygaid Miss Penluna'n chwilio fy wyneb a dwi'n teimlo'n ddiofal rywsut, fel plentyn bach sydd wedi colli tegan gwerthfawr. Ro'n i'n meddwl bod pawb yn y dref yn siŵr o fod wedi clywed am Mam. Roedd yn newyddion mawr y llynedd. Pedwar aelod o'r elusen morfilod a dolffiniaid roedd hi'n gweithio iddi wedi diflannu yn Ynysoedd Solomon, a hithau'n un ohonyn nhw. Roedden nhw'n helpu'r bobol leol i atal dolffiniaid rhag cael eu dal ar gyfer parciau bywyd môr o gwmpas y byd. Roedd un parc thema yn Dubai isie ugain dolffin ac roedd parc arall yn y Caribî isie rhai hefyd. Roedd Mam am geisio dod i wybod pwy oedd tu cefn i'r cyfan. Dywedodd hi fod rhywun yn gwneud llwyth o arian. Arian gwaed roedd hi'n ei alw.

Mae Miss Penluna'n rhoi pwt i mi yn fy mrest â'i ffon, ac yn dweud, 'Fe ofynna i i'r angylion chwilio amdani hi. Efallai y gallan nhw helpu.'

Nodiaf ac edrych ar Daisy. 'Diolch.' Alla i ddim meddwl am ddim byd arall i'w ddweud.

Gwyliaf hi'n dringo'r ychydig risiau olaf ac yn mynd ling-di-long ar hyd llwybr yr arfordir yn ôl i'r dref.

Mae Daisy'n troi ataf a'i llygaid yn fawr. 'Efallai y gall hi ddod o hyd i dy fam.'

'Paid â bod yn ddwl, Daisy,' meddaf. 'Dim ond siarad dwli mae hi. Dydy hi ddim hanner call. Fe welest ti hynny dy hunan.'

Dolffin Gwyn

Mae bwlch yn agor yn y cymylau ac mae Miss Penluna'n cael ei goleuo gan belydryn o olau, fel petai'n disgleirio'n syth o'r nefoedd. Ceisiaf wthio'r syniad o 'mhen. Mae'n syniad dwl, dwi'n gwybod. Ond alla i ddim peidio â meddwl. Alla i ddim peidio â meddwl y gallai Daisy fod yn iawn, efallai.

Efallai y gall Miss Penluna siarad ag angylion wedi'r cyfan.

PENNOD 10

Mae arogl bacwn yn treiddio i fyny'r grisiau ac i mewn i'r stafell dwi'n ei rhannu â Daisy. Mae hi'n dal i gysgu, a'i gwallt cyrliog golau dros y gobennydd. Dwi'n rhoi fy ngŵn gwisgo amdanaf ac yn mynd i lawr y grisiau i'r gegin. Mae Wncwl Tom yn eistedd wrth y bwrdd, yn gwisgo'i drowsus pysgota ac mae ei fŵts pysgota wrth y drws cefn. Dwi'n dyfalu ei fod yn mynd yn ôl i'r môr heddiw. Mae Anti Bev yn sefyll wrth y popty, yn ffrio bacwn. Mae hi'n gorffwys ei llaw arall ar ei bol, sy'n enfawr erbyn hyn. Bydd y babi'n cyrraedd ymhen chwe wythnos.

'Ydy Daisy wedi codi eto?' gofynna. Mae hi'n pwyntio'r sbatwla tuag ataf. 'Dwi'n mynd â hi i Plymouth am y diwrnod. Dwi ddim isie colli'r bws.'

'Fe a' i i weld,' meddaf.

Dwi'n mynd yn ôl i'r stafell wely ac yn dihuno Daisy. Mae hi'n fy nilyn yn freuddwydiol i lawr y grisiau,

Dolffin Gwyn

yn hanner cysgu, gan ddal Tedi-cath, ei chath degan, yn dynn. Mae Dad yn y gegin nawr, hefyd, yn arllwys coffi iddo'i hun.

'Ti'n edrych yn smart,' meddaf.

Mae Dad yn edrych i fyny, ei wallt wedi'i frwsio ac mae'n gwisgo'r unig siwt sydd ganddo. Bob bore Sadwrn bydd yn arfer mae'n rhoi trefn ar y *Moana* yn yr harbwr yn ei hen siwmper a'i jîns.

Â gwg ar ei wyneb, mae'n nodio ei ben tuag at ffolder las golau ar y bwrdd ac yn dweud, 'Dwi'n gweld y dyn sydd isie prynu'r *Moana*.'

'Paid llofnodi dim byd hyd nes i ti ddangos y print mân i mi,' ydy cyngor Wncwl Tom. 'Rhaid i ti gael pris da amdani.'

Eisteddaf wrth y bwrdd a rhythu at Dad. Mae Daisy'n eistedd wrth fy ochr ac yn rhoi Tedi-cath ar y bwrdd.

'Wnei di symud honna?' gofynna Anti Bev. 'Weli di ddim bod brecwast yn barod?'

Mae Daisy'n symud Tedi-cath i'w chôl ac mae Dad yn rhoi ei ffolder ar y gadair wrth ei ochr.

Mae Wncwl Tom yn cymryd plataid Daisy o facwn ac wyau wedi'u ffrio ac yn dechrau torri'r bacwn iddi. 'Parti da neithiwr, Daisy?'

Mae Daisy'n nodio ac yn edrych arnaf cyn dweud, 'Fe weles i a Cara Fenyw'r Adar.'

Mae Wncwl Tom yn gwgu. 'Menyw'r Adar?'

Nodiaf. 'Miss Penluna.'

'Miss Penluna?' chwardda Anti Bev. Mae hi'n gollwg
darn arall o facwn i mewn i'r badell. 'Yr hen wrach ddwl
'na? Dwi'n synnu eu bod nhw wedi'i gadael hi mas.'

'Mas o ble?' gofynnaf.

Mae Wncwl Tom yn peswch ac yn rhythu ar Anti Bev.
'Dydy hi ddim wedi bod yn dda.'

Mae Daisy'n pwyso dros y bwrdd ac yn sibrwd,
'Mae hi'n dweud ei bod hi'n gallu siarad â'r angylion.'

'Dyna ni 'te,' medd Anti Bev. Mae'r bacwn yn poeri ac
yn hisian wrth iddi droi'r gwres yn uwch. 'Dydy hi ddim
wedi newid. Glywoch chi fod Muriel o'r swyddfa bost
wedi mynd i'w gweld hi unwaith?'

Mae Wncwl Tom yn ysgwyd ei ben ac yn cymryd
llwnc o goffi.

Mae Anti Bev yn gostwng ei llais. 'Roedd Muriel isie
siarad â'i gŵr, Ernie, ar yr ochr draw.'

'Yr ochr draw i ble?' gofynna Daisy.

'Yr ochr draw i'r bedd,' ateba Anti Bev.

Edrychaf ar Daisy. Mae ei llygaid yn fawr, fawr.

Mae Anti Bev yn edrych o gwmpas i wneud yn siŵr
fod pawb yn gwrando arni. 'Fe ddywedodd Miss Penluna
fod yn rhaid i Muriel ddod â rhywbeth oedd yn perthyn i
Ernie i'w ddangos i'r angylion,' sibryda. 'Wel, fe aeth
Muriel â'i lyfr pensiwn gyda hi. A wyddoch chi beth
ddywedodd yr hen wrach oedd neges Ernie?'

Dolffin Gwyn

Mae Wncwl Tom yn ysgwyd ei ben.

Mae tician y cloc ar y wal i'w glywed yn glir drwy'r tawelwch.

Mae Anti Bev yn plethu ei breichiau dros ei bol i greu mwy o argraff. 'Fe ddywedodd hi fod Ernie isie i Muriel beidio gwthio'i hen drwyn mawr i fusnes pawb.'

Mae Dad yn tagu ar ei goffi.

Mae Wncwl Tom yn cuddio'r tu ôl i'w gopi o'r *Fishing News*, ond dwi'n ei glywed yn dweud o dan ei anadl, 'Efallai nad yw Miss Penluna mor ddwl wedi'r cyfan.'

'Dydy hynny ddim hyd yn oed yn ddoniol,' medd Anti Bev yn swta. 'Fe ddylech chi fod wedi gweld cyflwr tŷ Miss Penluna pan aethon nhw â hi oddi yno. Roedd e fel twlc mochyn. Fe ddywedodd Muriel fod baw adar ym mhobman. Roedd chwe brân yn byw yn ei stafell fyw, er mwyn popeth. Dwi'n synnu na losgon nhw'r tŷ i lawr ar ôl iddi fynd.'

Mae Daisy'n chwerthin. 'Fe ddywedodd hi wrthon ni ei bod hi'n cadw pengwiniaid mewn pibenni glaw. Fe ddywedodd hi nad oedden nhw'n gallu dod o hyd i'w tyllau cwningod yn y storm.'

Mae Anti Bev yn rhoi darn o facwn yn ei cheg. 'Dyna chi, mae hi'n ddwl bared.'

Dwi'n golchi'r llestri tra mae Anti Bev yn cael Daisy'n barod ar gyfer eu taith i Plymouth. Maen nhw'n rhuthro drwy'r drws gyda'u bagiau a'u cotiau, a chodaf fy llaw ar

Daisy wrth i Wncwl Tom eu gyrru yn y car i'r safle bysiau ar y ffordd uchaf allan o'r dref.

Eisteddaf i lawr wrth ochr Dad mewn tawelwch dwfn a llonydd. Dyma'n lle ni nawr, am ychydig o leiaf.

'Meddylia fod Miss Penluna wedi cofio 'na,' medd Dad.

'Beth?' gofynnaf.

'Am yr adar,' ateba. 'Dim ond unwaith yr aeth Mam ag adar ati. Adar drycin Manaw oedden nhw. Adar bach du a gwyn sy'n nythu mewn tyllau cwningod ar ynysoedd yng nghanol y môr. Ac maen nhw'n edrych fel pengwiniaid. Fe ddaeth Mam o hyd i ddau aderyn bach oedd wedi blino'n lân ar ôl i stormydd eu chwythu nhw i'r tir.' Mae Dad yn cymryd llwnc o'i goffi ac yn chwerthin. 'Fe gadwodd Miss Penluna nhw mewn hen ddarnau o bibenni glaw dros nos cyn iddi eu gollwng yn rhydd y diwrnod wedyn.'

Gwenaf. 'Efallai fod Wncwl Tom yn iawn,' meddaf. 'Efallai nad yw Miss Penluna mor ddwl ag y mae pawb yn meddwl wedi'r cyfan.'

Mae Dad yn cael cip ar y cloc, yn codi'r ffolder o'i gôl ac yn ei rhoi ar y bwrdd. Mae'n ochneidio ac yn rhedeg ei ddwylo ar hyd ymyl anniben y ffolder. 'Rhaid i mi fynd cyn hir.'

Dwi'n gwybod beth sydd yn y ffolder. Dwi wedi'i gweld hi sawl gwaith o'r blaen. Mae Dad wedi dangos y ffotograffau o'r *Moana* i mi pan ddaeth Mam a Dad o hyd

iddi'n pydru mewn cilfach, ffotograffau ohoni'n cael ei
hailadeiladu, a'r lluniau o'i chynllun a darn bach sgwâr o
ddefnydd ei hwyliau.

Mae Dad yn tynnu un ffotograff allan ac yn dweud,
'Ro'n i'n meddwl y bydden ni'n cadw hwn.'

Edrychaf arno a rhedeg fy mys ar hyd yr ymyl uchaf.
Ffotograff o'r diwrnod y lansion ni'r *Moana*, y tro cyntaf
iddi hwylio ers dros gan mlynedd. Mae hi mewn ffrâm
winsh, ar fin cael ei gostwng i'r dŵr. Roedd Mam wedi
dweud bod angen enw newydd ar y cwch ar gyfer bywyd
newydd. Dywedodd fod yn rhaid iddo fod yn enw i'n
cysylltu ni i gyd. Felly roedd hi wedi dewis *Moana*, enw o
Seland Newydd, ei mamwlad. Yn iaith y Maori, cefnfor
ydy ystyr yr enw.

Dwi'n rhoi'r ffotograff yn y ffolder. 'Cadwa fe'n
fan'na,' meddaf. Codaf a syllu allan drwy ffenest y gegin a
chael cip ar y môr rhwng y tai. Dwi'n cofio Mam yn
dweud unwaith, dim ond i ni ofalu am y *Moana*, y byddai
hi'n gofalu amdanon ni. Dwi'n teimlo ein bod ni wedi'i
siomi hi.

'Dwi'n dod 'da ti, Dad,' meddaf. 'Allwn ni ddim o'i
gwerthu hi i rywun rywun. Mae hi'n haeddu hynny
o leiaf.'

Mae Dad yn nodio. 'Fe arhosa i amdanat ti'r tu fas.'

Newidiaf i grys-T a jîns a gwisgo fy siwmper las golau.
Hon ydy'r unig un sydd gen i heb dwll. Cerddaf gyda

Dad ar draws y dref ac i fyny'r bryn serth i'r rhes o dai newydd sy'n uchel ar dop y clogwyn.

Mae'r tai wedi'u cuddio y tu ôl i waliau uchel a giatiau. Mae cerbydau 4x4 mawr a cheir smart y tu allan i'r garejys dwbl. Mae llwch yn chwythu tuag atom o safle adeiladu'r tai newydd yr ochr draw i'r ffordd.

'Mae rhai pobol yn cael y lwc i gyd,' meddaf. 'Mae'n siŵr mai dim ond tegan fydd y *Moana* iddyn nhw.'

'Mae Mr Andersen yn swnio'n iawn,' medd Dad.

'Dyna'r dyn sydd isie'i phrynu hi?'

Mae Dad yn nodio. 'Mae'n dweud ei fod e wedi hwylio llawer yn y gorffennol. Perchennog ar gwmni meddalwedd yn Llundain yw e. Dywed ei fod e wedi byw yno bymtheg mlynedd yn rhy hir, a dyna pam mae e am symud i lawr yma. Ac mae ganddo fab hefyd, tua'r un oedran â ti.'

'Gwych,' meddaf o dan fy ngwynt. Ro'n i'n meddwl y byddai rhywun yn prynu'r *Moana* ac yn mynd â hi oddi yma. Ond bydd hyn yn waeth, rywsut, gweld rhywun arall yn ei hwylio hi yn y bae.

'Dyma'r tŷ,' medd Dad.

Ry'n ni'n stopio'r tu allan i ddreif o raean ar ben y lôn. Mae Dad yn canu'r gloch ar intercom sydd yn y wal ac mae'r giatiau'n llithro ar agor yn awtomatig. Mae dyn mewn jîns wedi pylu a chrys-T yn sefyll yn nrws y tŷ.

Dolffin Gwyn

Syllaf arno. Ro'n i wedi dychmygu Mr Andersen mewn siwt a thei.

'Mr Wood,' gwena, gan estyn ei law i Dad.

Mae Dad yn ysgwyd ei law. 'Dyma Cara, fy merch.'

Mae Mr Andersen yn troi ataf. 'Hyfryd cwrdd â ti, Cara.'

Dwi'n rhoi fy nwylo'n ddwfn yn fy mhocedi ac yn crensian y graean dan fy nhraed yn swnllyd.

'Wel, dewch i mewn,' medd Mr Andersen. 'Fe chwilia i am fy mab. Rhaid i chi gwrdd ag e.'

Arhosaf gyda Dad yn y cyntedd a gwylio Mr Andersen yn cerdded i ffwrdd. Mae hi'n stafell enfawr â waliau gwyn. Mae pren golau ar y llawr. Ar fwrdd wrth y grisiau mawr mae model o long hwylio fawr mewn cas gwydr. Gwasgaf fy nhrwyn yn ei erbyn a gadael i'm hanadl anweddu ar y gwydr. Dychmygaf fôr-ladron yn hwylio drwy niwl trwchus tuag at y llong hon. Dwi isie gwylio fy môr-ladron bach yn siglo o raffau'r llong. Dwi isie iddyn nhw wneud i gapten y llong hon gerdded ar hyd y planc i'r môr sydd wedi'i beintio.

'Mae'n wych, on'd yw e?'

Edrychaf o 'nghwmpas. Do'n i ddim wedi clywed Mr Andersen yn dod yn ôl.

Mae yntau'n edrych drwy'r gwydr hefyd. 'Replica o'r *America* ydy hi, y llong a enillodd y ras Cwpan America gyntaf erioed o gwmpas Ynys Wyth yn 1851.'

Dwi'n sefyll yn syth ac yn ceisio sychu'r gwydr â'm llawes. Edrychaf o gwmpas am ei fab, ond dydy e ddim yn y cyntedd.

'Dewch gyda fi,' medd Mr Andersen, 'dwi wedi dod o hyd iddo o'r diwedd. Byddai'n dda iddo wneud ychydig o ffrindiau yn y dre 'ma.'

Mae Dad a minnau'n ei ddilyn ar hyd y coridor a thrwy ddrws i stafell olau, heulog. Mae ffenestri enfawr, o'r llawr i'r nenfwd, yn llenwi un wal. Y cyfan wela i ydy'r môr, ehangder mawr yr Iwerydd. Mae soffas lledr gwyn yn wynebu'r olygfa.

'Cara, dyma fy mab,' medd Mr Andersen.

Dwi'n troi ar fy sawdl. Mae bachgen yn eistedd wrth fwrdd, a'i gefn at y ffenestri, yn syllu ar sgrin fawr cyfrifiadur. Dim ond top ei ben wela i uwchben ei gadair ledr. Mae'n troi ac yn gwgu arna i.

Dw innau'n gwgu arno fe.

Alla i ddim credu mai fe ydy e.

Plethaf fy mreichiau ar draws fy mrest gan wybod na alla i guddio'r atgasedd ar fy wyneb.

'Ry'n ni wedi cwrdd yn barod,' esboniaf.

PENNOD 11

Felix ydy e.

Y bachgen newydd yn yr ysgol.

Y bachgen oedd yn gas wrth Daisy.

Mae gwyntyll yn chwyrlïo yn y nenfwd uwch ein pennau yn y tawelwch.

Mae Mr Andersen yn edrych yn ddisgwylgar ar Felix.

'Ry'n ni wedi cwrdd yn yr ysgol,' medd Felix. Mae ei lais yn rhyfedd o drwynol fel petai annwyd cas arno, ac mae'n siarad yn dew.

Mae llygaid Mr Andersen yn edrych arna i a Felix bob yn ail. Mae'n rhwbio'i law ar hyd ei ên. 'Beth am i ti ddangos i Cara beth rwyt ti wedi bod yn ei wneud ar y cyfrifiadur, Felix? Fe ofynna i i Mam ddod â lemonêd i chi. Fyddet ti'n hoffi hynny, Cara?'

Nodiaf a syllu i fyny ar lafnau'r wyntyll yn chwyrlïo.

'Cara!' Mae Dad yn rhythu'n gas arna i.

'Diolch, Mr Andersen.' Dwi'n pwysleisio pob gair ac yn rhythu'n ôl ar Dad. 'Fe fyddai hynny'n braf iawn.'

Mae Mr Andersen yn rhoi gwên fach ac yn dweud, 'Da iawn. Wel, Jim, gadewch i ni fynd i chwilio am rywle tawel i siarad am eich cwch hyfryd chi.'

Gwyliaf nhw'n cerdded o'r stafell. Teimlaf fy mod wedi cael fy nhwyllo rywsut, wedi fy ngadael ar ôl. Dwi isie rhwystro Mr Andersen rhag prynu'r *Moana*. Trof yn ôl at Felix ond mae'n wynebu ei gyfrifiadur eto, a'i law dda yn bwrw'r bysellfwrdd. Safaf y tu ôl i'w gadair a gwylio. Mae'r gadair yn fawr ac yn lledr meddal gwyn i gyd, fel y soffas. Mae consol cyfrifiadur yn y ddwy fraich. Dwi wedi gweld cadeiriau fel hyn mewn cylchgronau ac yn y siopau gêmau cyfrifiadur mawr yn Plymouth.

Mae'r unig sŵn yn dod o'r bysellfwrdd a llafnau'r wyntyll yn y nenfwd.

'Dim ond trio helpu roedd Daisy, ti'n gwybod,' meddaf. Mae fy llais yn swnio'n gryf ac mae'n atseinio yn yr ystafell.

Mae Felix yn rhoi'r gorau i dapio'r bysellfwrdd. Mae ei fysedd yn hofran uwch ei ben. 'Wel, mae'n ddrwg gen i os gwelodd hi'n chwith, ond fe gei di ddweud wrth dy chwaer nad oes angen ei help arna i.'

'Fe gei di ddweud wrthi dy hunan,' meddaf. 'Beth bynnag, fy nghyfnither i ydy hi, nid fy chwaer i.'

'Beth bynnag,' medd Felix. Mae'n dechrau tapio'r bysellfwrdd eto. 'Edrych, os ydy pobol eraill yn mwynhau chwerthin am fy mhen, eu problem nhw ydy hynny, nid fy mhroblem i. Does dim ots 'da fi.'

Mae sgrin wag yn dod ar y cyfrifiadur. Mae Felix yn taro'r bysellfwrdd yn galed ac yn dyrnu'r ddesg. 'Ond *mae* ots 'da fi am *hyn*.' Mae'n rhedeg ei law drwy ei wallt. 'Does dim band llydan yma. Sut alli di *fyw* fel hyn?'

Dwi'n rhoi fy nwylo'n ddwfn yn fy mhocedi.

'Beth wyt ti'n trio'i wneud?'

Mae Felix yn rholio'i lygaid. 'Mae'n amlwg, on'd yw e? Dwi'n trio chwarae'r gêm yma ar y we. Ond dwi ddim yn gallu cysylltu. Rhaid i mi chwarae oddi ar lein.'

Mae rhyfelwr mewn dillad rhyfel yn fflachio ar y sgrin. Mae'n troi'n araf, â gwahanol fathau o arfau o'i gwmpas. Mae ei ddillad yn newid o wyrdd milwrol, i liwiau'r anialwch, i wyn.

'O'r diwedd,' anadla Felix. 'Rhyfelwyr Cudd,' eglura. 'Wyt ti wedi chwarae'r gêm o'r blaen?'

Ysgydwaf fy mhen.

'Wrth symud drwy'r lefelau gwahanol rwyt ti'n cael gwahanol lefelau o guddwisg,' esbonia. 'Dwi ar lefel deg. Ar lefel deg, ti'n gallu ymdoddi i unrhyw gefndir.'

Rhwbiaf fy llygaid. Mae sgriniau'r cyfrifiaduron yn yr ysgol bob amser yn rhoi pen tost ofnadwy i mi.

'Beth oeddet ti'n feddwl o'r ysgol?' gofynnaf

'Dim llawer,' ateba. Mae'n cadw'i lygaid ar y sgrin ac yn tapio'r bysellfwrdd. Mae ei ryfelwr yn ymddangos mewn golygfa o ddinas. 'Edrych, gwylia hyn,' medd Felix. Mae chwech o'i elynion yn rhedeg ar hyd ffordd tuag ato. Mae Felix yn gwasgu rhywbeth ar ei gonsol ac mae ei ryfelwr yn dechrau ymdoddi i'r cefndir o frics yn y wal y tu ôl iddo. Pan fydd y gelyn yn cyrraedd, ei gysgod ar y llawr ydy'r unig beth sydd ar ôl. 'Cŵl, on'd yw e?'

Codaf fy ysgwyddau. Ond wrth i mi wylio'r sgrin mae ei ryfelwr yn troi'n goch llachar. Mae'r gelyn mwyaf yn ei saethu'n farw.

'Yr Athro Lexus!' gwaedda Felix. Mae'n syrthio'n ôl yn ei gadair. 'Dylwn i fod wedi gwybod. Mae fy rhyfelwr yn troi'n goch gan ddicter pan fydd e'n ei weld e. Rhaid i mi ddechrau eto nawr.'

Dwi ddim isie gwylio Felix yn chwarae ei gêm gyfrifiadur. Alla i ddim peidio â meddwl am sgwrs Dad a Mr Andersen nawr. Ydy e isie prynu ein cwch ni? Cerddaf draw at y ffenestri ac edrych allan ar y môr. Mae'r haul yn arllwys i mewn, ac er gwaethaf y wyntyll, mae hi'n boeth yma. Tynnaf fy siwmper a'i gadael ar y llawr. Mae aderyn drycin y graig yn gwibio heibio, gan droi ei adenydd byr ar ongl i farchogaeth y gwynt. Mae'r môr yn disgleirio yn yr heulwen. Mae'n edrych yn llonydd, ond mae ewyn gwyn dros waelod Craig yr Wylan i gyd. Mae cwch hwylio'n pwyso drosodd yn y gwynt. Mae'n codi ac yn disgyn drwy'r tonnau. Mae'r môr yn fwy garw nag y mae'n ymddangos heddiw.

Dolffin Gwyn

Mae sŵn traed ar y llawr. Trof a gweld menyw yn cerdded tuag atom yn cario hambwrdd o ddiodydd. Dwi'n ei hadnabod hi o'r caffi. Mrs Andersen ydy hi, y fenyw roedd Felix yn dadlau â hi.

'Rhaid mai ti yw Cara,' medd hi.

Nodiaf.

'Dydy Felix ddim yn gadael i ti chwarae, dwi'n gweld,' dywed.

Naill ai dydy Felix ddim wedi clywed neu mae e'n ei hanwybyddu hi.

Mae Mrs Andersen yn gwenu ond yn dweud yn ddigon uchel iddo glywed. 'Mae e wastad isie eistedd yn y sedd reoli.'

'Does dim cymaint â 'ny o ddiddordeb 'da fi mewn gêmau cyfrifiadur beth bynnag,' meddaf.

'Da iawn ti,' medd hi. 'Glywaist ti 'na, Felix? Beth am i ti gael seibiant?'

Mae Felix yn codi o'i gadair ac yn cerdded draw atom. Mae ei gamau'n fyr ac yn herciog. Sylwaf fod bysedd noeth ei draed noeth yn taro'r llawr cyn ei sodlau. Mae'n codi gwydraid o lemonêd yn ei law dda ac yn rhythu ar ei fam. 'Tasen ni 'nôl yn Llundain, fe fyddwn i allan yn rhywle gyda fy ffrindiau.' Mae'n llowcio'i ddiod ac yn stwffio bisged oddi ar hambwrdd i mewn i'w geg. Dwi'n dyfalu mai dyma pam roedden nhw'n dadlau yn y caffi ddoe.

Codaf fy niod ac edrych allan drwy'r ffenest eto.

'Mae'n olygfa anhygoel, on'd yw hi?' medd Mrs Andersen. 'Fe brynon ni'r lle 'ma achos yr olygfa.'

Dwi'n sipian fy niod. Lemonêd ffres ydy e, wedi'i wneud â lemwn go iawn, nid lemonêd potel.

'Fe welson ni ddolffiniaid echnos,' medd Mrs Andersen, 'o'r union ffenest yma.'

Edrychaf dros y bae eang. 'Fe weles i nhw hefyd.'

Mae Mrs Andersen yn gwenu. 'Maen nhw'n anifeiliaid mor glyfar. Fe welson ni nhw mewn parc dŵr yn Florida. Wyt ti'n cofio, Felix? Yr holl driciau gwych 'na wnaethon nhw?'

'Anhygoel,' ateba Felix. Dydy e ddim yn trio cuddio'r coegni yn ei lais. 'Mae gwylio dolffin arall eto'n neidio drwy gylch mor gyffrous, on'd yw e?'

Dwi'n meddwl tybed ydy e'n meddwl sut mae'r dolffin yn teimlo, yn neidio drwy gylch ar ôl cylch bob dydd mewn pwll bach, ond dwi ddim yn mentro siarad. Syllaf i mewn i fy niod yn lle hynny. Y cyfan dwi isie ei wneud ydy dod o hyd i Dad a gadael, ond does dim syniad gen i ble mae e nawr.

Mae Mrs Andersen yn ei anwybyddu ac yn troi ataf. 'Felly wyt ti a dy dad wedi byw yma erioed?'

Nodiaf. Byddai'n well gen i i petai hi'n rhoi'r gorau i drio bod mor gyfeillgar. 'Pysgotwr ydy Dad,' atebaf. Hyd yn oed wrth ddweud hyn, meddyliaf pa mor dwp mae hynny'n swnio. Sut bydd e'n dal pysgod heb ei gwch?

Dolffin Gwyn

'A dy fam?' gofynna Mrs Andersen. 'Beth mae hi'n ei wneud?'

Llyncaf yn galed. Mae'n teimlo fel petai'r llawr wedi syrthio odanaf. Dwi'n tynhau fy ngafael am fy ngwydryn ac yn baglu dros fy ngeiriau. 'I ffwrdd,' meddaf. 'Mae fy mam i ffwrdd nawr. Mae hi'n . . .' Ond mae fy llais yn mynd yn dawel. Wn i ddim beth i'w ddweud.

Mae Mrs Andersen yn troi'r iâ yn ei lemonêd rownd a rownd. Mae hwnnw'n taro yn erbyn y gwydr. Mae'n ryddhad mawr i ni'n dwy pan glywn ni lais Dad a'i weld e a Mr Andersen yn dod drwy'r drws.

Mae Mr Andersen yn gwenu. 'Wel, Cara, mae dy dad yn glyfar iawn. Mae'r *Moana*'n gwch gwych. Mae crefftwaith go iawn ynddo.'

Ro'n i isie dweud rhywbeth i'w rhwystro rhag prynu'r *Moana*, ond mae'r eiliad yn pasio, oherwydd does neb erioed wedi siarad am Dad fel yna o'r blaen.

Mae Mrs Andersen yn troi ei phen ar ei ochr. 'Wel, Matt?'

Mae Mr Andersen yn gwenu ac yn edrych ar Dad. 'Ga i ddweud wrthyn nhw, Jim?'

Edrychaf ar Dad, ond alla i ddim darllen ei wyneb. Dydy e ddim wedi cytuno i werthu'r *Moana*, does bosib?

Mae Felix yn gwgu hefyd.

Mae Mr Andersen yn gwenu. 'Mae Jim fan hyn wedi cynnig mynd â ni allan am drip fory i weld ydyn ni'n hoffi'r *Moana*.'

Mae Felix yn gorffen ei ddiod ac yn dweud,
'Dwi'n brysur,' cyn rhoi ei wydryn i lawr ar y bwrdd.

'Ddim drwy'r dydd,' ydy sylw Mr Andersen.

Dwi'n sylwi arno'n gwgu ar Felix.

'Sut dywydd fydd hi?' gofynna Mrs Andersen.

Mae Dad yn edrych allan i'r môr. Mae'n gesig gwynion
i gyd, a gwelaf ganghennau uchaf coeden yn yr ardd drws
nesa yn ysgwyd yn y gwynt.

'Mae braidd yn fywiog allan 'na heddiw,' ateba Dad.
'Ond mae'r gwynt i fod i ostegu fory, felly fe ddylen ni
fod yn iawn.'

Mae Mrs Andersen yn edrych ar Felix ac yna ar ei gŵr.
'Dwi'n meddwl y bydd hi'n well i ti fynd ar dy ben dy
hun, Matt. Dyw Felix ddim isie dod beth bynnag.'

Mae Mr Andersen yn gwthio'i ddwylo'n ddwfn i'w
bocedi ac yn dweud, 'O'r gorau, o'r gorau,' cyn gwgu.
Ond alla i ddim peidio â gwenu yn ddwfn y tu mewn
i mi. Fe yw'r unig un sydd â diddordeb yn y *Moana*.
Efallai na fydd e'n ei phrynu hi wedi'r cyfan.

Mae Mr Andersen yn mynd â Dad a minnau'n ôl i'r
cyntedd. Mae'n agor y drws ac mae'r aer oer o'r tu allan yn
rhuthro i mewn.

'Arhoswch eiliad,' meddaf. 'Dwi wedi gadael fy
siwmper.' Dwi'n troi ac yn rhedeg yn ôl i'r stafell gan
drio sleifio i mewn heb i Felix sylwi, ond mae'n sefyll
wrth y ffenestri yn edrych allan tua'r môr. Croesaf y

Dolffin Gwyn

stafell i nôl fy siwmper. Dydy e ddim hyd yn oed yn troi
i edrych arnaf.

'Beth sy mas yna?' gofynna.

Edrychaf y tu hwnt iddo ar y môr mawr glas.

'Does dim byd yno,' medd Felix. 'Dim byd nes i ti
gyrraedd America, a dyna lle dwi'n mynd ryw ddiwrnod.'

Clymaf fy siwmper am fy nghanol a dechrau cerdded
at y drws.

'Paid gweld chwith,' medd Felix eto, 'ond twll ydy'r
lle 'ma. Does dim byd i'w wneud yma.'

Arhosaf a throi. 'Cer 'nôl i Lundain, 'te,' meddaf.

Mae Felix yn rholio'i lygaid. 'Yn ôl Dad, mae angen
awyr iach y môr arna i, ac yn ôl Mam, mae Llundain yn
mynd yn llawer rhy beryglus.'

'All e ddim bod cynddrwg â hynny.'

'Wrth gwrs nad yw e,' medd Felix. 'Ac mae gen i fywyd
'nôl fan'na.'

'Gwna iddyn nhw fynd 'nôl, 'te,' meddaf.

Mae Felix yn gwasgu ei ben yn erbyn y gwydr ac yn
syllu drwy ei adlewyrchiad, allan i'r môr. 'Cred ti fi, dyna
dwi'n bwriadu ei wneud.'

Dwi'n troi ar fy sawdl a cherdded tuag at y drws.
Teimlaf chwa o obaith y tu mewn i mi oherwydd
efallai na fydd Mr Andersen yn prynu'r *Moana* os ydy
Felix yn gallu gwneud iddyn nhw i gyd fynd 'nôl
i Lundain.

Arhosaf wrth y drws a throi. 'Ti'n iawn i beidio mynd i hwylio fory. Mae'n llawer rhy arw. Mae'n gallu bod yn eitha gwyllt mas 'na.'

'Does dim ots 'da fi,' ateba Felix, gan bwffian chwerthin. 'Alla i ddim gweld pwynt mynd i fyny ac i lawr mewn cwch dwl, dyna i gyd.' Mae'n cerdded i ffwrdd gyda'i gamau byr herciog i eistedd yn ei gadair reoli ac yn dechrau tapio'r bysellfwrdd.

Gwenaf oherwydd nad ydy e wedi fy nhwyllo i. 'Nid gêm ydy hi mas fan'na,' meddaf. 'Pan fydd y gwynt yn sgrechian yn dy wyneb a'r tonnau'n dod dros yr ymyl, does dim ail gyfle. Dydy hi ddim yn bosib i ti farw a dechrau eto.'

Mae bysedd Felix yn taro'r bysellfwrdd, ond dwi'n gwybod ei fod yn gwrando.

'Pa mor ddewr wyt ti,' meddaf, 'pan wyt ti'n methu rheoli'r byd go iawn?'

Mae bysedd Felix yn rhoi'r gorau i dapio.

Caeaf y drws a gwenu, gan adael Felix yn nhawelwch dwfn y stafell.

PENNOD 12

'Dwi wedi rhoi fflasg o goffi'r naill ochr i chi fynd gyda chi a byns saffron hefyd,' medd Anti Bev. 'Gobeithio y bydd hynny'n gwneud i Mr Andersen fod isie prynu'r *Moana*.'

Mae offer pysgota Dad, siaced achub sbâr, a llond bwced o abwyd wrth ddrws y gegin. Dwi'n gwasgu'r fflasg i mewn i'r bag cynfas gyda gweddill y picnic ac yn rhoi'r byns melyn ar ben y cyfan. Mae Dad wedi pacio pasteiod, creision a photel fawr o lemonêd a chwpanau plastig yn barod.

'Fe fydd e'n disgwyl *sushi*, nid pasteiod,' meddaf.

Mae Dad yn edrych i fyny. 'Beth ddywedest ti?'

'Dim byd.' Llithraf i lawr yn erbyn ffrâm y drws a gwthio fy nhroed yn erbyn cornel y bag. Clywaf y cwpanau plastig yn gwneud sŵn cracio a theimlaf fy nhroed yn gwasgu yn erbyn bag meddal y pasteiod.

Dwi isie i'r cig a'r winwns hollti drwy'r bag a glynu wrth y fflasg a'r creision. Dwi'n pigo cyrensen oddi ar un o'r byns ac yn ei rholio rhwng fy mysedd.

'Gad hi.' Mae Anti Bev yn rhythu arna i dros ei chylchgrawn. 'Fydd Mr Andersen ddim isie byns wedi hanner eu bwyta.'

Mae Daisy'n torri lluniau allan o gylchgronau a chatalogau, ac yn eu sticio nhw ar bapur. Mae hi'n stopio torri, yn dal ei siswrn yn yr awyr, ac yn gwgu. 'Ei fab e oedd yn y caffi, yntê?'

Nodiaf. 'Fe ydy'r bachgen newydd yn ein hysgol ni.'

Mae Daisy'n gwgu eto. 'Mae rhywbeth yn bod arno fe, on'd oes e?'

'Ti'n iawn,' meddaf, 'mae e'n anghwrtais a dwi ddim yn ei hoffi e.'

Mae Dad yn agor y tap dŵr oer ac yn gwylio'r dŵr yn chwyrlïo i mewn i hen botel plastig. 'Fe ddywedodd Mr Andersen wrtha i fod parlys yr ymennydd ar Felix,' eglura.

Mae Anti Bev yn edrych i fyny ac yn tynnu aer yn sydyn drwy ei dannedd. 'Dwi newydd fod yn darllen am hynny yn y cylchgrawn yma i fenywod beichiog. Mae'n digwydd os nad ydy'r babi'n cael digon o ocsigen yn ei ymennydd cyn iddo gael ei eni.' Mae'n rhoi ei llaw ar ei bol ac yn dal y cylchgrawn i fyny. 'Mae stori fan hyn am ferch sydd â'r cyflwr arni. Dydy hi ddim yn gallu cerdded na siarad. Mae hi mewn cadair olwyn, am oes.'

Dolffin Gwyn

'Dydy'r bachgen 'na ddim mewn cadair olwyn,' medd Daisy.

Mae Dad yn cau'r tap ac yn rhoi'r caead ar y botel.

'Dwi'n credu bod yr effaith yn waeth ar rai nag ar eraill.'

Mae Anti Bev yn cau'r cylchgrawn ac yn ysgwyd ei phen. 'Trueni dros ei rieni e.'

'Ie'n wir,' meddaf. Dyma'r tro cyntaf mae Anti Bev a minnau wedi cytuno ar unrhyw beth. 'Dwi ddim yn gwybod sut maen nhw'n gallu ei ddiodde fe.'

'Cara!' gwga Anti Bev. 'Ddylet ti ddim dweud 'na. Mae e'n . . .' Mae'n oedi fel petai hi'n methu dod o hyd i'r geiriau mae hi'n chwilio amdanyn nhw. 'Fe ddylet ti deimlo trueni drosto, dyna'r cyfan dwi'n ei ddweud. Dydy e ddim fel ti neu fi.'

Dwi'n codi'r bag picnic ac yn cerdded allan drwy'r drws. 'Dydy hynny ddim yn ei stopio fe rhag bod yn gas,' meddaf.

Mae Dad yn sefyll ar y *Moana*, yn tynnu'r brif hwyl i fyny'r mast. 'Fe fydd yn rhaid i ni riffio'r hwyl,' esbonia. 'Mae hi braidd yn wyntog mas 'na.'

Syllaf drwy'r bwlch yn waliau'r harbwr. Mae'r môr y tu hwnt iddyn nhw'n dymhestlog, yn llawn cesig gwynion. 'Dydy hi ddim cynddrwg â hynny,' meddaf. 'Ry'n ni wedi bod allan pan oedd hi'n waeth gyda hwyliau llawn.'

Mae Dad yn plygu gwaelod yr hwyl i wneud y brif hwyl yn llai. 'Nid rasio ry'n ni,' medd. 'Ry'n ni'n mynd â Mr Andersen ar fordaith fach bleserus.'

'Fe ddylen ni godi tâl arno fe,' meddaf. 'Mae digon o arian 'da fe.'

Codaf y bag picnic a'r bag nofio a'r tywelion sbâr a'u rhoi yn y cwch, gan eu gwthio i'r locer o dan y dec blaen. Dwi'n clymu bwced yr abwyd wrth waelod y mast rhag iddo rolio ar draws y dec wrth i ni hwylio. Dim ond fi ddylai fod ar y daith hon. Dim ond fi a Dad. Dwi ddim isie neb arall ar ein cwch ni.

'Dyma Mr Andersen,' medd Dad.

Edrychaf i fyny a gweld Mr Andersen yn cerdded ar hyd y pontŵn a Mrs Andersen a Felix yn ei ddilyn. Dwi'n synnu eu bod nhw wedi dod i ffarwelio ag e. Mae estyll pren y pontŵn yn ysgwyd wrth iddyn nhw gerdded arnyn nhw, ac mae Felix yn baglu ac yn disgyn ar ei bengliniau. Mae ei fam yn trio'i helpu i godi ond mae'n gwrthod ei help.

'Popeth yn barod?' gofynna Mr Andersen. Mae'n rhoi ei fag wrth ymyl y cwch.

Mae Dad yn nodio. 'Fe ddylai fod yn hwyl allan ar y môr heddiw.'

Mae Mr Andersen yn edrych yn ôl ar Felix. 'Gobeithio'i bod hi'n dal yn iawn 'da chi, ond mae Felix wedi newid ei feddwl. Mae e am ddod hefyd. Mae 'da fi siaced achub iddo fe.'

Dolffin Gwyn

'Popeth yn iawn 'da fi,' medd Dad.

Mae Felix yn rhythu arnaf ac yna'n edrych i ffwrdd.

Dringaf allan ar y pontŵn i nôl bag Mr Andersen.

Mae sgarff Mrs Andersen yn hedfan dros ei hwyneb ac mae hi'n ei thynnu'n rhydd gan ddweud, 'Dwi wir ddim yn meddwl bod hwn yn syniad gwych, Matt. Mae hi'n rhy wyntog heddiw.'

'Mae'n iawn,' medd Mr Andersen. 'Beth wyt ti'n feddwl, Jim?'

Mae Dad yn edrych i fyny ar y faner ar y siop offer môr. Mae'n hedfan yn uchel, gan chwifio yn y gwynt. Mae canghennau uchaf y goeden y tu hwnt i'r siop yn ysgwyd. 'Mae'r gwynt tua cryfder pump, ddywedwn i,' ateba. 'Ond yn ôl yr adroddiad tywydd bydd yn gostegu yn nes ymlaen.'

Dwi'n claddu fy nwylo yn fy mhocedi ac yn cael cip slei ar Felix. 'Mae'n edrych yn debycach i gryfder chwech neu saith i mi,' meddaf.

Mae Mrs Andersen yn lapio'i chôt amdani ac yn plethu ei breichiau. 'Dwi ddim yn meddwl y dylet ti fynd, Felix.'

Mae Mr Andersen yn troi ati. 'Ond, Sarah . . .'

Mae hi'n plygu ei phen tuag at ei ben e, ond dwi'n dal i'w clywed nhw. Mae'r gwynt yn chwythu tuag ataf.

'Fe allai unrhyw beth ddigwydd mas 'na,' medd hi. 'Beth os bydd y cwch yn troi drosodd, beth wedyn?'

Mae Mr Andersen yn rhedeg ei ddwylo drwy ei wallt. 'Fydd dim byd yn digwydd, Sarah.'

'Edrych, Matt, pryna'r cwch diawl os wyt ti isie,' ateba hi'n swta. Edrychaf ar Dad a dwi'n gwybod ei fod yntau'n eu clywed nhw hefyd. 'Ond paid disgwyl i 'run ohonon ni roi blaen ei droed arno fe.'

'Dwi isie mynd, Mam.' Mae wyneb Felix yn edrych yn sarrug wrth syllu ar y dŵr. 'Fe fydda i'n iawn.'

Gwisgaf fy siaced achub, cau'r sip a thynnu'r darnau Velcro'n dynn. Alla i ddim dychmygu y bydd Felix yn mwynhau'r daith yma.

Mae Mrs Andersen yn rhythu ar Felix. 'Beth wnaeth i ti newid dy feddwl?'

Mae Felix yn dal i syllu ar y dŵr. 'Dwi isie mynd.'

Mae Mrs Andersen yn troi at ei gŵr. 'Ydy dy ffôn symudol gyda ti o leia?'

'Ydy, Sarah,' ateba. Mae e'n rhoi ei freichiau allan i roi cwtsh iddi ond mae hi'n cerdded i ffwrdd. Mae camau trwm ei thraed ar yr estyll pren i'w teimlo drwy wadnau fy nhraed noeth.

Gwyliaf Mr Andersen yn cau siaced achub Felix ac yn ei helpu i fynd i mewn i'r cwch. Mae Felix yn ei chael hi'n anodd codi ei goes chwith. Mae ei goes yn stiff ac wedi'i chloi'n hollol syth ac mae ei fraich wedi'i phlygu fel bwa. Mae'r *Moana*'n symud odano ac mae ei dad yn ei ddal wrth iddo gwympo ymlaen.

'Efallai y bydd hi'n haws i ti eistedd yn y tu blaen,' medd Dad. 'Mae mwy o le yno a dolen i ti gydio ynddi.'

Dolffin Gwyn

Mae Felix yn tynnu ei hun i fyny ar y sedd ac yn cydio yn y ddolen bres â'i law dda. Mae ei figyrnau'n troi'n wyn a theimlaf braidd yn euog. Do'n i ddim wir wedi meddwl pa mor anodd gallai hyn fod iddo.

Tynnaf y rhaff angori'n rhydd a gwthio'r *Moana* oddi wrth y pontŵn. Mae Dad yn codi'r hwyliau ac ry'n ni'n llithro allan rhwng waliau'r harbwr.

Mae'r don gyntaf yn taro ochr y cwch a gwelaf Felix yn symud yn sydyn wysg ei ochr. Mae'n syllu ar y llawr ac yn gwasgu ei hun yn erbyn yr ochr, i baratoi at y don nesaf. Dydy e ddim yn edrych i fyny nes byddwn ni allan yn bell yn y bae. Mae'n llai garw yma, ond mae ymchwydd cefnfor yr Iwerydd fel bryniau o donnau llwydwyrdd. Mae Mr Andersen yn pwyso tuag yn ôl gan wenu, a'r haul yn disgleirio ar ei wyneb. Mae'n dal yr hwyl grog yn ei law, yn awyddus i helpu Dad i hwylio'r *Moana*. Ond mae Felix yn edrych ar ei draed eto.

Ac mae rhyw liw gwyrdd afiach arno.

Symudaf draw ato. 'Mae'n helpu os edrychi di allan o'r cwch,' meddaf.

Mae Felix yn edrych i fyny am eiliad ac yn gwgu arna i. 'Does dim diddordeb 'da fi yn yr olygfa.'

Pwysaf allan a syllu ar y môr. 'Yr hyn dwi'n ei feddwl ydy, os wyt ti'n hoelio dy lygaid ar y gorwel, fyddi di ddim yn teimlo mor sâl.'

Mae Felix yn nodio ac yn edrych allan y tu hwnt i'r cwch.

'Fe awn ni i edrych ar ein potiau cimychiaid ni, os ydy hynny'n iawn 'da chi, Mr Andersen,' gwaedda Dad. 'Yna fe awn ni ymlaen i Graig yr Wylan i fwyta'n cinio.'

'Popeth yn iawn,' gwaedda Mr Andersen yn ôl. Mae'n gadael i'r hwyl grog lacio ychydig wrth i Dad droi oddi wrth y gwynt. 'Sawl pot sydd 'da ti a dy dad, Cara?'

'Tua ugain.'

'Ydych chi'n dal llawer?'

'Digon,' atebaf. Trof fy nghefn arno, plethu fy mreichiau ar hyd ochr y *Moana* ac edrych allan i'r môr. Dwi isie gweld y dolffiniaid eto. Dwi isie'u gweld nhw'n neidio drwy'r tonnau o'n blaenau ni. Mae ôl y *Moana* fel rhubanau les yn y dŵr y tu ôl i ni. Mae'r heulwen yn disgleirio yn y môr fel sêr. Cyn hir fe fyddwn ni wedi colli hyn i gyd. Byddwn wedi colli'r cyfan.

Ry'n ni'n mynd heibio'r penrhyn ac yn hwylio heibio'r arfordir garw o gilfachau creigiog a thraethau bach cudd rhwng clogwyni serth. Mae bwiau oren llachar yn siglo ar y dŵr gan ddangos bod potiau cimychiaid odanynt. Mae dyn yn ei gwch yn codi ei law arnom. Gwelaf y llythrennau TL ar ei fwiau. Ted o'r Merry Mermaid sydd yno'n cael golwg ar ei botiau. Cofiaf beintio llythrennau blaen Dad ar ein bwiau ni. Peintiais flodau arnyn nhw hefyd, rhai mawr gwyn. Dywedodd Dad fod pawb wedi bod yn tynnu ei goes am y peth yn y dafarn. Buon nhw'n ei alw yn ddyn y potiau blodau am fisoedd. Buon nhw'n tynnu ei goes hefyd oherwydd bod Mam wedi gwneud

Dolffin Gwyn

iddo ddefnyddio potiau traddodiadol o helyg, nid rhai modern metel a rhwyd neilon.

Mae Dad yn gollwng peth o'r gwynt o'r hwyliau ac ry'n ni'n arafu wrth ddod at geg y gilfach greigiog lle ry'n ni'n cadw ein potiau cimychiaid. Mae dwy gigfran yn crawcian ar ben y clogwyn. Mae'r tonnau'n taro yn erbyn y creigiau ac mae'r gwylanod yn troelli ac yn sgrechian mewn cylch tyn uwchben y traeth. Dwi'n troi i edrych, oherwydd rhaid bod rhywbeth yno i ddenu'r gwylanod a'r cigfrain. Mae bwi â blodau wedi'u peintio arno'n siglo'n rhydd ar y dŵr fel balŵn y mae plentyn bach wedi'i golli. Mae rhaff las yn llusgo'n llinell hir y tu ôl iddo.

Yn sydyn dwi'n teimlo'n sâl yn ddwfn y tu mewn i mi, oherwydd mae rhywbeth o'i le yma.

Mae sŵn rhuo injan i'w glywed yn glir, ac mae mwg du yn codi i'r awyr. Mae cwch modur oren yn rhuthro allan o'n cilfach ni. Mae'n codi dros un o'r tonnau ac yn disgyn yn glep i'r dŵr nes bod ewyn yn tasgu drwy'r awyr.

Mae'n mynd heibio'n gyflym ac yn troi mewn cylch tyn o'n cwmpas. Mae'r *Moana* yn ysgwyd, ac mae'n rhaid i mi roi fy mraich allan fel nad ydw i'n cwympo. Dwi'n gweld Dougie Evans wrth y llyw, a gwên filain ar ei wyneb. Mae Jake yn codi ei law'n llawn dirmyg.

Ond mae fy nghalon yn curo yn fy mrest oherwydd bod geiriau Jake yn fy mhen o hyd ac o hyd.

'*Cyn hir fydd dim byd ar ôl 'da ti a dy dad.*'

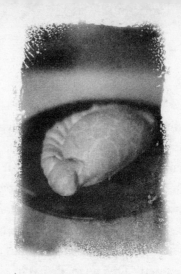

PENNOD 13

Prin fod unrhyw un o'n bwiau ni ar ôl yn y gilfach.
Mae dau fwi arall yn arnofio ger y creigiau, a rhaffau
wedi'u torri yn eu dilyn dros y dŵr. Gwelaf ein
llythrennau ni a'r blodau arnyn nhw. Mae un bwi'n
arnofio yn y dŵr wrth ein hymyl. Mae Dad yn ei dynnu i
mewn ac yn tynnu'r rhaff i fyny. Ond gallaf weld ei fod yn
dod i fyny'n rhy gyflym. Mae Dad yn tynnu ar y rhaff,
gan roi un llaw dros y llall, ac yn ei gollwng yn llanast
anniben yn y cwch. Mae'r pot cimychiaid yn dod i fyny
dros yr ymyl, a'r 'rhwyd' helyg ynddo wedi malu.
Mae'r drws wedi'i rwygo i ffwrdd, ac mae twndis bwaog y
trap wedi torri. Dydy'r pot yn dda i ddim nawr.

'Mae'r cyfan wedi mynd, Cara,' medd Dad, gan syllu
ar y llanast yn ei ddwylo.

Syllaf ar y cwch modur oren sy'n diflannu i'r pellter,
a'r ewyn sy'n tasgu ar ei ôl.

Dolffin Gwyn

Mae Mr Andersen yn pwyso ymlaen, a'i wyneb yn gwgu. 'Beth sydd wedi digwydd fan hyn?'

'Gad i ni alw'r heddlu, Dad,' meddaf.

Mae Dad yn ysgwyd ei ben. 'Does dim pwynt. Does dim prawf, oes e? Ei air e yn erbyn fy ngair i.'

'Ond, Dad . . .'

Mae Dad yn gwthio gweddillion y pot i'r sedd wrth fy ymyl. Mae'n gorfodi ei hun i wenu ac yn troi at Mr Andersen. 'Beth am fynd i gael cinio?'

Mae'n gwthio'r llyw yn galed, mae'r bŵm yn swingio allan ac mae'r hwyl yn tynhau. Mae'r *Moana*'n symud ymlaen.

Eisteddaf yn ôl a gwylio'r gilfach yn diflannu i ganol y gymysgfa o greigiau ar hyd yr arfordir. Mae can Coke gwag yn arnofio mewn sbribyn o olew injan. Dwi'n casáu Jake Evans. Dwi'n ei gasáu am bopeth. Mae dagrau'n llosgi'n goch yn fy llygaid, a'r tro hwn alla i mo'u hatal.

Edrychaf ar Dad, ond mae ei lygaid wedi'u hoelio ar y môr, a gwg ar ei wyneb. Mae'n hwylio'r *Moana* yn arw drwy'r dŵr. Mae hi'n ysgwyd yn erbyn y tonnau sy'n ein taro wrth i ni rolio i fyny ac i lawr.

Mae Felix yn syllu ar ei draed, a'i wyneb yn wyrdd tywyll. Mae pob ton yn taro'r cwch yn erbyn ei gefn. Dwi'n ceisio rhybuddio Dad, ond mae'n rhy hwyr. Mae Felix yn plygu ymlaen, yn chwydu, ac yn taro'i ben yn erbyn y dec.

'Felix!' gwaedda Mr Andersen.

Mae Dad yn troi'r *Moana* i mewn i'r gwynt ac yn gadael i'w hwyliau hongian yn llac.

'Cymer y llyw, Cara,' gorchmynna Dad. 'Dalia i fynd i mewn i'r gwynt.'

Eisteddaf yng nghefn y cwch a gwylio Mr Andersen yn sychu wyneb Felix â thywel. Mae Dad yn gwacáu bwced yr abwyd, yn ei lenwi â dŵr y môr ac yn helpu i olchi Felix hefyd. Mae Felix yn wyn fel y galchen. Mae ei gorff yn ysgwyd i gyd ac mae'n edrych fel petai'n mynd i fod yn sâl eto. Mae Mr Andersen yn ei roi i eistedd ac yn estyn potel ddŵr o'i fag. Mae Dad yn nôl y bocs cymorth cyntaf o'r locer ac yn mynd ar ei liniau i lanhau briw ar wyneb Felix.

'Dwi'n credu y dylen ni droi 'nôl,' medd Dad.

Mae Mr Andersen yn golchi'r tywel yn y môr ac yn gwasgu'r dŵr ohono. 'Chi'n iawn.' Mae'n hongian y tywel dros y sedd wrth ei ochr. 'Mae'n ddrwg gen i, Felix, ond roedd Mam yn iawn y tro 'ma. Ddylwn i ddim fod wedi gadael i ti ddod heddiw.'

Mae Felix yn pwyso'n ôl yn erbyn y sedd ac yn rhythu arnaf. 'Dwi'n iawn,' mynna. 'Dwi ddim isie mynd 'nôl.'

Mae Mr Andersen yn mynd i'w gwrcwd wrth ei ymyl. 'Dwyt ti ddim yn edrych yn rhyw wych iawn. Mae'n well i ni fynd 'nôl, dwi'n meddwl.'

Mae Felix yn cymryd cegaid o ddŵr o'i botel.

'Dwi'n iawn, ddywedes i.'

Dolffin Gwyn

Mae Mr Andersen yn edrych ar Dad ac yn codi ei ysgwyddau.

'Os y'ch chi'n siŵr,' medd Dad. 'Fe allwn ni aros wrth Graig yr Wylan am ychydig a mynd 'nôl tua'r lan wedyn.'

Mae Felix yn nodio ac yn hoelio'i lygaid allan ar y môr.

Gwyliaf ddarn tywyll o ddŵr, llawn crychiau, yn ysgubo tuag atom. Mae hwyliau'r *Moana* yn fflapio wrth i'r gwynt hyrddio heibio i ni.

'Dydy'r gwynt ddim mor gryf nawr,' medd Dad. 'Fe adawn ni i'r *Moana* gael hwyliau llawn.'

Dwi'n pwyso ymlaen tuag at Felix, wrth i Dad a Mr Andersen ollwng y riffiau o'r hwyliau. 'Does dim rhaid i ti ddal ati, ti'n gwybod. Ti wedi gwneud dy bwynt.'

Mae Felix yn cymryd cegaid arall o'r botel ddŵr heb edrych arna i hyd yn oed.

Mae Dad yn symud i gefn y *Moana* ac yn fy ngwthio ymlaen yn dyner. 'Cer di i'r blaen, Cara. Ro'n i'n meddwl efallai y gallai Felix roi cynnig ar hwylio. Hoffet ti wneud hynny, Felix? Bydd canolbwyntio ar rywbeth arall yn help i ti anghofio'r salwch môr.'

Mae Felix yn nodio. Mae'n edrych ychydig yn well, yn wyrdd mwy golau nawr.

Eisteddaf ym mlaen y cwch gyda Mr Andersen, ond alla i ddim peidio edrych yn ôl ar Dad a Felix. Teimlaf yn eiddigeddus a cheisiaf wthio'r teimlad i ffwrdd.

Dysgodd Dad fi i hwylio fel hyn, yn eistedd gyda fe wrth
y llyw a gadael i mi brofi'r gwynt a'i deimlo yn yr hwyliau.
All Felix ddim rheoli'r brif hwyl a'r llyw ag un llaw dda yn
unig. Mae angen dwy law i wneud hynny. Ond gwyliaf
Dad yn dangos iddo sut i addasu'r brif hwyl, sut i'w
thynnu i mewn a sut i ollwng aer os ydyn ni'n
gogwyddo gormod.

Mae'r *Moana*'n torri drwy'r dŵr ac yn anelu tuag at
Graig yr Wylan. Ry'n ni'n symud yn gyflym ac yn
esmwyth. Mae Mr Andersen a minnau'n gorfod pwyso'n
bell allan i gadw'r cydbwysedd. Rhedaf fy nwylo drwy'r
tonnau sy'n taro ochrau'r *Moana*. Mae'r hwyliau fel bwa
uwch ein pennau, ac yn dynn fel adenydd aderyn.
Ry'n ni'n rasio drwy'r dŵr. Mae'n teimlo fel petaen ni'n
hedfan, bron.

Edrychaf yn ôl eto i weld Dad a Felix, y ddau'n wên
o glust i glust. Dwi'n dal i deimlo'n eiddigeddus.
Nid oherwydd Dad, y tro hwn. Ond oherwydd Felix.
O gofio nad ydy e erioed wedi hwylio o'r blaen,
mae'n cael hwyl dda arni.

Mae'n llawer rhy dda.

Dwi ddim isie cyfaddef hynny, ond mae Felix
Andersen yn hwyliwr wrth reddf.

Mae Dad yn cymryd drosodd yn ymyl Craig yr Wylan ac
yn llywio'r *Moana* i mewn i'r traeth bychan sy'n wynebu'r

tir mawr. Mae cysgod yma. Mae'r tonnau sy'n taro erbyn clogwyni Craig yr Wylan yn drwm ar ochr y môr yn troelli'n dawel yn y fan yma ag ewyn ar eu pennau. Mae Mr Andersen yn gollwng yr angor ac mae Dad yn gollwng yr hwyliau.

Mae llygaid Felix yn disgleirio ac mae lliw yn ei wyneb eto. 'Roedd hwnna *mor* cŵl.'

Mae Dad yn eistedd yn ôl ac yn gwenu. 'Fe hwyliest ti'n dda iawn, Felix. Beth wyt ti'n feddwl, Cara?'

Codaf fy ysgwyddau. 'Roedd e'n iawn.'

Mae Mr Andersen yn gwenu fel giât. Mae'n taro Felix ar ei ysgwydd. 'Fe ddywedes i wrthot ti y byddet ti'n ei hoffi.'

Mae Dad yn estyn bag picnic o'r locer. 'Gyda hwylio fel'na fe allet ti roi cynnig ar ras y regata.'

Dim ond eistedd yna mae Felix, yn wên o glust i glust.

'Pa ras ydy honno?' gofynna Mr Andersen.

'Honno sy'n cael ei chynnal bob haf ar ddiwrnod olaf mis Awst,' ateba Dad. 'Mae unrhyw long hwylio'n gallu cystadlu. Ras o'r harbwr o gwmpas Craig yr Wylan a 'nôl ydy hi.'

Tynnaf fy mhengliniau at fy mrest. Dwi ddim isie i Dad fod yn dweud hyn i gyd wrthyn nhw. Ein llong *ni* ydy hi, a'n ras *ni*. Edrychaf tua'r bae caregog a chlogwyni serth Craig yr Wylan a theimlaf boen yn ddwfn yn fy mrest. Ein lle arbennig ni ydy hwn. Efallai mai dyma'r tro olaf y down ni allan yma.

'Oes unrhyw un isie pastai?' gofynna Dad.

Mae arogl cig a winwns wedi'u coginio yn hofran dros y cwch.

Mae'n estyn un o'r pasteiod soeglyd i Felix. 'Wyt ti'n ffansïo un o'r rhain?'

Mae Felix yn nodio. 'Dwi'n llwgu.'

Mae Dad yn arllwys lemonêd i gwpanau plastig, gan eu gosod yn ofalus ar y seddi pren.

Mae Mr Andersen yn brathu darn o bastai ac yn pwyso'n ôl a'i draed i fyny ar y seddi. Mae'n tynnu ei het dros ei lygaid ac yn gwenu. 'Wel wir, mai dyma'r pryd gorau dwi wedi'i gael ers blynyddoedd.'

Dwi ddim yn cyffwrdd yn fy mhastai i. Alla i ddim dychmygu gwylio rhywun arall yn hwylio'r *Moana* yn ras y regata. Dwi isie anghofio am Felix a'i dad. Dwi isie anghofio am Jake Evans hefyd. Y cyfan dwi isie'i wneud ydy dianc.

'Ga i fynd i nofio am ychydig, Dad?' gofynnaf.

Mae Dad yn nodio, a dwi'n estyn i mewn i'r locer i nôl y masg a'r snorcel. Tynnaf fy siorts a 'nghrys-T ac mae gen i wisg nofio odanyn nhw.

Mae Mr Andersen yn edrych ar Felix. 'Pam nad ei di hefyd? Fe fyddai'n beth da i ti olchi dy hunan rywfaint.'

Ar siorts Felix mae patrwm o heli'r môr ac olion chwd wedi sychu. Mae'n edrych i lawr arnyn nhw ac yn codi ei ysgwyddau. 'O'r gorau.'

Dolffin Gwyn

Syllaf ar fy nhraed. Dwi isie nofio ar fy mhen fy hun,
heb Felix wrth fy nghwt.

'Ydy hynny'n iawn, Cara?' gofynna Mr Andersen.

'Efallai fod cerrynt cryf mas 'na,' meddaf.

'Dim ond at y creigiau fyddwch chi'n nofio,'
medd Dad.

'Mae Felix yn dda am nofio,' ychwanega Mr Andersen.

'Ac mae hi'n oer hefyd,' meddaf.

Mae Dad yn dod o hyd i fasg wyneb sbâr. 'Cymer
hwn, Felix. Fe ddylet ti weld tipyn heddiw, mae'r dŵr yn
glir fel grisial.'

Cyrliaf fy nhraed dros ochr y *Moana* ac edrych i lawr.
Mae fy adlewyrchiad yn grychiog fel y dŵr. Pan o'n i'n
fach, ro'n i'n arfer meddwl mai drych hud oedd e,
mynedfa gudd i fyd arall odano.

Tynnaf anadl ddofn.

A phlymio.

Mae dŵr oer yn rhuthro drwy fy ngwallt a dros fy
nghroen. Dwi'n troi ac yn edrych i fyny i'r wyneb, a chael
yr un olwg ag y mae dolffin yn ei chael o gorff tywyll y
Moana. Mae pelydrau'r heulwen yn treiddio drwy'r dŵr,
i lawr i'r glesni dwfn, dwfn. Nofiaf tuag at y creigiau sydd
o dan y dŵr yng nghysgod y clogwyni. Mae anemoni'r
dŵr fel gemau porffor ar hyd yr hafnau cul. Mae llysywod
bach arian yn symud rhwng llinynnau tonnog y gwymon.
Lledaf fy mreichiau a hofran uwchben y byd hwn,

uwchben tirlun o fynyddoedd, dyffrynnoedd a chaeau o wymon gwyrdd.

Pan ddof i'r wyneb i gael aer, mae Felix yn union y tu ôl i mi. Do'n i ddim yn meddwl y byddai'n gallu nofio mor gyflym. Do'n i ddim wir wedi meddwl y gallai nofio o gwbl. Gwthiaf fy ngwallt o'm llygaid a nofio yn yr unfan wrth ei ochr.

Mae Felix yn codi cornel ei fasg i gael gwared ar ychydig o ddŵr sydd wedi mynd i mewn iddo. 'Wela i ddim byd,' eglura.

Mae ei fasg wedi stemio i gyd. 'Poera ynddo fe,' meddaf.

Mae Felix yn gwgu arna i. 'Beth?'

'Poera ynddo fe. Mae'n atal y masg rhag stemio.'

Mae Felix yn tynnu ei fasg ac yn poeri ynddo, gan rwbio'r poer â'i fawd. Mae'n cael trafferth i roi'r strap 'nôl dros ei ben. Dwi bron â'i helpu, ond gwelaf Dad a Mr Andersen yn gwylio, felly dwi'n nofio i ffwrdd, tuag at silff o graig o dan y dŵr a thywod mân gwyn arni.

Mae Felix yn ymuno â mi ac ry'n ni'n drifftio wrth ymyl ein gilydd, ein breichiau ar led a blaenau ein bysedd bron â chyffwrdd. Syllaf i lawr, wedi fy nghyfareddu. Does dim byd yn llonydd. Mae gwely'r môr yn batrwm cyfnewidiol o wymon tonnog a thywod sy'n symud. Mae afon arian o bysgod pitw bach yn gwau drwy'r gwymon, â phob pysgodyn yn ddim mwy na 'mawd.

Dolffin Gwyn

Ond mae rhywbeth arall yn symud drwy'r dŵr hefyd, creadur dwi wedi clywed amdano ond heb ei weld erioed.

Mae e yma nawr, yr eiliad hon.

Caf gip sydyn ar streipiau fel rhai sebra drwy'r gwymon ac yna mae wedi mynd.

Rhof bwt yn ochr Felix a phwyntio.

Mae'n codi'n swnllyd i'r wyneb a dw innau'n anadlu'n drwm hefyd.

Ysgydwaf y dŵr o 'ngwallt. 'Welest ti fe?' gofynnaf.

Mae Felix yn gwthio'i fasg oddi ar ei wyneb.
'Gweld beth?'

'Lawr fan'na, yn y gwymon, mae'n rhaid dy fod ti wedi'i weld e.'

'Beth, Cara?'

'Lladdwr Cudd,' meddaf â gwên. 'Lefel Deg.'

PENNOD 14

Dwi'n arnofio wrth ei ymyl, ac yn edrych i lawr.
Gwelaf yr anifail eto, y tro hwn yn fflach o
dywyllwch yn erbyn y tywod golau, ond mae'n newid
drwy'r amser.

Mae Felix yn ffrwydro i fyny o'r dŵr eto a chodaf
innau fy mhen hefyd.

'Dwi'n dal i fethu gweld dim i lawr 'na,' medd Felix.

Ysgubaf fy ngwallt gwlyb o 'ngwyneb ac edrych ar
Felix. 'Dwyt ti ddim yn edrych yn iawn, dyna pam,'
meddaf. 'Fe bwyntia i ato fe. Dal di ati i edrych ar
y tywod.'

Dwi'n plymio i nofio'n union uwchben y tywod golau.
Mae darnau o wymon a chragen cranc yn siglo'n ôl a
blaen. Alla i ddim gweld yr anifail dwi'n chwilio amdano
i ddechrau. Mae ei guddliw'n llawer rhy dda. Ond yna
dwi'n ei weld yn fy ngwylio o'r tywod odanaf. Dim ond

siâp pedol du cannwyll ei lygaid sy'n dangos ei fod yno.
Mae patrwm brith ei gorff yn cyfateb yn union i'r tywod
odano. Estynnaf fy llaw i gyffwrdd ag e, ond mae'n codi
i fyny, i ffwrdd oddi wrtha i, ac yn stopio yng nghanol y
dŵr, gan newid ei liw mewn amrantiad i fod yn goch
llachar. Mae'n edrych fel pêl draeth sydd wedi colli ei
gwynt gyda thentaclau hir yn un pen. Ar hyd ei gorff
mae rhimyn o esgyll sy'n symud ar hyd yr ochrau.
Mae'r tentaclau'n sticio allan yn syth o'i flaen, fel cleddyf.

Codaf i'r wyneb i gael anadl.

Mae Felix yn tynnu anadl hefyd. 'Beth *ydy* hwnna?'

'Môr-gyllell,' meddaf.

'Dwi isie golwg arall,' mynna Felix.

Ry'n ni'n arnofio ar wyneb y dŵr, a'n hwynebau i lawr,
gan droelli'n araf gyda'r cerrynt. Ry'n ni fel pobol sy'n
neidio o awyren, yn edrych ar fyd ymhell, bell odanom.

Mae'r fôr-gyllell goch yn dal yno, yn ein gwylio ni yn
ei gwylio hi. Mae'n deimlad rhyfedd, cael fy ngwylio fel
hyn. Mae môr-gyllell arall yn nofio i'r golwg, un frown
golau a darn sgwâr hollol wyn ar ei chefn. Cofiaf Mam yn
dweud wrtha i fod y pysgod gwryw a benyw yn dod i fagu
a dodwy eu hwyau ar wymon yn y gwanwyn a'r haf. Mae'r
fôr-gyllell goch yn newid lliw eto. Mae ei phen a'i
thentaclau'n dal i fod yn goch llachar, ond nawr mae
stribedi du a gwyn fel sebra ar ei chorff. Mae'r stribedi'n
symud drosti fel tonnau. Mae'r fôr-gyllell frown yn newid

hefyd. Mae rhesi o liw tywyll yn ysgubo ar draws ei chorff hi.

Gwelaf Felix wrth fy ymyl yn anadlu ac yn plymio i lawr. Mae'n estyn ei law. Mae ei fysedd bron â chyffwrdd tentaclau'r fôr-gyllell goch, ond mae'r ddwy fôr-gyllell yn symud tuag yn ôl ac mae'n cael ei adael mewn cwmwl mawr du o inc. Mae Felix yn mynd i fyny eto i gael aer. Dwi'n dal i edrych o dan y dŵr, ond pan mae'r inc yn clirio mae'r ddwy fôr-gyllell wedi diflannu. Gallen nhw fod yn unrhyw le erbyn hyn, a'u cuddliw perffaith yn erbyn y tywod golau neu'r graig lwyd dywyll.

Mae Mr Andersen yn helpu i'n codi ni allan o'r dŵr. Mae'n lapio Felix mewn tywel mawr ac mae Dad yn lapio fy ngharthen amdana innau hefyd.

'Beth weloch chi'ch dau draw fan'na?' hola Mr Andersen. 'Roeddech chi 'na am oesoedd.'

'Môr-gyllyll,' meddaf.

Mae Mr Andersen yn troi at Felix, 'Môr-gyllyll?'

Mae Felix yn nodio. Mae'n methu atal ei ddannedd rhag clecian. 'Ro'n nhw'n anhygoel, Dad. Mae'n rhaid i ti fynd i weld. Ond paid trio cyffwrdd yn un, fel y gwnes i.'

'Dwi'n credu y dylen ni fynd i edrych,' medd Dad. 'Dwi ddim wedi'u gweld nhw o'r blaen, fy hunan.'

Mae Dad a Mr Andersen yn tynnu eu crysau-T ac yn neidio i mewn i'r dŵr gyda'r masgiau wyneb a'r snorceli.

Eisteddaf allan o'r gwynt i fwyta'r bastai.

Mae Felix yn cnoi ei bastai yntau hefyd ac yn syllu allan i'r môr, ei wyneb â rhyw olau euraid arno.

'Dwi erioed wedi gweld rhywbeth fel'na o'r blaen,' medd Felix.

Edrychaf arno a nodio. 'Mae 'na gymaint i'w weld lawr fan'na,' meddaf. 'Mae rîff cwrel cyfan yna a dwi'n gobeithio'i weld i gyd ryw ddiwrnod.' Gorffennaf y bastai ac ysgwyd y briwsion oddi ar y garthen. 'Fe ddywedodd Mam y ca i ddysgu nofio tanddwr pan fydda i'n un ar bymtheg. Fe ddywedodd hi y byddai'n mynd â mi i weld y rîff. Os bydd e'n dal yno.'

Mae Felix yn llithro i lawr ataf ac yn pwyso yn erbyn corff bwaog y *Moana*. 'Pam na ddylai e fod yno?'

'Mae'r gwaharddiad ar bysgota gwely'r môr yn dod i ben ymhen wythnos,' meddaf. 'Yna bydd llongau pysgota'n dod o bob man ar hyd yr arfordir ac yn tynnu eu cribiniau metel dros wely'r môr am gregyn bylchog. Nid dim ond y cregyn bylchog fyddan nhw'n eu rhwygo mas, ond popeth arall hefyd, yr holl bethau 'na rwyt ti wedi'u gweld heddiw. Fydd dim ar ôl.'

Mae Felix yn stwffio'r darn olaf o grwst ei bastai yn ei geg, yn sugno'i fysedd ac yn dweud, 'Stopia nhw, 'te.'

Rhythaf arno. 'Hawdd i ti ddweud hynny. Beth alla *i* ei wneud? Dim ond eistedd yma mewn cwch rwber a throi'r cychod pysgota i ffwrdd?'

'Dwn i ddim,' medd Felix, gan rwbio'i dywel yn ei wallt. 'Ond petai'n bwysig i mi, fyddwn i ddim yn ildio heb ymladd.'

Tynnaf ddarnau o helyg wedi torri o'r pot cimychiaid rhacs ac edrych ar Felix. 'Dwyt ti ddim yn nabod Dougie Evans. All neb roi stop arno fe. Neb.'

'Pwy ydy e?'

'Y dyn welest ti, hwnnw dorrodd ein potiau ni,' atebaf. 'Fe ydy e.'

'Felly pam mae e isie dial arnoch chi?'

Dwi'n taflu'r darnau fesul un i'r dŵr. Dwn i ddim faint mae Felix yn ei wybod amdana i a Dad. 'Mam gafodd y gwaharddiad ar bysgota gwely'r môr er mwyn astudio'r rîff am ddeg mlynedd,' meddaf. Eisteddaf ar un o'r seddi a syllu ar y môr. 'Ond wnaeth hi ddim gorffen yr ymchwil. Fe ddaeth yr amser i ben. Fe ddaeth yr arian roedd hi'n ei gael i ben hefyd. Felly dyna pam mae'r gwaharddiad yn cael ei godi. Lwyddodd hi ddim i ddangos ei chanlyniadau terfynol.'

'Felly doedd Dougie Evans ddim yn hapus am y gwaharddiad?' gofynna Felix.

Nodiaf. 'Roedd e'n dweud mai menyw 'werdd' o dramor oedd Mam, a bod dim hawl ganddi i ddweud wrtho beth i'w wneud. Ond roedd y pysgotwyr lleol i gyd o'i phlaid hi, yn enwedig pan welodd hi fod Dougie Evans yn ceisio gwerthu ei bysgod fel pysgod oedd wedi dal â gwialen.'

Dolffin Gwyn

'Pa wahaniaeth mae hynny'n ei wneud?' gofynna Felix.

'Mae'r pysgod yn ddrutach, ond mae pobol yn barod i dalu mwy oherwydd bod hynny'n well i ddolffiniaid. Mae cannoedd o ddolffiniaid yn boddi mewn rhwydi pysgota bob blwyddyn.'

'Felly mae e'n eich casáu chi achos bod dy fam wedi gweld mai twyllwr oedd e?' gofynna Felix.

'Nid dim ond hynny,' atebaf. 'Roedd mab arall gan Dougie hefyd. Aaron. Roedd e'n ddwy ar bymtheg pan gafodd ei ysgubo i ffwrdd oddi ar un o longau pysgota Dougie mewn storm fawr. Roedd Dougie'n beio Mam. Roedd e'n dweud petai e wedi cael pysgota'n nes at y lan lle mae'r rîff, y byddai ei fab yn fyw heddiw.'

Mae Felix yn rhoi chwerthiniad bach. 'Ac roedd fy mam yn meddwl bod Llundain yn beryglus! Roedd hi'n meddwl ein bod ni wedi symud i dref bysgota gysglyd a diogel. Dwi'n credu ei bod hi'n mynd i gael sioc.'

PENNOD 15

Mae Dad yn gadael i Felix gymryd y llyw wrth i awel ysgafn fynd â ni adref. Mae heulwen y prynhawn yn belydrau euraid ar draws y bae. Syllaf i lawr i'r dŵr gan obeithio gweld y dolffin gwyn. Unwaith neu ddwy dwi'n meddwl 'mod i'n gweld rhywbeth gwyn yn gwibio o dan y tonnau blaen yn troelli'r tu ôl yn ôl i'r cwch. Dwi isie'i weld e. Dwi isie'i weld e oherwydd efallai byddai hynny'n golygu y gallen ni gadw'r *Moana*. Ond y cyfan wela i ydy adlewyrchiadau o'r cymylau'n symud dros y dŵr.

Mae Mrs Andersen yn disgwyl amdanon ni ar wal yr harbwr, yn troi ei sgarff yn ei dwylo. Mae'n hi'n codi ei llaw wrth i ni lithro drwy'r bwlch at yr angorfeydd dŵr dwfn. Mae Mr Andersen yn codi ei law'n ôl arni ac mae Felix yn gwenu ac yn codi ei fawd. Mae ei wyneb wedi cael lliw haul ac mae ei wallt yn llawn heli ac wedi'i chwythu gan y gwynt. Mae'n edrych yn fachgen gwahanol i'r un aeth allan gyda ni'r bore 'ma.

Dolffin Gwyn

Mae'r llanw'n rhy isel i ni fynd â'r *Moana* i'r angorfa wrth y pontŵn, felly mae Dad yn mynd â hi at y llongau pysgota a'r bad achub.

'Fe helpwn ni chi i dynnu'r hwyliau i lawr a rhoi trefn arni,' cynigia Mr Andersen.

Mae Dad yn gwenu. 'Fe fyddwn ni'n iawn. Ewch chi adre. Fe arhosa i a Cara i'r llanw ddod i mewn ac fe awn ni â hi i'r angorfa.'

Mae Mr Andersen yn estyn ei law ac yn ysgwyd llaw Dad yn frwd. 'Wel, diolch, Jim. Mae hi wedi bod yn daith wych. Fe fydda i mewn cysylltiad.'

Mae Felix yn sefyll ac yn sadio'i hun ar ochr y *Moana*. Mae ei dad yn ei helpu o'r cwch ac i'r grisiau garw sydd wedi'u torri i mewn i wal yr harbwr. Mae Felix yn agor ei geg fel petai'n mynd i ddweud rhywbeth, ond yna mae'n troi, yn cydio yn y canllaw rhydlyd ac yn codi un droed i'r ris nesaf. Gwyliaf Mr Andersen yn taflu ei fag dros ei ysgwydd ac yn dringo i fyny'r tu ôl i Felix, i'r top, at Mrs Andersen sy'n syllu arnyn nhw'n yn bryderus.

Dwi'n mynd ati i dwtio'r *Moana* a sychu'r heli o'i deciau. Mae Dad yn fy helpu i stwffio'r pot cimychiaid rhacs i mewn i fag cynfas sbâr.

Mae'n ei daflu i'r llawr ac yn ochneidio. 'Fyddwn ni ddim yn eu defnyddio nhw'n llawer hirach beth bynnag.'

Sychaf y briwsion oddi ar y seddi a'u taflu i ddŵr yr harbwr. Edrychaf i lawr i weld pysgod bach yn gwibio i

fyny i fwyta'r briwsion. 'Wyt ti'n meddwl y bydd
Mr Andersen yn prynu'r *Moana*?'

'Fe gawn ni weld,' medd Dad. 'Mae e'n mynd i gael
sgwrs â'i wraig a'n ffonio i wedyn.'

Mae'n rhaid i ni aros am awr arall i'r llanw ddod i
mewn yn araf bach. Fe'i clywaf yn sugno ar draws y mwd,
gan lenwi tyllau'r abwyd du. Mae dwy bioden y môr yn
rhedeg i fyny ac i lawr ar hyd y lan, gan aros ambell waithi
wthio'u pigau oren yn ddwfn i'r mwd. Dwi'n helpu i
badlo'r *Moana* draw i'r angorfa, gan wylio'r rhwyf yn
chwyrlïo drwy'r dŵr llonydd.

'Trip da oedd hwnna heddiw,' meddaf. 'Fe hwyliodd
y *Moana* yn dda.'

Mae Dad yn gwenu. 'Dydy hi byth yn ein siomi ni,
ydy hi?'

Ysgydwaf fy mhen, ond alla i ddim peidio â theimlo
mai dyna'n union ry'n ni'n ei wneud iddi hi.

Cerddwn drwy'r dre yn gynnar gyda'r nos yn ôl i dŷ
Anti Bev, wedi blino ac wedi llosgi. Eisteddaf yn drwm ar
y soffa. Mae Daisy'n gwylio sioe gwis ar y teledu ac mae
Anti Bev yn gwau esgidiau bach i'r babi. Prin dwi'n
symud nes i'r ffôn ganu. Dwi'n clustfeinio i glywed â
phwy mae Dad yn siarad.

Clywaf Dad yn dweud hwyl fawr a rhoi'r ffôn yn ei
grud. Dwi ddim isie gwybod. Dwi ddim isie clywed beth
sydd ganddo i'w ddweud. Mae Anti Bev yn rhoi ei gwau i
lawr ac yn edrych tua'r drws.

Dolffin Gwyn

Cerdda Dad i mewn, eistedd i lawr wrth fy ymyl a rhedeg ei ddwylo drwy ei wallt.

Mae Anti Bev yn diffodd y sain ar y teledu. 'Wel?' gofynna.

Mae Dad yn ysgwyd ei ben ac yn gwgu. 'Dydy Mr Andersen ddim isie'i phrynu hi.'

Eisteddaf i fyny. 'Beth?'

Mae Anti Bev yn rhythu arno. 'Fe ddywedes i y dylet ti fod wedi gostwng y pris.'

'Nid dyna'r rheswm,' medd Dad. 'Roedd Mr Andersen yn edrych yn awyddus ar y pryd, ond fe soniodd e rywbeth am wrando ar Felix, a "gwneud y peth iawn".'

'Maen nhw'n mynd 'nôl i Lundain,' meddaf. 'Dyna maen nhw'n mynd i'w wneud.'

Mae Anti Bev yn codi ei gwau i fyny'n gyflym. 'Gobeithio y doi di o hyd i brynwr arall yn fuan, Jim. Dyna'r unig ffordd y gelli di dalu'r dyledion 'na.' Mae hi'n ysgwyd ei phen ac yn troi sain y teledu'n uwch eto.

Ond dwi'n methu peidio â gwenu o glust i glust.

Efallai *mai*'r dolffin gwyn weles i o dan y tonnau gynnau. Mae Mr Andersen wedi newid ei feddwl. Dydy e ddim isie prynu'r *Moana*.

Ein cwch ni ydy'r *Moana* o hyd.

Ni piau fe am y tro, o leia.

PENNOD 16

Eisteddaf yn swyddfa Mrs Carter ar ôl yr ysgol tra mae hi'n fy ngwylio'n rhoi tâp gludiog ar draws y tudalennau olaf rwygais i o'r Beibl. Mae rhai o'r tudalennau'n dal ar goll. Ar goll ar y môr – wedi boddi mwy na thebyg.

Caeaf y Beibl a'i wthio ar draws y bwrdd. 'Mae'n ddrwg gen i,' meddaf o dan fy anadl.

Mae'r ysgol wedi gorffen ers hanner awr, a thrwy ffenest y swyddfa gallaf weld rhai o blant fy nosbarth yn y parc chwarae y tu hwnt i giatiau'r ysgol. Mae Jake yn eistedd wrth ymyl Ethan, yn troi a throi ar un o siglenni'r babanod.

Mae Mrs Carter yn pwyso ymlaen, a'i phenelinoedd ar y bwrdd. 'Cara, oeddet ti'n gwybod fy mod i wedi gofyn i dy dad ddod i 'ngweld i heddiw?'

Nodiaf. Roedd Dad wedi dweud ei bod hi isie gair ag e amdana i'n torri trwyn Jake Evans.

'Ac rwyt ti'n gwybod, er fy mod i'n llawn cydymdeimlad oherwydd dy sefyllfa di, na alla i dderbyn trais yn yr ysgol?'

Nodiaf eto.

'Dwi wedi dweud wrth dy dad os bydd hyn yn digwydd eto, fydd dim dewis gyda ni ond dy wahardd di.'

Mae rhan ohonof isie chwerthin. Fyddai hynny'n ddim llawer o gosb. Byddwn i'n gwneud unrhyw beth i beidio â gorfod dod i'r ysgol.

Mae Mrs Carter yn agor y Beibl ar un o'r tudalennau sydd wedi'u rhwygo. Yn sydyn mae ei llais yn dawel ac yn bwyllog. 'Fe siaradodd dy dad a fi am hyn hefyd.'

Gwgaf ac edrych ar y Beibl. Dwi wedi dweud yn barod ei bod hi'n ddrwg gen i. Dwi ddim yn hoffi meddwl amdanyn nhw'n siarad amdana i, yn fy nhrafod y tu ôl i 'nghefn.

Mae Mrs Carter yn tynnu ei chadair yn nes at y bwrdd. 'Ga i ddweud stori wrthot ti, Cara?'

Y cyfan dwi isie'i wneud ydy mynd.

'Stori am ddyn ydy hi,' medd Mrs Carter, 'sy'n breuddwydio ei fod e'n cerdded gyda Duw ar hyd traeth.'

Syllaf ar fy nwylo. Dwi ddim yn yr hwyl i glywed un o storïau Beiblaidd Mrs Carter.

'Mae'r dyn yn edrych yn ôl ar y llwybr maen nhw wedi'i ddilyn ac yn gweld mai dim ond un set o olion traed sy mewn un man. Mae'n teimlo'n grac wrth Dduw ac yn dweud, "Fe adewaist ti fi pan oedd dy angen di arna i fwya. Edrych, dim ond un set o olion traed sydd yn y tywod."'

Tynnaf wrth gornel rhydd o dâp gludiog sy'n dal y dudalen wrth ei gilydd. Mae atgof am Mam yn fflachio drwy fy meddwl, am y tro hwnnw y cariodd hi fi allan i'r môr ar ôl i mi gamu ar fôr-wiber. Roeddwn wedi lapio fy mreichiau am ei gwddf, a'r boen yn curo drwy fy nhroed. Roeddwn wedi cydio'n dynn ynddi a gwylio olion ei thraed noeth yn mynd yn llwybr y tu ôl i ni. Edrychaf i fyny ar Mrs Carter. Dwi'n gwybod yn barod beth fydd diwedd ei stori.

Mae hi'n gwenu arnaf. 'Meddai Duw wrth y dyn, "Adewais i byth mohonot ti. Fy olion traed i yw'r rhai rwyt ti'n eu gweld. Dyna pryd roeddwn i'n dy gario di."'

Caeaf y Beibl a'i wthio draw at Mrs Carter.

'Dydy Duw byth yn ein gadael ni, Cara.'

'Ond beth os y'ch chi ddim yn credu yn Nuw?' meddaf. Mae'r geiriau wedi dod allan cyn i mi allu eu hatal nhw. Dwi'n gwybod nad ydy Mam yn credu yn Nuw.

Dwi'n meddwl bod Mrs Carter yn mynd i roi un o'r sgyrsiau mae hi'n eu rhoi yn y gwasanaeth, ond dydy hi ddim. Mae hi'n codi o'i sedd ac yn rhoi'r Beibl yn ôl ar y silff wrth ochr yr atlas a'r geiriadur. Mae hi'n eistedd wrth y bwrdd eto. 'Wyddost ti, Cara,' medd hi. 'Pan wyt ti'n caru rhywun, dydyn nhw byth yn dy adael di, byth. Mae rhyw ran ohonyn nhw bob amser yn aros gyda ti, yn ddwfn ynot ti.'

Dolffin Gwyn

Nodiaf a symud yn fy nghadair. Teimlaf yn boeth ac yn drymaidd yr un pryd. Dwi ddim isie iddi siarad â fi am hyn i gyd. Dwi isie mynd, dyna i gyd.

'Fe gei di fynd adre nawr.' Mae Mrs Carter yn gwenu arna i. 'Roedd hi'n braf cael sgwrs heddiw, Cara.'

Dwi bron yn rhedeg allan o'i swyddfa ac yn bachu fy nghôt allan o'r locer. Dwi ddim isie mynd drwy'r giatiau ffrynt a phawb yn y parc. Dwi'n teimlo'n rhy gymysglyd y tu mewn. Yn lle mynd tuag at y prif ddrysau, dwi'n cerdded ar hyd y coridor at faes parcio'r staff yr ochr draw i'r ysgol. Os dilynaf y ffordd uchaf allan o'r dref, gallaf fynd 'nôl ar hyd llwybr yr arfordir heb i neb, yn enwedig Jake ac Ethan, fy ngweld i.

Ond nid dyna'r unig reswm. Dwi isie cael esgus i fynd yn ôl i'r traeth bychan, i chwilio am y dolffiniaid eto. Dydy Dad ddim yn fy nisgwyl i adre am o leia awr arall, felly mae gen i ddigon o amser. Efallai y bydd amser gen i i fynd i weld y *Moana*. Alla i ddim credu mai ni sy'n berchen arni o hyd. Doedd Felix ddim yn yr ysgol heddiw, felly dwi'n dyfalu fy mod i'n iawn, a'i fod yn mynd yn ôl i Lundain wedi'r cyfan. Dwi'n falch nad yw'n prynu'r *Moana*, ond roedd rhan ohona i isie ei weld yn yr ysgol heddiw, oherwydd pan welodd y fôr-gyllell a'r rîff, roedd hynny fel petai'n golygu rhywbeth iddo yntau hefyd.

Mae'r ffordd o'r ysgol yn ymdroelli i fyny'r bryn o dan dwnnel o ganghennau sy'n taflu cysgodion tywyll fel stribedi sebra ar y tarmac. Y tu draw i'r twnnel o goed, caf gip ar y môr mewn bylchau a thrwy giatiau rhwng y cloddiau uchel. Mae gwlydd y perthi a thaglys yn dringo dros goed cyll byr sydd wedi'u plygu gan y gwynt. Dringaf dros y gamfa i'r caeau gwenith a rhedeg ar hyd y llwybr at y clogwyni. Uwch fy mhen mae'r awyr yn glir ac yn las. Mae awel yn cludo persawr cnau coco'r eithin o'r llwyni ar hyd top y clogwyn. Mae un wylan yn hofran yn yr awyr, yn troi ei hadenydd ar ongl i ddal yr awel sy'n codi o'r môr.

Sgrialaf drwy'r llwyni ac edrych i lawr. Mae'r dŵr islaw yn disgleirio yn yr heulwen. Rhaid i mi gysgodi fy llygaid rhag y fflachiadau sy'n cael eu hadlewyrchu. Ond gwelaf rywbeth arall yn symud drwy'r dŵr. Mae corff llwydlas dolffin yn troi a throsi yn y dŵr bas. Gallaf ei glywed yn galw, yn chwibanu'n uchel. Mae'n nofio yn ei flaen yn sydyn gydag ewyn y don, ac yn ceisio glanio ar y traeth. Alla i ddim credu ei fod e yno, fel petai'n aros amdana i.

Sgrialaf i lawr y clogwyn a neidio'r ychydig fetrau olaf i'r traeth bach sy'n dod i'r golwg wrth i'r llanw droi. Rhedaf drwy ddrysfa'r meini. Mae fy nhraed yn taro'r tywod gwlyb, meddal. Mae pyllau o ddŵr a chreigiau golau'n adlewyrchu golau gwyn llachar. Dwi ddim yn aros. Mae haid o wylanod yn codi i'r awyr ac mae cigfran yn crawcian ac yn hercian i lawr oddi ar un o'r creigiau yn y tonnau bas. Mae cigfran arall yn codi ac yn hedfan i ffwrdd. Mae blaenau ei hadenydd bron â chyffwrdd yn fy mhen.

A dyna pryd dwi'n gweld beth sydd yno.

Dolffin Gwyn

Dwi'n meddwl mai craig a gwymon arni sydd o
'mlaen i. Ond mae'n rhy lyfn a gwyn i fod yn graig.

Dolffin sydd yno.

Y dolffin gwyn sydd wedi glanio ar y traeth.
Mae tonnau bychain yn llifo tuag ato ac yn troelli o'i
gwmpas. Ond mae'r tywod yn wlyb ac yn galed. Mae ôl y
llanw uchel, ewyn a gwymon yn cyrlio o gwmpas ei
gynffon. Mae'r llanw wedi troi ac mae ar drai.

Mae'r dolffin arall yn y dŵr yn rhuthro tua'r lan eto.
Ro'n i'n ffôl i feddwl mai amdana i roedd yn disgwyl.
Nid disgwyl amdana i mae e o gwbl. Mae'n ceisio
cyrraedd y dolffin bach sydd yn fy ymyl ar y tywod.

Dwi erioed wedi gweld dolffin mor agos o'r blaen.
Dwi wedi'u gweld nhw yn y pellter ac mewn llyfrau,
ond dwi erioed wedi bod yn ymyl un. Dwi'n dyfalu mai
dolffin ifanc ydy'r un gwyn ond gallaf weld nad newydd
gael ei eni y mae. Efallai mai un o rai bach y llynedd ydy e.
Dwi'n craffu arno o fwa ei gefn a'i asgell i'w gynffon.
Dydy e ddim yn wyn mewn gwirionedd. Mae ei gorff yn
binc golau ac mae arlliw o las ar ei esgyll a'i gynffon.
Mae crafiadau dwfn, tywyll gan waed, yn llinellau ar hyd
ei gefn. Mae ei dwll chwythu allan o'r dŵr ond alla i
ddim ei glywed na'i weld yn anadlu.

Camaf tuag ato. Mae ei lygad yn gilagored. Mae'r amrant
yn sych ac mae halen drosto. Mae'r llygad odano'n edrych
yn bŵl ac yn ddifywyd, fel gwydr ffenest stafell ymolchi.
Dydy e ddim yn cau ei amrant nac yn symud.

Af yn fy nghwrcwd wrth ei ochr yn y tywod.
Mae llinynnau o wymon trwchus wedi'u lapio am ei ên.
Ond wrth i mi edrych yn ofalus, nid gwymon yw e o
gwbl. Rhwyd bysgota fân ydy hi. Rhwyd neilon fân sydd
wedi'i lapio mor dynn nes ei bod mae wedi torri'n ddwfn
i mewn i'r croen y tu ôl i'w wên dolffin. Mae ei dafod yn
ddulas ac wedi chwyddo. Mae darnau o neilon wedi'u
plethu o gwmpas ei ddannedd sydd fel pegiau.
Mae pryfed yn codi'n swnllyd o'r clwyf a gwelaf olion
pigo'r cigfrain o gwmpas ei geg.

Cwympaf ar fy mhengliniau a theimlo'r bustl yn codi
yndda i. Gallaf weld sut digwyddodd hyn. Gallaf ei weld
yn boddi, wedi'i ddal mewn dyfroedd dwfn, yn ysgwyd
yn wyllt mewn rhwyd bysgota'n ceisio dianc.

Caeaf fy llygaid a cheisio gwthio'r meddyliau hynny
i ffwrdd.

Ond mae llun y dolffin yn boddi yno o hyd.

Tasgaf ddŵr ar fy wyneb ac agor fy llygaid.

Mae'r haul yn wyn llachar yn yr awyr. Mae llinell o
chwys yn treiglo i lawr fy nghefn o dan fy nghrys.

Dwi ddim isie bod yma mwyach.

Codaf yn barod i fynd. Ond dwi isie cyffwrdd yn y
dolffin unwaith eto cyn gadael.

Gwlychaf fy mysedd a'u hestyn i wneud bwa ar draws
ei wyneb.

'PFFWWWWSH!!'

Cwympaf ar fy nghefn i'r dŵr.

Mae chwa o anadl wlyb yn llenwi'r awyr.

Mae'n drewi o bysgod.

Mae'r dolffin yn tynnu anadl, sŵn sugno a chwibanu drwy ei dwll chwythu, ac yna mae'r twll chwythu'n cau'n glep eto.

Mae llygad y dolffin led y pen ar agor nawr. Mae'n fy ngwylio i.

Rhoddaf slap i'r dŵr â'm llaw. 'Ti'n fyw,' gwaeddaf. 'Ti'n fyw.'

Mae cynffon y dolffin yn fflapio yn y dŵr bas.

Codaf a phenlinio wrth ei ochr, fel bod fy wyneb yn agos at ei wyneb e. Edrychaf i'w lygad pinc golau. Mae'n cau ei amrant ac yn edrych arnaf fel petai'n ceisio dyfalu pwy yn union ydw i, a beth dwi'n mynd i'w wneud.

Ond mae fy meddwl yn wag. Dwi wedi breuddwydio am achub dolffin ers cymaint o flynyddoedd a nawr does

gen i ddim syniad beth i'w wneud. Dwi'n rhoi fy nwylo ar
ei ochr ac yn ceisio'i rolio'n ôl i'r môr, ond mae e fel un o'r
creigiau ar y lan. Mae'n llawer rhy drwm. Mae'n anadlu
eto, chwa sydyn o aer, a meddyliaf tybed a ydw i wedi'i
frifo fe wrth wneud hyn.

Estynnaf i gyffwrdd ag wyneb y dolffin gwyn eto.
Mae ei groen yn sych ac yn galed, fel rwber sydd wedi'i
grasu gan yr haul. Cofiaf fod rhaid i mi ei gadw'n wlyb ac
wedi'i gysgodi rhag yr haul. Mae'r holl bethau ddysgodd
Mam i mi'n dechrau llifo'n ôl ataf nawr. Dwi'n gwybod y
gallai fynd yn sych allan yma. Neidiaf a rhedeg ar draws y
tywod o graig i graig, gan dynnu llond breichiau o
wymon gwlyb o'r creigiau. Rhoddaf y rhain ar draws
ei gorff, gan ofalu cadw'r twll chwythu'n agored a heb
ddim drosto.

Dwi'n palu tyllau yn y tywod o dan ei esgyll i gymryd
y pwysau oddi ar yr esgyrn sydd ynddyn nhw. Mae chwain
traeth yn neidio yn y tywod dwi wedi'i balu. Tynnaf fy
ngwallt yn ôl o'm llygaid a gweld bod y dolffin gwyn yn
dal i 'ngwylio.

Dwi'n gorfodi fy hun i edrych ar y clwyf yn ei geg.
Mae'r rhwyd bysgota wedi torri'n ddwfn i'r cnawd.
Ceisiaf dynnu'r rhwyd werdd yn dyner, gan ei ryddhau o'i
ddannedd. Mae gwaed ffres yn llifo i'r tywod gwlyb.
Mae'r dolffin yn ysgwyd yn sydyn wrth i mi dynnu ac yn
taro'i gynffon. Mae ei dafod wedi chwyddo i gyd. Mae ei

geg wedi'i gleisio, yn llanast gwaedlyd o groen a chyhyrau.
Gallaf weld asgwrn gwyn ei ên yn disgleirio hyd yn oed.
All e ddim dal pysgod fel hyn. Hyd yn oed os arhosa
gydag e nes bydd y llanw'n troi ac yn dod i mewn eto,
fydd e byth yn gallu goroesi.

Dwi'n codi dŵr a'm llaw ac yn gadael iddo ddiferu
dros y clwyfau. Wn i ddim beth i'w wneud. Does gen i
ddim syniad beth i'w wneud.

Mae'r fam wedi llithro'n ôl gyda'r llanw ac yn rhy bell
allan i glywed yr un ifanc yn galw. Mae llygad y dolffin
gwyn yn cau. Arhosaf i'w glywed yn anadlu. Dwi'n cyfri'r
eiliadau yn fy mhen, ond dydy'r anadl ddim yn dod. Wn i
ddim pa mor hir y gall ddal ati i fyw fel hyn.

'Dihuna,' gwaeddaf. Dwi'n taro fy mysedd ar ei ochr.
Mae'n chwythu aer allan drwy'r twll chwythu. Mae'n agor
ei lygad eto ac yn edrych arna i. Rhaid iddo beidio â
chysgu. Dydy dolffiniaid ddim yn cysgu. Dwi'n gwybod y
bydd yn marw os bydd e'n mynd i gysgu. Dwi'n cofio
Mam yn dweud wrtha i fod dolffin yn meddwl wrth
anadlu. Does dim rhaid i bobol feddwl i anadlu, ond
rhaid i ddolffiniaid gofio tynnu anadl. Mae dolffiniaid
sy'n dioddef mewn caethiwed yn gallu dewis peidio ag
anadlu. Gallan nhw ddewis marw.

A dwi ddim isie iddo farw.

Dwi'n rhoi fy nghôt yn nŵr y môr a gwasgu'r dŵr allan
ohoni dros gefn y dolffin. Dwi'n dal ati i siarad ag e

drwy'r amser. Dywedaf wrtho y bydd yn nofio gyda'i fam ar draws y môr eto.

Mae'n fy ngwylio'n ofalus wrth i mi sychu tywod o'i lygaid a'i geg. Edrychaf i mewn i'w lygad bach golau a chael y teimlaf rhyfeddaf fy mod i'n edrych arna i fy hun. Tybed ydy e'n gweld ei adlewyrchiad yn fy myd i hefyd.

Teimlaf fy mod yn ei gadw'n fyw, rywsut.

Dwi'n gwybod bod rhaid i mi nôl help, ond alla i ddim o'i adael yma ar ei ben ei hun.

Mae'r cigfrain yn crawcian uwch fy mhen ar dop y clogwyn.

Pwysaf fy mhen yn erbyn ei ben a chau fy llygaid.

Wn i ddim beth i'w wneud.

Does gen i ddim syniad beth i'w wneud.

'CARA!'

Edrychaf i fyny a chwympo wysg fy nghefn ar y tywod gwlyb.

Mae rhywun yn baglu drwy'r tonnau bas tuag ataf mewn siwt wlyb a siaced achub lachar.

Alla i ddim credu'r peth.

Mae'n gysgod tywyll yn erbyn yr haul, ond dwi'n gwybod yn union pwy ydy e.

'Sut dest *ti* yma?' gofynnaf.

PENNOD 18

M ae Felix yn aros yn y dŵr bas ac yn syllu ar y
clogwyni serth y tu ôl i mi. 'Fe allwn i ofyn yr un
peth i ti,' ateba. 'Fe ddywedes i wrth Dad mai ti oedd
yma ar y traeth.'

Y tu ôl i Felix, gwelaf ei dad yn nofio i mewn o gwch
hwylio bychan sydd wedi'i angori yn y traeth bychan.

Mae Felix yn penlinio wrth ymyl y dolffin. 'Beth
ddigwyddodd?'

Penliniaf yn ei ymyl. 'Mae e wedi cael ei ddal mewn
rhwyd bysgota.'

'Ydy e'n fyw?'

Nodiaf. 'Ydy, hyd yn hyn.'

Clywaf draed tad Felix yn taro ar y tywod y tu ôl i ni.
Mae'n plygu i lawr wrth ymyl y dolffin gwyn.
'Mae dolffin arall yn y dŵr yn mynd yn benwan,' dywed.
'Fe fuodd e bron â tharo fy nghoes â'i gynffon. Rhaid mai
hwn ydy'r llo.'

'Rhaid i ni gael help,' meddaf. 'Gall y Ganolfan Achub Bywyd Morol helpu.'

Mae tad Felix yn tynnu ei ffôn symudol o fag arbennig o gwmpas ei ganol. Mae'n tapio'r rhifau ac yn gwgu. 'Dim rhwydwaith. Y clogwyni sydd yn y ffordd, siŵr o fod.'

'Allwn ni ddim o'i wthio e i'r dŵr?' gofynna Felix.

Ysgydwaf fy mhen. 'Mae angen milfeddyg arno fe, beth bynnag.'

Mae tad Felix yn codi ar ei draed ac yn edrych allan tuag at y cwch hwylio. 'Gwrandewch, fe hwylia i 'nôl i gael help. Arhoswch chi'ch dau yma gyda'r dolffin.'

'Ewch i'r siop offer môr a gofyn am Carl,' meddaf. 'Dwi'n credu ei fod e'n gweithio'n rhan amser yno.'

Gwyliaf dad Felix yn dringo i mewn i'r cwch a'i lywio allan o'r gilfach gul. Nid cwch tebyg i'r cychod hwylio yn y clwb hwylio yw e. Mae tad Felix yn eistedd yn ddwfn yng nghanol y cwch fel gyrrwr mewn car rasio, yn lle eistedd wrth y llyw ym mhen-ôl y cwch.

Codaf ychydig o ddŵr o'r ffos syddo gwmpas corff y dolffin a'i arllwys drwy'r haenau o wymon sy'n ei warchod rhag yr haul. 'Ro'n i'n meddwl dy fod ti'n mynd 'nôl i Lundain.'

'Pam roeddet ti'n meddwl hynny?' gwga Felix.

'Doeddet ti ddim yn yr ysgol heddiw a doedd dy dad ddim isie prynu'r *Moana*. Fe ddywedodd e ei fod e'n mynd i wrando ar yr hyn roeddet ti isie yn lle hynny.'

Dolffin Gwyn

Mae Felix yn helpu i godi rhagor o ddŵr ac yn rhedeg ei law wlyb ar hyd croen y dolffin. 'Fe *wnaeth* Dad wrando arna i,' eglura. 'Hwylio fel gwnes i ddoe yw'r peth gorau dwi wedi'i wneud erioed, ond alla i ddim hwylio cwch fel y *Moana* ar fy mhen fy hun. Dwi'n hoffi rheoli popeth, wyt ti'n cofio?'

'Felly?' meddaf.

Mae Felix yn eistedd 'nôl yn y tywod ac yn gwenu. 'Felly dyma Dad yn benthyg cwch hwylio gan rywun mae e'n ei nabod drwy'r elusen parlys yr ymennydd. Allwn i ddim credu'r peth pan ddaethon nhw ag e draw heddiw. Dyna pam na ddes i i'r ysgol. Penderfynodd Dad a fi fynd am drip ynddo fe allan i'r bae. Mae e wedi cael ei gynllunio ar gyfer y Gêmau Paralympaidd. Mae'r sedd yn isel a dwi'n gallu rheoli'r hwyliau a'r llyw ag un ffon reoli gyda dim ond un fraich.'

'Felly ti'n mynd i ddysgu hwylio 'te?' meddaf.

Mae Felix yn gwenu. 'Nid dim ond hynny. Dwi'n mynd i ennill ras y regata o gwmpas Craig yr Wylan ymhen pum wythnos.'

Tasgaf ddŵr drosto. 'Yn yr ail safle byddi di. Y *Moana* fydd yn ennill y ras eleni. Mae hi'n ennill bob tro.'

Mae Felix yn tasgu dŵr yn ôl ataf ac yn chwerthin. 'Fyddwn i ddim yn mentro arian ar hynny, taswn i'n dy le di.'

*   *   *

Ry'n ni'n clywed sŵn y cwch achub cyn ei weld.
Mae'r cwch modur oren yn troi mewn hanner cylch i
mewn i'r gilfach gyda mam y dolffin yn codi fel bwa
drwy'r tonnau o flaen y cwch. Mae Dad a Mr Andersen
yn eistedd yn y cwch gyda dau wirfoddolwr o'r elusen
Achub Bywyd Morol. Carl ydy un ohonyn nhw, un o
fyfyrwyr bioleg morol Mam y llynedd, a Greg ydy'r llall,
un o'r bechgyn lleol sydd â photiau crancod ac sy'n
plymio am gregyn bylchog.

Mae Carl yn diffodd yr injan, yn gollwng angor i'r dŵr
ac yn neidio oddi ar y cwch. Mae'n rhedeg i fyny'r tywod
disglair tuag atom. Dwi ddim wedi'i weld ers y noson y
rhoddon ni ganhwyllau i arnofio ar y môr i gofio am
Mam. Roedd e'n arfer gwneud cerfluniau tywod anhygoel
o fôr-forynion a bwystfilod môr i mi.

Tynnaf ef i lawr ata i. 'Mae'n rhaid i ti ei achub e,
Carl,' meddaf.

Mae Carl yn penlinio ac yn tynnu ychydig o wymon i
ffwrdd oddi ar ben y dolffin ac yn chwibanu'n dawel.
'Un albino ydy e. Dwi erioed wedi gweld dolffin albino
o'r blaen.'

'Mae e wedi cael ei anafu'n wael,' meddaf. 'Mae angen
milfeddyg arno.'

'Ry'n ni wedi galw'r milfeddyg, ond mae hi allan ar
alwad frys arall ar hyn o bryd,' medd Carl. Mae'n fflachio
tortsh bychan y tu mewn i geg y dolffin. 'Ti'n iawn.
Rhai cas yw'r clwyfau 'ma.'

Dolffin Gwyn

'Ond faint yn rhagor fydd y milfeddyg?' Dwi ddim yn meddwl y bydd y dolffin yn para'n llawer hirach yma.

'Fe ddywedodd hi y byddai'n anfon neges radio pan fydd hi ar ei ffordd,' medd Carl.

Mae Dad yn plygu i lawr wrth fy ymyl. 'Fe ddywedodd Mr Andersen wrtha i dy fod ti yma. Ti'n gwybod nad wyt ti i fod i ddod yma ar dy ben dy hunan.'

'Mae'n ddrwg 'da fi, Dad,' meddaf. 'Ond taswn i heb ddod . . .'

Mae Dad yn ochneidio ac yn ysgwyd ei ben. 'Elli di ddim rhedeg bant o hyd. Mae'n rhaid i mi wybod ble rwyt ti.'

'Fe ro i wybod i ti y tro nesa, Dad . . .'

'Cydia yn hwn,' medd Carl. Mae'n rhoi un pen i dâp mesur i mi. 'Saf wrth ben y dolffin, Cara. Dwyt ti ddim isie bod yn agos at ei gynffon.'

Ry'n ni'n mesur y dolffin o'i big at waelod ei gynffon. Mae Carl yn estyn i mewn i'r bag du i nôl clipfwrdd a beiro. 'Cant chwe deg centimetr,' dywed. 'All e ddim bod llawer mwy na blwydd oed. Efallai ei fod e'n dal i gael ei fwydo gan ei fam.'

Mae Felix yn pwyntio tuag at y dŵr. 'Mae ei fam mas fan'na, yn disgwyl amdano.'

Mae Carl yn nodio ac yn ysgrifennu nodiadau ar ei glipfwrdd. 'Fe welson ni'r fam wrth i ni ddod i mewn.'

Mae Greg yn mynd i'w gwrcwd i archwilio'r dolffin gwyn hefyd. Mae'n gwasgu ei law yn erbyn ei ystlys.

Wrth iddo dynnu ei law i ffwrdd, mae'n gadael ôl llaw ar ei groen. Mae'n ysgwyd ei ben. 'Dydy hwnna ddim yn arwydd da. Mae angen dŵr arno.'

Mae Carl yn edrych ar ei wats. 'Mae e'n anadlu'n gyflym hefyd. Deg anadliad y funud. Dylai fod yn bedair neu bump.' Mae'n eistedd yn ôl ar ei sodlau ac yn rhwbio'i ên.

Gwlychaf fy mysedd a rhoi dŵr dros wyneb y dolffin gwyn. Mae e'n agor ei lygaid ac yn fy ngwylio.
'Beth wnawn ni, Carl?'

Mae Carl yn rhedeg ei ddwylo drwy ei wallt. 'Beth am i ni roi hylif iddo drwy diwb stumog tra byddwn ni'n aros i'r milfeddyg gyrraedd?'

Mae Greg yn nodio. 'Fe fydd e'n teimlo'n well wedyn. Ond dwi ddim yn meddwl y bydd y milfeddyg yn gallu gwneud llawer.'

Teimlaf fy ngheg yn sychu. 'Beth wyt ti'n ei olygu wrth hynny?'

Mae Carl yn edrych ar Greg ac yna arna i.
Mae'n siarad yn dawel i geisio torri'r newydd, ond dydy hynny ddim yn gwneud gwahaniaeth, yr un geiriau ydyn nhw 'run fath. 'Mae'r clwyfau 'ma'n wael, Cara. Fydd e ddim yn gallu dal pysgod fel hyn a dwi'n amau a fyddai e'n gallu sugno'i fam chwaith. Fe fyddai e'n marw petaen ni'n gadael iddo fynd 'nôl i'r môr.'

Mae e'n estyn i mewn i'r bag ac yn tynnu tiwb clir hir allan.

Dolffin Gwyn

'Ti'n meddwl y bydd y milfeddyg yn ei roi e i gysgu?' gofynnaf.

Mae Carl yn edrych i fyny ac yn nodio. 'Mae'n ddrwg gen i, Cara. Dwi ddim yn meddwl y bydd dewis ganddi.'

Safaf a chamu'n ôl oddi wrtho. 'Ond mae ei fam yn disgwyl amdano.'

Mae Dad yn lapio'i freichiau amdana i. 'Dwi'n gwybod bod hyn yn anodd, ond mae Carl yn llygad ei le. Fe fyddai'n greulon ei roi e 'nôl yn y môr.'

Gwthiaf ddwylo Dad i ffwrdd a rhythu ar Carl.

Mae Carl yn mynd i'w gwrcwd wrth ymyl pen y dolffin gwyn ac yn edrych i fyny arna i. 'Ti wedi gwneud yn hynod o dda, Cara. Rwyt ti a Felix wedi gwneud popeth yn iawn.'

Gwgaf arno. 'Dydy e ddim wedi gwneud unrhyw wahaniaeth.'

'Mae e wedi iddo fe,' medd Carl. 'Mae e wedi dioddef llai, diolch i ti.'

Gwyliaf Carl yn mesur y tiwb stumog yn erbyn ochr y dolffin, ac yn ei osod yn ei geg. Mae e'n ysgwyd ei ben wrth i'r tiwb fynd dros ei dafod chwyddedig.

'Ti'n ei frifo fe,' meddaf.

Dydy Carl ddim yn siarad nac yn tynnu ei lygaid oddi ar y dolffin tan i'r tiwb gael ei wthio i'w le. Mae'n codi ac yn dal y bag hylif yn uchel. Gwyliaf y lefel yn mynd yn is yn y bag wrth i'r hylif fynd i mewn i gorff y dolffin.

Dwi'n sefyll yn ei wylio. Alla i ddim credu mai dyna beth sy'n digwydd, nad oes dim arall i'w wneud.

Mae Carl yn edrych ar Greg. 'Pam nad ei di â'r criw 'ma 'nôl i'r harbwr? Fe elli di godi'r milfeddyg o fan'na hefyd pan ddaw hi.'

'Dwi ddim yn mynd,' meddaf.

Mae Felix yn eistedd yn ôl ac yn plannu ei ddwylo'n ddwfn yn y tywod. 'Dwi'n aros hefyd.'

Mae Carl yn gwasgu ei ben yn erbyn y bag hylif. 'Fyddwch chi ddim isie aros.'

'Dere, Cara,' medd Dad. Mae'n rhoi ei law o dan fy nghesail. 'Dyna sydd orau, dwi'n meddwl.'

'A tithau hefyd, Felix,' medd Mr Andersen. 'Rwyt ti wedi gwneud popeth posib.'

Tynnaf oddi wrth Dad a phenlinio wrth ymyl y dolffin gwyn a rhoi fy llaw dros ei ben. Mae'n fy ngwylio mor graff fel na alla i beidio â meddwl bod angen ein help arno. Dwi'n gwybod nad ydy e isie marw.

Edrychaf i fyny ar Carl. 'Rhaid bod *rhywbeth* y gallwn ni ei wneud.'

Mae Felix yn penlinio wrth ei ymyl hefyd ac yn dweud, 'Pam na allwn ni fynd ag e i ganolfan achub, lle gallan nhw ofalu amdano tan y bydd e'n well? Dyna maen nhw'n ei wneud yn America.'

'Does dim canolfannau Bywyd Môr 'da ni yma,' medd Carl. 'Hyd yn oed tasai yna rai, efallai na fydden nhw'n ei

gymryd e oherwydd mae anifeiliaid gwyllt yn gallu
trosglwyddo clefydau i'r rhai sydd mewn caethiwed.'

'Beth am bwll nofio?' gofynna Felix. 'Neu un o'r pyllau
bach chwythu i fyny ry'ch chi'n gallu eu prynu?'

Nodiaf. 'Mae Felix yn iawn. Rhaid bod rhywbeth fel
'na y gallen ni ei ddefnyddio.'

Mae Carl yn dal y bag hylif yn is ac yn ochneidio.
'Edrychwch, blant, does dim pwynt. Hyd yn oed petaen
ni'n gallu defnyddio pwll nofio rhywun, fyddai e ddim yn
addas i ddolffin. I ddechrau mae pwll nofio'n llawn
cemegau, a dŵr croyw sydd ynddo, nid heli. Byddai
angen newid a hidlo'r dŵr i gael gwared ar y gwastraff.
Anghofiwch e. Does dim pyllau heli 'da ni yn y wlad hon.
Does dim byd fel 'na 'da ni.'

Neidiaf ar fy nhraed. 'Ond, oes, Carl.' Dwi bron yn
gweiddi'r geiriau allan. 'Mae rhywbeth *yn union* fel'na
'da ni.'

PENNOD 19

'Y Pwll Glas?' gofynna Carl.

Nodiaf. 'Ti'n gwybod, y pwll trai allan tua'r penrhyn. Mae'n berffaith. Mae'r môr yn golchi drosto ac yn ei lanhau ddwywaith y dydd.'

'Wn i ddim,' medd Carl. 'Hynny yw, petai'r tywydd yn troi'n gas, gall fod tonnau mawr yn torri draw 'na. Allwn ni ddim gadael i'r bobol sy'n achub roi eu bywydau eu hunain mewn perygl.'

Edrychaf i fyny ar yr awyr las, glir. 'Mae'r rhagolygon yn dda ar gyfer yr wythnos hon,' meddaf. 'Plis, Carl, mae'n rhaid i ni fentro.'

Mae Carl yn edrych ar Greg ac yn codi'i ysgwyddau.

'Mae'n ymddangos i mi fel petai'n werth rhoi cynnig arni,' medd Mr Andersen.

'Mae'n rhaid i ni drio,' medd Felix.

Dolffin Gwyn

Mae Carl yn ochneidio. Mae'n tynnu'r tiwb yn dyner allan o stumog y dolffin. Daw allan yn waed ac yn llysnafedd i gyd.

'Fe siarada i â'r milfeddyg ar y radio, i weld beth mae hi'n ei feddwl.'

Gwyliaf Carl yn cerdded i lawr y traeth serth tuag at cwch achub. Codaf lond dwrn o dywod sych a gadael iddo lithro drwy fy mysedd. Mae Carl yn siarad i mewn i'r radio. Ceisiaf ddarllen ei wyneb, ond y cyfan dwi'n ei weld yw ei fod e'n nodio ac yn gwgu. Mae Felix yn croesi bysedd ei law dda ac yn eu dal i fyny i mi gael eu gweld. Gwenaf, ond dwi ddim yn teimlo'n obeithiol iawn. Mae Carl yn cerdded yn ôl tuag atom, ei wyneb yn sarrug ac yn ddifrifol.

Neidiaf i fyny a brwsio'r tywod oddi ar fy nillad. 'Beth ddywedodd hi?'

Mae Carl yn ysgwyd ei ben. 'Mae'r milfeddyg yn meddwl y gall y straen o symud y dolffin fod yn ormod iddo.'

'Dyna'r unig obaith sydd ganddo,' medd Felix yn uchel.

'Dwi'n gwybod,' cytuna Carl, 'a dyw'r milfeddyg ddim yn gallu cyrraedd am o leiaf awr arall. O ystyried yr anafiadau, mae'n hi'n meddwl y gallai fod yn werth rhoi cynnig ar dy gynllun di a mynd â'r dolffin i'r pwll trai er mwyn iddi gael ei asesu e yn fan'na.'

'Diolch, Carl,' gwenaf. 'Fe ddaw e'n well nawr.
Dwi'n gwybod y daw e.'

Mae Carl yn ysgwyd ei ben. 'Mae e'n sâl iawn. Paid â
gobeithio gormod.'

Mae Carl yn nôl tarpolin o'r cwch achub a dw innau'n
helpu i'w osod ymyl y dolffin.

'Pan fyddwn ni'n ei rolio fe ar hwn,' medd Carl,
'gwyliwch ei gynffon. Cadwch draw oddi wrth y twll
chwythu hefyd. Mae dolffiniaid yn gallu cario clefydau
cas yn eu hanadl.'

Ry'n ni i gyd yn ffurfio rhes ac yn rhoi ein dwylo ar
gefn y dolffin.

'Dyma'r rhan beryglus,' medd Carl. 'Efallai fod ei
ysgyfaint wedi cael ei wasgu gan bwysau ei gorff. Fe all fod
yn anodd iddo anadlu.'

Mae Carl yn rhoi arwydd ac ry'n ni i gyd yn gwthio ac
yn ei droi ar ei ochr. Mae Greg yn gwthio'r tarpolin o dan
y dolffin ac ry'n ni'n ei rolio fe'r ffordd arall ac yn tynnu'r
cynfas yn syth odano. Mae'r dolffin yn taro'i gynffon yn
erbyn y tywod. Mae'n edrych yn gryfach yn barod ar ôl
cael yr hylif. Mae ei esgyll a'i gynffon wedi colli'r lliw glas
tywyll oedd arnyn nhw, ac maen nhw'n fwy pinc.
Mae Carl yn rhwbio Vaseline o gwmpas ei dwll chwythu
ac yn rhoi eli haul dros ei gorff wrth i Greg sychu'r graean
a'r tywod oddi ar y tarpolin.

Dolffin Gwyn

Dwi'n gafael yn un gornel o'r tarpolin gyda Dad.
Mae'r dolffin yn llawer trymach na'r disgwyl, ac ry'n ni'n
ei chael hi'n anodd i'w gario at lan y dŵr. Mae Greg yn
tynnu'r cwch achub yn agos i'r lan ac ry'n ni'n ei godi i
mewn iddo. Mae'n cymryd y rhan fwyaf o'r lle y tu mewn
i'r cwch ac mae'n rhaid i'r gweddill ohonon ni eistedd ar
yr ochrau rwber. Dwi'n gwisgo siaced achub sbâr ac yn
cydio'n dynn wrth i Carl danio'r injan a mynd â'r cwch
allan o'r gilfach i ganol y gwynt a'r tonnau a'r môr.

Mae mam y dolffin yn ein dilyn, yn gwasgu yn erbyn y
cwch, bron, gan godi ei phen uwchlaw'r dŵr i weld ei llo.
Mae hi'n chwibanu ac yn clician arno ac yn taro'i
chynffon yn galed. Meddyliaf tybed beth mae hi'n ceisio'i
ddweud ac a ydy hi'n deall beth ry'n ni'n ceisio'i wneud.

'Mae hi wedi cael anaf hefyd,' meddaf.

Mae Carl yn cysgodi ei wyneb rhag yr haul.
Mae rhicyn dwfn siâp V wedi'i dorri ar waelod asgell ei
chefn. Mae'r ymylon yn gignoeth a'r gwaed wedi ceulo.
'Dwi ddim yn meddwl ei fod e cynddrwg â'i olwg,' medd
Carl. 'Clwyf arwynebol ydy e. Dylai wella'n iawn.'

Mae'n arafu wrth i ni fynd rhwng waliau'r harbwr.
'Alla i ddim mynd â'r dolffin gwyn i'r pwll trai,'
medd Carl. 'Mae gormod o greigiau pan fydd y llanw'n
isel. Fe fydd yn rhaid i ni ei gario dros y tir o'r fan hyn.'

Mae mam y dolffin yn ein dilyn, ac asgell ei chefn yn
mynd fel bwa drwy'r dŵr, fel petaen ni'n ei llusgo hi ar

raff. Mae hi'n dal i'n dilyn, er gwaethaf yr arogl olew a diesel sydd yn yr harbwr, a rhu'r injan sy'n atseinio o dan y dŵr rhwng y waliau.

Mae'r llanw'n isel, a teimlaf waelod y cwch yn llithro ar y mwd a'r cerrig. Mae Carl yn stopio ar waelod y slip lle mae cregyn llong dros y concrit sy'n wyrdd gan wymon.

'Fe a' i i nôl y tryc,' medd Greg. 'Fe gariwn ni'r dolffin draw i'r Pwll Glas.'

Mae Carl yn nodio. Mae'n gwlychu darn o ddefnydd ac yn gadael i'r dŵr ddiferu dros gefn y dolffin gwyn. Mae mam y dolffin yn codi i'r wyneb yn y dŵr dyfnach ac yn chwythu chwa o anadl. Mae'r dolffin gwyn yn ei chopïo, ac mae *pffwwwsh* eu hanadlu'n galw ar ei gilydd, yn rhoi gwybod i'r llall ei fod yn dal yno.

'Sut bydd hi'n gwybod ble ry'n ni'n mynd â'i llo?' gofynnaf i Carl.

Mae'n codi ei ysgwyddau. 'Dyna pam nad yw hyn yn syniad da, efallai. Fe allai'r straen o fod ar wahân i'w fam fod yn ormod iddo.'

Gwelaf dryc Greg yn mynd am 'nôl i lawr y slip. Mae dau wirfoddolwr achub Bywyd Morol yn rhedeg wrth ei ochr. Mae Greg yn cau drws y gyrrwr yn glep ac yn dadfachu'r tryc. 'Mae'r milfeddyg yn aros amdanon ni yn y pwll trai,' esbonia. 'Mae gwirfoddolwyr eraill yno hefyd.'

'Da iawn,' nodia Carl. 'Gad i ni fynd ag e yno.'

Dolffin Gwyn

Mae Carl yn helpu Felix i ddringo allan o'r cwch a dw innau'n mynd at Felix ar y slip. Ry'n ni'n camu 'nôl i adael i'r gwirfoddolwyr achub godi'r dolffin gwyn i mewn i'r tryc. Mae'n gorwedd ar fatresi sbwng rhwng potiau crancod a rhwydi taclus Greg.

Mae Carl yn troi at Dad a Mr Andersen, ac yn nodio tuag aton ni. 'Dwi'n credu y dylech chi fynd â'r plant 'ma adre,' medd ef. 'Mae angen i'r ddau fod yn gynnes ac yn sych.'

'Dwi'n iawn,' mynnaf. Rhof fy nwylo o dan fy ngheseiliau i'w cynhesu a chuddio pa mor las yw fy mysedd. Dwi ddim yn gallu teimlo fy nhraed, maen nhw mor oer.

'Dw innau'n iawn hefyd,' medd Felix.

Mae Mr Andersen yn rhoi ei fraich am Felix. 'Edrych arnat ti. Ti'n crynu. Ti'n rhewi.'

Rhof fy nhroed ar y bar towio. Dwi isie dringo i fyny at y dolffin gwyn a mynd gydag e i'r pwll trai. 'Mae'n rhaid i mi ddod 'da ti, Carl,' meddaf.

'Ddim y tro hwn,' medd Carl, a rhoi ei law i'm rhwystro. 'Fe fydd angen amser ar y milfeddyg i roi asesiad iddo fe a dod i benderfyniad.'

'Mae'n rhaid i mi ddod.'

Mae Carl yn codi ei hun i fyny at y dolffin gwyn. 'Fe ffonia i dy dad heno. Fe gei di wybod beth sy'n digwydd.'

Mae Greg yn gwasgu sbardun y tryc ac mae'r dolffin gwyn yn taro'i gynffon ac yn chwythu aer drwy'r twll chwythu.

Daliaf yn dynn yng nghefn y tryc. 'Paid â gadael iddo farw, Carl. Plis paid â gadael i'r milfeddyg ei roi i gysgu.'

Mae Carl yn edrych i lawr ac yn ysgwyd ei ben. 'Nid fi fydd yn penderfynu, Cara.'

Rhof fy nwylo ar wyneb y dolffin ac edrych i mewn i'w lygad. Ond mae e'n edrych heibio i mi ar ei fam a bwa glas y gorwel ymhell y tu hwnt i waliau'r harbwr.

Mae Carl yn tynnu wrth fy nwylo. 'Gollwng dy afael, Cara.'

Codaf fy nwylo a gwylio'r tryc yn mynd i fyny'r slip ac yn diflannu i'r traffig ar hyd ffordd yr harbwr.

Dwi'n casáu hyn. Dwi'n casáu eu bod nhw'n mynd â fe oddi wrth ei fam fel hyn. Teimlaf fy mod yn ei fradychu e, rywsut.

Mae'n teimlo'n waeth na gadael iddo fentro i'r môr.

PENNOD 20

Mae Daisy'n taenu jam yn dew ar fynsen wen. 'Y'n ni'n mynd i weld y dolffin?'

Rhof fy mys ar fy ngwefusau. Mae Anti Bev yn gwneud tebotaid o de. 'Fe fydd yn rhaid i ni fynd nawr,' sibrydaf, 'cyn mynd i'r ysgol.'

Mae Daisy'n nodio ac yn llowcio'r fynsen.

Neithiwr eisteddodd a'i llygaid yn fawr wrth i mi ddweud popeth wrthi am y dolffin. Gwgodd pan ddywedes wrthi fod Felix yno'n helpu hefyd. Dywedes wrthi ei fod yn iawn yn y bôn, ac mai wedi gwylltio'n gacwn roedd e'r diwrnod welson ni fe yn y caffi. Ond does dim gwahaniaeth beth dwi'n ei ddweud am Felix – mae Daisy wedi penderfynu sut un ydy e'n barod.

Taflaf fy mag ysgol dros fy ysgwydd ac aros am Daisy wrth y drws.

Mae Anti Bev yn edrych yn graff arna i. 'Ry'ch chi'n mynd yn gynnar.'

'Mae gwaith cartref 'da fi i'w roi i mewn,' meddaf.

Mae hi'n syllu'n ofalus arna i a Daisy. 'Dy'ch chi ddim yn bwriadu mynd i weld y dolffin 'na, ydych chi?'

Codaf fy ysgwyddau. 'Pa ddolffin?' Edrychaf ar Daisy, ond mae ei bochau'n goch ac mae'n syllu ar y llawr.

Mae Anti Bev yn plethu ei breichiau. 'Yr un roedd Jim yn siarad amdano ar y ffôn, ar ôl i chi'ch dwy fynd i'r gwely.'

'Beth ddywedodd e?'

'Dwn i ddim,' ateba Anti Bev. 'Chlywais i mo'r cyfan.'

'Isie gwybod ydy popeth yn iawn ydw i, dyna i gyd,' meddaf.

'Ry'ch chi eich dwy'n mynd yn syth i'r ysgol. Rwyt ti wedi bod mewn digon o helynt fel mae hi a dwi ddim isie i Daisy fynd i helynt hefyd.' Mae hi'n cydio yn ei bag llaw ac allweddi'r tŷ. 'A dweud y gwir, fe gerdda i 'da chi fy hunan.'

Does dim pwynt dadlau â hi. Mae Dad ar shifft gynnar yn y gwaith felly alla i ddim gofyn iddo fe.

Yr holl ffordd i'r ysgol dwi'n ceisio cael cip ar y penrhyn, ond mae'r pwll trai o dan y clogwyni ac allan o'r golwg. Mae tryc Greg wedi'i barcio ym maes parcio'r penrhyn, felly y cyfan y galla i ei wneud yw gobeithio bod hynny'n golygu bod Greg a Carl yno a bod y dolffin yn dal yn fyw.

* * *

Dolffin Gwyn

Alla i ddim canolbwyntio ar ddim drwy'r dydd. Mae Felix wedi cael ei symud i'r grŵp top mewn mathemateg a Saesneg, felly dim ond amser egwyl dwi'n cael cyfle i gwrdd â fe.

Mae'n siarad â dwy ferch o'n blwyddyn ni yn y siop fach, ond mae'n eu gadael wrth fy ngweld i. Eisteddaf yn ei ymyl ar un o'r meinciau pren yn y buarth. 'Sut mae'r dolffin?'

Mae Felix yn ymbalfalu â phapur lapio siocled ac yn rhwygo'r cornel â'i ddannedd. 'Ffoniodd Carl i ddweud ei fod e'n dal yn fyw,' ateba. 'Mae angen gwirfoddolwyr i'w gynnal ar rafft cyn y bydd yn gallu cydbwyso'i hunan yn y dŵr. Mae Dad yn gwneud shifft dwy awr cyn fy nôl i amser cinio.'

'Fe allwn i gwrdd â ti 'na wedyn, ar ôl ysgol,' meddaf. 'Efallai y bydd Carl yn gadael i ni helpu hefyd.'

'Ie, byddai hynny'n cŵl,' medd Felix. Mae'n torri'r siocled yn ddarnau ac yn cynnig peth i fi. 'Yn fy hen ysgol gallet ti gael dy wahardd am fwyta siocled.'

Stwffiaf ddau ddarn o siocled yn fy ngheg. 'Na, wir?'

Mae Felix yn gwenu. 'Roedd siocled yn cael ei wahardd. Dim ond bariau grawnfwyd a darnau o foron ro'n ni'n cael eu bwyta rhwng gwersi.' Mae'n gwthio gweddill y bar i'w geg ac yn siarad drwy gegaid o siocled. 'Dwi'n credu y gallwn i ddod i hoffi'r ysgol 'ma.'

* * *

Ar ôl cinio gwyliaf fysedd y cloc uwchben desg yr
athro'n cerdded yn araf rownd a rownd a rownd.
Dwi'n eiddigeddus y bydd Felix wrth y Pwll Glas yn
barod. Pan mae'r gloch olaf yn canu, fi yw'r cyntaf allan
drwy'r giatiau. Rhedaf at ysgol Daisy ac yn ei bachu pan
wela i hi. Dwi bron yn ei thynnu i lawr y ffordd. Alla i
ddim aros i weld y dolffin.

'Dere.' Taflaf ei bag ar draws fy ysgwyddau.
'Mae'n rhaid i ni redeg.'

Mae'r llanw'n rhy uchel i ni gerdded ar hyd y tywod i'r
Pwll Glas, felly dwi'n rhedeg gyda Daisy ar hyd heol yr
arfordir. Mae maes parcio'r penrhyn yn llawn ceir, ond
mae tryc Greg wedi mynd. Mae llawer o bobol yna hefyd,
ar hyd llwybr yr arfordir i gyd. Mae torf wedi ymgasglu ar
y clogwyn uwchben y pwll trai. Dwi'n tybio bod y
newyddion am y dolffin wedi lledu'n gyflym. Gwthiaf fy
ffordd drwy'r bobol at y grisiau cerrig i lawr at y pwll,
ond mae tâp heddlu wedi'i osod ar draws y llwybr ac
mae plismones yn rhoi ei braich allan i'm rhwystro rhag
mynd drwodd.

'Does neb yn cael mynd,' esbonia hi. 'Mae'n ddrwg
gen i.'

Edrychaf i lawr tua'r creigiau. Mae dwy babell gron ar
y silff o greigiau gwastad uwchben y pwll. Gallaf weld
sachau cysgu a bagiau'n bentwr y tu mewn iddyn nhw.
Mae gorchudd gwyn wedi'i dynnu ar bolion dros y pwll i

Dolffin Gwyn

gysgodi'r dolffin rhag yr haul. Dim ond ei gynffon sydd i'w weld y tu hwnt i'r gorchudd. Mae'n gorwedd ar rafft rhwng dwy glustog aer felen, hir. Mae menyw nad ydw i wedi'i gweld o'r blaen yn ei chwrcwd wrth stof fach nwy ac yn arllwys dŵr berwedig o degell i ddau gwpan. Y tu ôl iddi, mae tywelion a siwtiau gwlyb wedi'u rhoi dros y creigiau i sychu.

'Mae'n rhaid i mi fynd i lawr 'na,' meddaf.

Mae'r blismones yn ysgwyd ei phen ac yn gwenu. 'Alla i ddim gadael i ti, mae arna i ofn.'

'Carl!' gwaeddaf. 'Carl, fi sy 'ma.'

Mae hi'n ceisio fy ngwthio'n ôl yn dyner, ond gwelaf ben Carl yn ymddangos o dan y gorchudd gwyn.

Mae'n siarad â rhywun yn y pwll ac yn rhedeg i fyny'r grisiau cerrig tuag ataf. Mae ei draed yn gadael olion gwlyb tywyll ar y graig olau. Mae'n plygu o dan dâp yr heddlu ac yn tynnu Daisy a minnau allan o'r dyrfa.

Baglaf dros fy ngeiriau. 'Sut mae e?'

Mae Carl yn mynd â ni i eistedd ar y borfa. 'Mae'n dal ei dir am y tro,' medd. 'Ond dyw e ddim yn gallu nofio. Mae ei gyhyrau wedi cael niwed ar ôl yr holl amser dreuliodd e wedi'i wasgu yn erbyn y tywod.'

'Pam na chawn ni ei weld e?' gofynna Daisy.

Mae Carl yn edrych 'nôl ar y dorf. 'Fe ddywedodd y milfeddyg y gallai'r dolffin roi rhai clefydau i bobol. Ond mae hyn er lles y dolffin hefyd. Mae gwirfoddolwyr yn aros yn y babell i wneud ambell shifft yn y dŵr, ond dy'n ni ddim isie i lawer o bobol gyffwrdd ynddo fe. Mae angen llonydd arno.'

'Ond fe gawn *ni* ei weld e, does bosib?' gofynnaf.
'Fi ddaeth o hyd iddo. Fe allwn ni helpu i ofalu amdani.'

Mae Carl yn ysgwyd ei ben ac yn ochneidio. Mae'n rhedeg ei ddwylo drwy ei wallt. 'Cara, dwn i ddim sut mae dweud hyn wrthot ti, ond dydy'r newyddion ddim yn dda.'

Mae fy nwylo'n teimlo'n oer ac yn chwyslyd. Mae Daisy'n cydio yn fy mraich. 'Beth?' gofynnaf.

'Mae'r milfeddyg wedi cael cyngor gan arbenigwyr yn America. Hyd yn oed os gallwn ni ei wella fe, fydd e ddim yn gallu goroesi yn y môr ar ei ben ei hun heb ddolffiniaid eraill. Mae'n llawer rhy ifanc.'

Pwyntiaf tuag at yr harbwr. 'Ond mae ei fam yn disgwyl amdano,' meddaf.

Mae Carl yn gwgu. 'Fe aeth llawer o gychod allan ati. Dy'n ni ddim wedi'i gweld hi ers rhai oriau nawr. Ry'n ni'n meddwl ei bod hi wedi cael ei dychryn.'

'Ond fe ddaw hi 'nôl,' meddaf. 'Dwi'n siŵr y daw hi.'

Mae Carl yn codi ei ysgwyddau. 'Yn yr harbwr y gwelodd hi ei llo ddiwetha. Dydy hi ddim hyd yn oed yn gwybod bod ei llo hi fan hyn.'

'Allwn ni ddim rhoi'r ffidil yn y to nawr, Carl. Fe awn ni i chwilio amdani.'

Dolffin Gwyn

Mae Carl yn tynnu ei fenig duon ac yn rhwbio'i lygaid. Mae blew mân dros ei ên i gyd. Mae golwg wedi blino'n lân arno. Mae'n rhaid ei fod wedi bod ar ei draed drwy'r nos. 'Mae Felix a'i dad yn hwylio yn y bae yn chwilio amdani nawr,' eglura. 'Ond gallai hi fod filltiroedd i ffwrdd. Efallai ei bod hi wedi mynd 'nôl at yr haid o ddolffiniaid.'

Codaf ar fy nhraed a chicio'r llawr. 'Felly faint o amser ry'n ni'n ei roi i'r fam ddod 'nôl? Wythnos? Pythefnos? Blwyddyn?'

Mae Carl yn anadlu allan yn dawel drwy ei ddannedd. 'Fory. Mae'r milfeddyg yn dweud y gallwn ni roi tan fory iddi.'

'Fory?' gwaeddaf. 'Allwch chi ddim gwneud hynny. Fe ddaw hi 'nôl, dwi'n gwybod.' Mae pobl yn dechrau troi eu pennau tuag atom, ond does dim gwahaniaeth gen i.

Mae Carl yn pwyso ymlaen ac yn gostwng ei lais. 'Dydy hi ddim yn deg rhoi'r llo drwy hyn i gyd, os na allwn ni adael iddo fynd yn rhydd yn y môr. Nid fi sydd i benderfynu, Cara. Mae llawer o forfilod a dolffiniaid yn marw neu'n gorfod cael eu rhoi i gysgu. Dydy hi ddim yn hawdd, ond dyna sut mae hi.'

Rhythaf arno. 'O leiaf gad i mi ei weld e.'

'Alla i ddim, Cara,' ymddiheura Carl. 'Mae'n ddrwg gen i, ond alla i ddim.'

Mae'n gwasgu fy ysgwydd ond dwi'n symud draw oddi wrtho. Cerddaf fel corwynt ar draws y maes parcio ac eistedd y tu ôl i wal gerrig, allan o'r golwg.

Mae Daisy'n dod ataf ac yn rhoi ei breichiau amdanaf. 'Beth wyt ti'n mynd i'w wneud?'

Gwthiaf gledrau fy nwylo yn erbyn fy llygaid ac ysgwyd fy mhen. 'Wn i ddim, Daisy,' meddaf. 'Does dim syniad gen i.' Dwi'n teimlo mor anobeithiol yn eistedd fan hyn. Does dim yn y byd y galla i ei wneud.

Gwyliaf jac-y-do'n cerdded yn ôl ac ymlaen wrth ein hochr, ei lygaid glas craff ar grwstyn o fara wrth fy nhraed. Codaf y bara a'i rolio rhwng fy mys a 'mawd yn belen o does. 'Trueni nad ydy Mam yma,' meddaf. 'Fe fyddai hi'n dweud wrtha i beth i'w wneud.'

Mae'r jac-y-do'n neidio ymlaen. Mae'n troi ei ben o'r naill ochr i'r llall, gan fy ngwylio drwy'r amser.

Estynnaf y bara ar gledr fy llaw.

Tybed a fydd e'n mentro. Tybed a fydd e'n mentro ymddiried yndda i.

Mae Daisy'n llithro ei llaw yn fy llaw i. 'Efallai *fod* ffordd i ti ofyn iddi.'

Trof at Daisy a nodio.

Ro'n i'n meddwl yn union yr un peth.

PENNOD 21

Rhedaf ar hyd glan y môr gyda Daisy, gan gydio yn yr unig beth oedd yn perthyn i Mam sydd gen i. Cof bach cyfrifiadur glas, ar ffurf dolffin. Daeth Mam ag e'n ôl o gynhadledd ar fywyd y môr ac ro'n i bob amser isie ei gael fy hun. Es i ag e o'i stafell y diwrnod cyn iddi adael, oherwydd fy mod yn ei hoffi. Ddywedes i ddim wrthi a dwi'n dal i deimlo'n euog am y peth. Ar ôl iddi ddiflannu, fe wnes i ei roi ar gadwyn o gregyn. Nawr mae'n hongian uwchben y gragen Fair wen y des i o hyd iddi. Mae gwahanol fathau o gregyn eraill, o bob lliw a llun, yn y gadwyn. Dyna'r cyfan sydd gen i. Doedd hi byth yn cadw *pethau*. Doedd hi ddim hyd yn oed isie modrwy briodas gan Dad. Roedd ganddi offer plymio a chamera, a dyna'r cyfan. Nid hi oedd piau'r cyfrifiadur, chwaith. Un y ganolfan ymchwil oedd e. Yr unig *beth* oedd ganddi oedd ei hen rycsac gwyrdd anniben.

Roedd darnau o ddefnydd o wahanol wledydd wedi'u gwnïo dros y rhwygiadau. Roedd pob darn o ddefnydd yn adrodd stori wahanol, dyna roedd hi'n arfer ei ddweud. Ond mae'r bag hwnnw wedi mynd. Aeth e gyda fy mam hefyd.

Dwi'n gwybod nad oes llawer o amser gen i. Rhoddodd Anti Bev arian i mi i nôl pysgod a sglodion i swper a bydd hi'n ein disgwyl ni'n ôl mewn hanner awr. Gadawaf Daisy yn y ciw. Mae'n un hir sy'n nadreddu o gwmpas y cornel ac ar hyd ffordd yr harbwr. Bydd hynny'n rhoi ychydig o amser i mi, o leia. Dwi'n troi heibio i'r siop offer môr ac yn rhedeg i fyny'r bryn serth yr o ochr arall i'r dref. Mae fy nghoesau'n boenus ac mae fy ysgyfaint yn brifo wrth i mi anadlu ond dwi ddim yn aros tan i mi gyrraedd y rhes o fythynnod gwyngalchog sy'n edrych dros y môr.

Mae bwthyn Miss Penluna ar y pen, ar hyd llwybr o raean. Mae'r cerrig mân yn crensian o dan fy nhraed wrth i mi gerdded heibio i'r drysau eraill. Mae bwcedi a rhawiau i'w gweld yn y gerddi ffrynt bychain. Mae blychau blodau yn llawn *geraniums* ar y siliau ffenest llechi. Does neb *go iawn* yn byw yn y bythynnod hyn bellach. Tai haf ydyn nhw i gyd nawr.

Pob un ond y tŷ ar y pen. Mae bwthyn Miss Penluna yn llwyd golau. O dan y gwyngalch sy'n syrthio oddi ar y waliau, mae'r cerrig yn sych ac yn friwsionllyd. Mae halen

y môr a chwythwyd gan y gwynt mewn stormydd
aeafau lawer yn ôl dros y ffenestri ac mae'r llenni
wedi'u cau'n dynn. Yn y dryswch o chwyn a gwair o
flaen y bwthyn mae un tiwb bwydo adar sy'n llawn
o hadau. Dyna'r unig arwydd fod unrhyw un yn byw
yma o gwbl.

Safaf o flaen y drws. Mae fy nghalon fel drwm yn fy
mrest. Gallaf ei theimlo'n curo drwydda i ac yn erbyn
y cof bach dolffin sydd gen i yn fy llaw.

Curaf ar y drws.

Mae rhywbeth yn crafu'r ochr arall i'r drws. Yna mae
popeth yn dawel. Curaf eto. Efallai fod Miss Penluna wedi
mynd i fwydo'r gwylanod eto.

Dwi'n troi bwlyn y drws yn araf. Mae'n gwichian ac
mae'r drws yn agor tuag i mewn. Mae llafn o heulwen yn
torri drwy'r tywyllwch ar lawr llechi.

'Helô?' galwaf.

Mae'r bwthyn yn dawel. Camaf i mewn iddo a dwi
bron â chwydu. Mae drewdod sur yn llenwi fy nhrwyn a
'ngheg, ac yn pigo fy llygaid. Mae'n drewi fel y clogwyni
ar Graig yr Wylan pan fydd y clogwyni'n llawn adar
adeg magu.

'Caea'r drws!'

Mae cyffro o blu yn taro yn erbyn fy wyneb ac mae'r
drws yn cau'n glep. Yn y gwyll, gwelaf siâp bychan
Miss Penluna yn sefyll o 'mlaen.

'Chewch chi ddim mynd â fe,' medd hi. 'Dydy e ddim yn hwylus.'

'Mynd â phwy?' gofynnaf.

Mae'n craffu arna i. 'Rhywun o'r cyngor y'ch chi?'

'Cara ydw i. Fe gwrddon ni ar y traeth.'

Clywaf sŵn crafangau ar y llechi y tu ôl i mi a gwyliaf jac-y-do'n hercian tuag at ddrws arall.

'Chei di ddim aros,' medd Miss Penluna.
Mae'n ysgwyd ei phen ac yn pwyntio â'i ffon at y drws. 'Mae'n rhaid i ti fynd.'

'Mae angen eich help chi arna i,' meddaf.

'Bant â ti.' Mae hi'n agor y drws ac yn ceisio fy ngwthio allan.

'*Plis*,' meddaf. 'Mae angen eich help arna i.'

Mae hi'n sefyll yn stond, a gwaelod ei ffon yn erbyn fy mrest.

'Mae rhywbeth 'da fi i'w ddangos i'r angylion.'

Mae Miss Penluna'n sbecian y tu allan, yna mae hi'n cydio yn fy mraich â'i llaw esgyrnog ac yn cau'r drws. 'Chei di ddim aros yn hir.'

Dilynaf hi i'r gegin. Dros y llawr mae papur newydd a phlatiau gwag. Mae'r jac-y-do'n fflapio ac yn hercian ar y bwrdd ac yn fy ngwylio â'i lygaid disglair glas.

'Felly, beth wyt ti isie'i wybod?' gofynna.

Dwi'n troi'r gadwyn gregyn yn fy llaw. 'Ydych chi wir yn gallu siarad ag angylion?'

Dolffin Gwyn

Mae Miss Penluna'n gwthio cadair allan o dan y bwrdd â'i ffon ac yn eistedd. 'I lawr yn y pentre maen nhw'n meddwl fy mod i'n hanner call a dwl.'

Tynnaf innau gadair arall ac eistedd gyferbyn â hi wrth y bwrdd. Dros y lliain bwrdd gwyn mae staeniau te a baw jac-y-do.

Mae hi'n estyn bys esgyrnog ac yn ei redeg yn dyner dros big yr aderyn. 'Dwi wastad wedi'u clywed nhw'n canu yn fy mhen. Fe ddywedodd fy mam mai angylion oedden nhw.' Mae hi'n eistedd yn ôl ac yn ysgwyd ei phen. 'Dwi ddim yn eu clywed nhw gymaint nawr.'

Llithraf y gadwyn a'r cof bach dolffin dros y ford. 'Mae hwn yn eiddo i fy mam,' meddaf.

Mae Miss Penluna yn ei droi yn ei llaw. Mae ei bysedd yn hir ac yn denau. Bron fel crafangau. Mae hi'n agor y cof bach ac yn syllu ar y darn USB metel y tu mewn. 'Beth yw hwn?' gofynna.

'Cof bach,' atebaf.

Mae hi'n ei ddal yn agos at ei llygaid. 'Cof pwy?'

'Nid dyna beth ydy e,' meddaf. 'Rhywbeth ar gyfer y cyfrifiadur ydy e.' Tybed ydy Miss Penluna wedi gweld cyfrifiadur erioed, meddyliaf.

Mae hi'n ei gau ac yn ei wthio i'r naill ochr i ymyl y ford. Efallai nad yw'n ddigon da i ddangos iddi. Does dim diddordeb ganddi ynddo o gwbl. Mae'r jac-y-do'n ceisio'i bigo, felly dwi'n ei roi ar fy nglin ac yn aros.

Mae Miss Penluna yn pwyso ymlaen ar y bwrdd. 'Beth wyt ti *wir* isie'i wybod?'

Mae fy ngheg yn mynd yn sych. Mae fy meddwl yn wag. Caeaf fy llygaid a cheisio meddwl.

Mae traed jac-y-do yn tip-tapian ar y bwrdd.

'Dwi isie gwybod beth ddigwyddodd,' meddaf. 'Dwi isie gwybod beth ddigwyddodd y noson y diflannodd Mam.'

Pan agoraf fy llygaid, mae Miss Penluna yn dal i 'ngwylio. Mae hi'n gwthio'i gwallt tenau o'i hwyneb. 'Y cwestiwn ydy, wyt ti'n barod?'

Cydiaf yn y cof bach yn dynn yn fy llaw a nodio. Dwi ar fin gwybod beth ddigwyddodd. Dwi ar fin gwybod y gwir. Dwi'n teimlo 'mod i'n sefyll ar ymyl clogwyn, yn edrych i lawr, a 'mod i ar fin cwympo.

'Rhaid i ti wrando ar y dolffiniaid,' medd Miss Penluna.

Ysgydwaf fy mhen a syllu arni. Ro'n i'n meddwl y byddwn i'n cael ateb, ateb pendant. 'Dwn i ddim beth ry'ch chi'n ei feddwl,' meddaf.

Mae Miss Penluna'n codi ei hysgwyddau. 'Angylion y môr ydyn nhw.'

Eisteddaf yn ôl. Dwi'n teimlo fel petawn i wedi cael fy nhwyllo, fel petawn i wedi defnyddio fy nghwestiwn hud a nawr mae cwestiynau eraill yn llifo i 'mhen hefyd. Sut alla i achub y dolffin gwyn? Sut alla i atal y llongau

Dolffin Gwyn

pysgota rhag rhwygo'r bae? Fydda i byth yn gweld
Mam eto?

Mae Miss Penluna yn pwyso ymlaen ac yn cydio yn
fy nwy law. Sylwaf fod ei llygaid yn las golau, golau,
yn union fel rhai'r jac-y-do.

'Fe glywi di hi os byddi di'n gwrando,' medd hi.
'Rhaid i ti wrando ar y dolffiniaid.'

PENNOD 22

Erbyn i mi gyrraedd y siop sglodion, gallaf weld Daisy drwy'r ffenest yn rhoi arian i'r dyn y tu ôl i'r cownter. Pwysaf ar y rheilen, dal fy anadl ac edrych i lawr i ddŵr gwyrdd tywyll yr harbwr. Mae'r môr ar drai. Mae rhaffau angori'n gorwedd yn rhesi a gwymon yn hongian oddi arnynt. Ro'n i'n ffôl i obeithio a meddwl y gallwn i ddod o hyd i atebion. Wn i ddim sut mae achub y dolffin gwyn. Mae Anti Bev yn llygad ei lle. Mae Miss Penluna'n ddwl. Mae hi'n ddwl bared. Doedd Mam byth yn credu mewn dolffiniaid oedd yn siarad, nid â lleisiau dynol beth bynnag.

Mae Daisy'n rhoi'r bag i mi, yn llawn o becynnau o bysgod a sglodion poeth. 'Beth ddywedodd Menyw'r Adar?'

'Yn nes ymlaen,' atebaf. 'Dere, gad i ni fynd adre.'

'Paid ag edrych nawr,' medd Daisy. Mae hi'n rhoi pwt yn fy asennau.

Dolffin Gwyn

Edrychaf heibio iddi a gweld Felix a'i dad yn cerdded tuag atom ar y palmant. Mae'r ddau'n gwisgo siwtiau dŵr a siacedi achub. Mae eu coesau'n fwd i gyd.

Mae Felix a'i dad yn aros wrth ein hymyl. Dwi'n troi fy nhrwyn gan fod eu siwtiau gwlyb yn drewi o wymon pwdr.

'Fe gawson ni ein dal gan y llanw,' gwena Mr Andersen. 'Mae tipyn 'da ni i'w ddysgu, dwi'n meddwl.'

Mae Daisy'n tynnu wrth fy mraich, gan geisio cuddio'r tu ôl i mi. Dwi'n ei gwthio i ffwrdd â 'mhenelin ac yn troi at Felix. 'Welsoch chi fam y dolffin?'

Mae Felix yn ysgwyd ei ben. 'Fe aethon ni heibio i Graig yr Wylan ac ymhellach i fyny'r arfordir, ond doedd dim golwg ohoni yn unman.'

Trof y gadwyn gregyn yn fy mysedd. Gallai mam y dolffin fod yn unrhyw le nawr. 'Rhaid ei bod hi mas fan'na yn rhywle.'

'Fe welon ni forloi llwyd,' medd Felix, 'a morgi, un enfawr . . .'

'Fyddai hi ddim yn gadael ei llo bach,' meddaf. Dwi'n troi edau sidan y gadwyn rownd a rownd a rownd. Mae Daisy'n cydio yn fy mraich eto. Mae'n ei thynnu am 'nôl ac mae'r sidan yn torri, gan wasgaru'r cregyn dros y llawr. 'DAISY!' gwaeddaf. Sgrialaf ar y llawr i achub y cregyn, ond mae rhai'n bownsio dros ymyl yr harbwr. Edrychaf i lawr a gweld y gragen Fair yn disgyn

i'r dŵr, a chrychau gwyrdd yn ymedu mewn patrymau
o olau.

Trof ar fy sawdl i chwilio am y cof bach ond mae
hwnnw wedi mynd hefyd. Welais i mohono fe'n syrthio
i'r dŵr. Edrychaf y tu mewn i'r bag â'r pysgod a'r sglodion
i weld ydy e wedi disgyn i mewn fan'na.

Mae Daisy'n dal pedair cragen yn ei llaw. 'Mae'n
ddrwg 'da fi, Cara.' Mae ei llygaid yn llawn dagrau.

Dwi'n eu codi nhw o'u llaw. Dyna'r cyfan sydd ar ôl.

'Ti biau hwn?' Mae Felix yn ei gwrcwd, a'i ddwylo yn
y gwter. 'Dwi'n credu bod hwn wedi cwympo hefyd.'

Mae'n sythu ac yn dal y cof bach dolffin glas yn ei law.

'Diolch,' meddaf. Cyrliaf fy mysedd o'i gwmpas a'i roi
yn fy mhoced.

Mae'n gwgu arnaf. 'Ro'n i'n meddwl nad o't ti'n hoffi
cyfrifiaduron.'

'Dwi ddim.' Cydiaf ynddo'n dynn yn fy llaw.
'Un Mam ydy e.'

'Beth sydd arno fe?'

Codaf fy ysgwyddau. 'Mae e'n wag, dwi'n credu.'
Dwi ddim isie dweud wrtho fy mod i wedi ceisio edrych
ar gyfrifiadur yr ysgol, ond na allwn i ddarllen yr
cyfarwyddiadau mewngofnodi. Dangoses y cof bach i
Carl unwaith, ond dywedodd fod cyfrinair arno.

'Fe allwn i gael cip arno fe,' cynigia Felix. 'Os oes
rhywbeth arno fe, fe ddo i o hyd iddo.'

Dolffin Gwyn

Rhedaf fy mysedd ar hyd y siâp dolffin yn fy mhoced. Dwi bob amser wedi meddwl tybed a oedd unrhyw beth ar y cof, lluniau o Mam, dyddiadur? Dwi wastad wedi bod isie gwybod. 'Efallai,' meddaf.

'Fe ofala i amdano fe,' medd Felix, 'dwi'n addo.'

Gwasgaf y cof bach yn ddyfnach i mewn i 'mhoced. 'Dyna'r cyfan sydd gen i.'

'Ti sy'n gwybod,' medd Felix. 'Ond rho wybod i mi os newidi di dy feddwl.'

Gwyliaf e'n dilyn ei dad ar hyd lan y môr. Dwi'n gwybod nad oes ffordd arall i mi ddod i wybod.

'Aros,' galwaf ar ei ôl.

Estynnaf y cof bach iddo. 'Dwi isie i ti,' meddaf. 'Dwi isie i ti edrych.'

Mae Felix yn nodio a dwi'n ei roi yn ei law.

Efallai mai dyna'n union beth ydy e.

Cof.

Cof rhywun, yn aros i gael ei ddatgloi.

Ry'n ni'n hwyr yn cyrraedd adref â'r pysgod a sglodion. Mae Anti Bev yn ei gŵn gwisgo yn gorwedd ar y soffa, yn gwylio sioe dalent ar y teledu. Mae ei bol mor fawr nawr, dwi'n synnu nad ydy hi'n byrstio.

Mae Daisy'n tynnu platiau o'r cwpwrdd. 'Mae'n ddrwg 'da fi am dy gadwyn di.'

Dwi'n gosod ffyrc ar y bwrdd. 'Does dim ots.'

'Beth ddywedodd hi?' gofynna Daisy. 'Beth ddywedodd Menyw'r Adar?'

Gwthiaf botel sos coch i ganol y bwrdd. 'Fe ddywedodd hi mai angylion y môr yw'r dolffiniaid.'

Mae Daisy'n aros, a phlât yn ei llaw. 'Angylion go iawn?'

'Paid â bod yn hurt, Daisy,' meddaf yn swta. Rhwygaf bapur seimllyd y pecynnau pysgod a sglodion ar agor. 'Dim ond dolffiniaid y'n nhw. Anifeiliaid, fel ni.'

Mae Dad yn eistedd i lawr wrth y bwrdd ac yn dylyfu gên. Mae cylchoedd tywyll o dan ei lygaid. Mae'n gwneud cymaint o oriau ag y gall yn y dafarn. Prin dwi'n ei weld o gwbl y dyddiau hyn. Mae'n codi un o'r sglodion tew ac yn ei gnoi.

Mae Anti Bev a Daisy'n eistedd hefyd.

'Mae Tom yn cyrraedd adre fory,' medd Anti Bev. 'Gadewch i ni obeithio'u bod nhw wedi cael dalfa dda o bysgod y tro hwn.'

Gwelaf lygaid Daisy'n goleuo. 'Fe ddywedodd e y byddai e'n mynd â fi i weld ffilm.'

Arllwysaf halen ar fy sglodion. Dwi ddim isie gweld beth ddaw fory. Trof at Dad. 'Gawn ni fynd i hwylio cyn yr ysgol?'

Mae Dad yn ysgwyd ei ben. 'Dwi'n gweithio tair shifft.'

'Ond mae'n rhaid i ni chwilio am fam y dolffin,' meddaf. 'Mae'n rhaid i ni ddod o hyd iddi. Fe fydd ei llo bach yn cael ei roi i gysgu os na wnawn ni.'

Dolffin Gwyn

Mae Dad yn sychu ei geg â hances bapur. 'Edrych, Cara, mae Carl wedi bod yn chwilio mas 'na heddiw a Mr Andersen a Felix hefyd.'

'Ond ry'n ni'n nabod y bae'n well na neb. Fe ddown ni o hyd iddi.'

Mae Dad yn rhoi'r hances boced i lawr ac yn gwthio'i blât i ffwrdd. 'Does dim amser 'da fi fory.'

Dwi'n trywanu sglodyn â'm fforc. 'Does dim amser 'da ti byth nawr.'

Mae Dad yn rhythu arna i. 'Dydy hynny ddim yn deg, Cara. Mae'n rhaid i mi ennill arian.'

'Ond mae'n rhaid i ni ddod o hyd iddi, Dad.'

Mae Dad yn codi ac yn taflu'r papur sglodion yn y bin. 'Y môr ydy e, er mwyn popeth, Cara. Fe allai hi fod yn unrhyw le. Sut bydden ni'n gwybod ble i edrych?'

Gwthiaf fy mhlât i ffwrdd. 'Ti wedi rhoi'r ffidil yn y to, fel pawb arall.'

Mae Anti Bev yn rhoi ei llaw ar fy mraich. 'Gwranda ar dy dad, Cara.'

Gwthiaf fy nghadair yn ôl ac anwybyddu Anti Bev. 'Ti wedi rhoi'r ffidil yn y to,' bloeddiaf ar Dad, 'fel rwyt ti wedi'i wneud 'da Mam.' Rhedaf i fyny i'r stafell dwi'n ei rhannu gyda Daisy. Gorweddaf ar y gwely cynfas a thynnu'r cwilt dros fy mhen. Mae Dad yn dod i mewn i'r ystafell ac yn sibrwd fy enw, ond dwi'n esgus cysgu.

Clywaf glep y drws ffrynt wrth iddo adael y tŷ a bloeddio'r teledu yn y stafell odanaf.

Pan ddaw Daisy i mewn i'r ystafell dwi'n aros iddi ddiffodd y golau a chwtsio yn y gwely. Pan glywaf hi'n anadlu'n gyson, plygaf y cwilt 'nôl ac edrych drwy'r ffenest ar yr awyr sy'n tywyllu.

'Cara?'

Daliaf fy anadl. Ro'n i'n meddwl ei bod hi'n cysgu.

'Dwi'n gwybod dy fod ti'n effro,' sibryda.

Anadlaf allan yn araf a throi ar fy ochr.

'Ble mae hi?' gofynna Daisy. 'Ble mae hi, tybed?'

Teimlaf ddagrau tawel yn disgyn i lawr fy wyneb ac i mewn i'r gobennydd. 'Wn i ddim,' meddaf. 'Does dim syniad gen i.'

PENNOD 23

Mae'r haul yn wyn llachar, llachar.
Mae'r môr yn wyrddlas.

Eisteddaf ar y traeth yn torri ffos o gwmpas fy
nghastell tywod. Dyma'r castell perffaith. Tri thŵr tal a
phont godi wedi'i gwneud o froc môr. Dwi wedi'i
addurno â chregyn a gwymon. Mae cragen Fair yn
adlewyrchu'r heulwen o'r tŵr agosaf at y môr. Plygaf fy
mreichiau am fy mhengliniau a syllu arno. All dim byd
fwrw fy nghastell i lawr. Ond dwi ddim yn clywed y don.
Mae'n troelli i mewn i'r ffos ac yn llifo dros waliau'r
castell. Y tŵr agosaf at y môr yw'r un cyntaf i gwympo.
Mae'n plygu i mewn i'r tonnau ac yn diflannu. Mae'r
gragen Fair yn rholio ar hyd y tywod gwlyb caled, tuag at
y môr. Dwi'n ceisio'i dal, ond mae hi'n llithro drwy fy
mysedd ac yn disgyn i'r ewyn.

'Dere i mewn, Cara.'

Mae Mam yn sefyll yn y dŵr, yn gwenu. Mae'r gwynt yn chwythu ei gwallt yn ôl. Gallaf hyd yn oed weld y brychni ar ei hwyneb, a'r heulwen yn ei llygaid llwydwyrdd. Mae hi'n gwisgo'r crys-T a'r jîns byr fel bob amser. Mae ton yn troi o gwmpas ei choesau ac yn rhuthro ar hyd y tywod tuag ataf.

Mae Mam yn cysgodi ei llygaid rhag yr haul. '*Dere*, Cara,' gwena. 'Dwi'n disgwyl amdanat ti.'

Mae'r haul yna'n llachar, llachar wyn.

Mae'r tonnau'n llithro ar hyd y traeth, i mewn ac allan, i mewn ac allan.

Ond dwi isie dod o hyd i'r gragen Fair yna. Chwiliaf drwy'r gwymon sy'n bentwr ar y tywod, ond y cyfan sydd yno yw cylchoedd caniau cwrw a thopiau poteli plastig.

Edrychaf allan i'r môr.

Ond mae Mam wedi mynd.

Mae'r lleuad yn disgleirio drwy'r ffenest, yn llachar, llachar wyn.

Mae Daisy'n anadlu'n dawel yn ei gwely, i mewn ac allan, i mewn ac allan.

Ond dim ond syllu ar y lleuad wen lachar wna i.

Fe weles i wyneb Mam, a chlywed ei llais.

Dwi'n disgwyl amdanat ti.

Roedd yn teimlo mor real.

Estynnaf o dan fy ngwely cynfas am fy mag nofio. Mae Daisy'n snwffian yn ei chwsg ac yn troi ar ei hochr.

Dolffin Gwyn

Mae bysedd ei chloc tylwyth teg yn dangos ei bod hi'n hanner nos ers tro. Cydiaf yn fy siwmper dew, mynd ar flaenau fy nhraed i lawr y grisiau a llithro allan i'r nos.

Mae'n rhaid i mi ddod o hyd i'r dolffin.

Mae'n rhaid i mi ddod o hyd i ffordd o siarad â Mam.

Mae hi'n noson lonydd. Safaf ar ymyl y dŵr gan wthio bysedd fy nhraed i'r tywod gwlyb meddal. Does dim tonnau. Mae'r llanw uchel ar fin troi. Mae'r môr yn llithrig ac yn ddu, fel olew. Gwisgaf fy masg a'm fflipers a chamu i mewn i'r dŵr. Llithraf fy nhraed ymlaen nes bod y dŵr at fy nghanol. Mae'r dŵr oer yn pwyso yn erbyn fy nghroen ond dwi'n ei deimlo'n rhyfedd o bell, fel petai fy nghorff ddim yn perthyn i mi o gwbl.

Plymiaf o dan y dŵr, wedi fy lapio mewn tywyllwch. Teimlaf y gallaf blymio ymhellach ac yn ddyfnach heno, fel petawn i'n rhan o'r môr, fel petai'n rhan ohona i. Rhedaf fy nwylo ar hyd rhychau'r tywod odanaf a gwrando ar y tawelwch llonydd dwfn. Daliaf fy anadl. Mae'r eiliadau'n ymestyn fel oriau. Mae curiad fy nghalon yn arafu. Mae fy meddwl yn crwydro, yn glir ac yn olau. Mae sêr disglair yn troelli drwy'r môr. Mae rhywbeth yn nofio gyda mi, wrth fy ymyl. Dolffin. Mae ei gorff yn disgleirio'n wyn llachar, yn sgleinio yn y tywyllwch. Mae llinyn o sêr yn troelli o'i esgyll a'i gynffon.

Dydy e ddim yn edrych fel rhywbeth o'r byd hwn.

Angel tanddwr, bron.

Tynnaf anadl ac mae e'n codi i'r wyneb wrth fy ymyl.

'Pffwwwwsh!'

Gwelaf fwa tywyll, llyfn cefn y dolffin a'r hafn ddofn yn asgell ei gefn, yn gysgod yn erbyn golau'r lleuad. Gwyddwn y byddai mam y dolffin gwyn yn dod yn ôl. Gwyddwn y byddai'n dod yn ôl yma i'r bae. Mae'n plymio o dan y dŵr eto, gan lusgo cylchoedd o olau ar ei ôl. Dw innau'n plymio hefyd, ac yn gwylio'r sêr llachar yn disgyn o flaenau fy mysedd. Miliwn o blanctonau pitw bach, yn goleuo awyr tanddwr.

Ry'n ni'n codi i'r wyneb eto ac mae'n nofio o 'nghwmpas. Clywaf hi'n clicio ac yn chwibanu a theimlaf ei sonar yn crynu drwof, yn fy narllen. Mae ei llygaid bach tywyll yn pefrio yng ngolau'r lleuad. Prin y gallaf anadlu. Mae hi mor agos, mor agos. Estynnaf fy llaw ac mae'n gadael i mi gyffwrdd yng nghroen cynnes, llyfn ei hwyneb.

Mae'n plymio eto ac yn troi mewn cylchoedd. Dwi'n gwybod ei bod hi'n chwilio am ei llo yma yn y dŵr bas. Petai hi'n fy nilyn ar hyd glan y môr i'r Pwll Glas gallaf ei harwain yno.

Cadwaf yn glòs at y llinell o greigiau tywyll sy'n arwain tua'r penrhyn, gan adael goleuadau oren y dref ar fy ôl. Mae'r llanw sy'n troi yn troelli o gwmpas fy nghoesau a gallaf ei deimlo'n fy nhynnu tuag at y môr agored.

Dolffin Gwyn

Ddylwn i ddim bod allan yma. Byddai Dad yn fy lladd petai'n gwybod. Dwi bron yn gallu clywed ei lais . . . *beth yn y byd ti'n wneud, Cara . . . hypothermia . . . dim siaced achub . . . ac ar dy ben dy hun, hefyd!* Dwi'n ei gau allan ac yn nofio yn fy mlaen, gan gydio yn y creigiau llawn cregyn llong sy'n crafu fy nghroen.

Mae sŵn larwm car a rhuo lorri yn y pellter yn cael eu cario allan dros y môr, yn cyrraedd ymhell i'r nos. Ond maen nhw'n perthyn i fyd arall, bron, nid fy myd i.

Mae popeth yn ymddangos yn bellach yn y nos. Dwi'n meddwl fy mod i wedi pasio'r Pwll Glas pan welaf olau o 'mlaen a dwy babell gron wedi'u hadlewyrchu yng ngolau'r lleuad.

Hyd yn oed ar lanw uchel, mae'r dŵr o dan y pwll trai yn fas ac yn greigiau i gyd. Ond gan fod y llanw allan, gallaf weld ymyl concrit y pwll uwchben y dŵr. Wn i ddim a ydy mam y dolffin yn gallu nofio'n ddigon agos i weld ei llo.

'Pffwwwsh!' Mae mam y dolffin yn dod i'r wyneb ac yn codi ei phen uwchlaw'r dŵr.

Cydiaf yn dynn yn un o'r creigiau a gwrando yn y tywyllwch.

Yna clywaf 'Pffwwwsh' arall yn ateb.

Mae mam y dolffin yn taro'i chynffon, a'r sain yn atseinio ar draws y dŵr. Mae hi'n agor ei phig ac mae llif o chwibanu a chlician yn galw allan i'r nos.

Clywaf leisiau o'r pwll hefyd, lleisiau pobol.

'Hei, Greg.' Llais Carl yw e. Rhaid ei fod yn gwneud shifft nos. 'Mae rhywbeth mas 'na.'

Af yn ôl i gysgod y creigiau. Dwi ddim isie i Carl fy ngweld yma. Gallaf weld ei ffurf dywyll ar ymyl y pwll, yn edrych i lawr i'r dŵr.

'Dolffin arall sy 'na,' galwa Carl. 'Cer i nôl y tortsh. Gad i ni weld ai'r fam sy 'na.'

Mae pelydryn o olau tortsh yn symud dros y dŵr ac yn dod o hyd i'r dolffin. Mae'n dilyn bwa ei chefn i'r hafn ddofn yn yr asgell.

'Hi ydy hi, does dim dwywaith,' medd Greg.

'Roedd Cara'n iawn.' Mae llais Carl bron yn sibrwd.

Clustfeiniaf er mwyn clywed y gweddill.

'Roedd hi'n gwybod na fyddai mam y dolffin yn rhoi'r ffidil yn y to tan iddi ddod o hyd i'w llo.'

PENNOD 24

'Dihuna, Cara! Dihuna!'

Teimlaf fysedd bach yn gwasgu fy amrannau.

'Dihuna! Ti wedi colli brecwast. Mae'n amser i ti fynd i'r ysgol.'

Agoraf fy llygaid a gwthio'r dwylo i ffwrdd. Mae Daisy'n eistedd ar fy ngwely cynfas yn syllu arnaf.

'Ti'n cysgu ers oesoedd,' medd hi.

Gwthiaf fy hun i fyny. Mae fy mhen yn drwm gan gwsg ac mae fy nghoesau'n oer ac yn boenus, yn ddwfn i'r asgwrn. Mae breuddwyd neithiwr yn chwyrlïo drwy fy meddwl.

Mae Daisy'n estyn ei llaw. 'Pam mae dy wallt di'n wlyb?'

Rhedaf fy llaw dros fy ngwallt a gweld y darn tywyll ar fy ngobennydd. Mae fy nillad yn bentwr gwlyb ar y llawr. Ro'n i yno neithiwr, go iawn. Fe weles i'r dolffin, go iawn. Nid dim ond breuddwyd oedd hi.

Codaf fy nghoesau allan o'r gwely. 'Mae mam y dolffin 'nôl. Fe weles i hi, neithiwr.'

'Fe *welest ti* hi?' Mae llygaid Daisy'n fawr, fawr.

Daliaf ei dwylo yn fy nwylo. 'Paid â dweud wrth dy fam, Daisy, plis paid â dweud.'

Gwisgaf fy nillad ysgol, bachu fy mag a rhuthro i lawr i'r gegin.

Mae Anti Bev yn ffrio bacwn ar y stof. Mae hi'n twt-twtian wrth fy ngweld. 'Fe fydd yn rhaid i ti fynd â brechdan facwn 'da ti i'w bwyta ar y ffordd i'r ysgol.'

Tynnaf ddarn o fara o'r pecyn agored ar y bwrdd.

Mae Wncwl Tom yn eistedd wrth y bwrdd. Mae'n gwisgo'i grys a'i drowsus oel, a'r bresys yn hongian yn llac o gwmpas ei ganol. Mae blewiach dros ei wyneb ac mae'n flinedig. Mae'n pwyso ymlaen ac yn rhoi ei ben yn ei ddwylo.

'Rho'r tegell i ferwi, Cara,' medd Anti Bev. 'Gwna goffi i dy wncwl.'

Llenwaf y tegell â dŵr oer o'r tap. Mae Daisy'n ceisio dringo ar lin Wncwl Tom ond mae e'n ei gwthio i ffwrdd. 'Cer i baratoi i fynd i'r ysgol, Daisy. Paid bod yn hwyr.'

Mae'n siarad yn arw, nid fel Wncwl Tom o gwbl. Arllwysaf ddŵr berwedig i'r cwpan a gwylio'r coffi powdr yn chwyrlïo o gwmpas. Mae Anti Bev yn gwylio Wncwl Tom. Dyma pryd mae'n dod â'r arian adre, ei ran e ar ôl gwerthu'r holl bysgod maen nhw wedi'u dal ar y môr.

Dolffin Gwyn

Mae Wncwl Tom yn pwyso'n ôl ac yn agor ei ddwylo.
Mae ei gledrau'n wag. 'Does dim byd 'da fi, Bev,' dywed.
'Roedd cychod o Ffrainc a Sbaen yn gweithio yn yr un
ardal â ni. Fe warion ni fwy ar danwydd na gwerth y
pysgod ddalion ni. Mae Dougie Evans yn dweud mai fi
sydd ar fai. Mae e'n dweud os na alla i ddod o hyd i bysgod
iddo, y bydd e'n dod o hyd i gapten arall i'w gwch.'

'All e ddim gwneud hynny, Tom. Mae biliau 'da ni i'w
talu, ac mae'r babi'n dod cyn hir.' Mae Anti Bev yn rhoi
cip arna i. 'Mae rhagor o gegau i'w bwydo hefyd.'

'Dwi'n gwybod hynny, Bev, dwi'n gwybod.'

'Tom, mae *angen* yr arian arnon ni.'

Mae Wncwl Tom yn taro'i ddwylo ar y bwrdd.
'Beth wyt ti'n feddwl dwi'n trio'i wneud?'

Mae Daisy'n cydio yn fy mraich ac yn pwyso tuag ataf.
Mae ei llygaid yn gwibio rhwng ei mam a'i thad.

Mae Anti Bev yn stwffio darn o facwn yn fy mara ac yn
ei wthio i'm llaw. 'Ewch, eich dwy. Mae'n bryd i chi fynd
i'r ysgol.'

Cydiaf yn llaw Daisy ac ry'n ni'n rhedeg ar hyd glan y
môr. Yn lle mynd i fyny'r bryn, dwi'n ei harwain ar hyd
heol yr arfordir.

Mae Daisy'n cydio'n dynn yn fy llaw. 'Dy'n ni ddim yn
mynd i'r ysgol, ydyn ni?'

Ysgydwaf fy mhen. 'Ry'n ni'n mynd i weld y dolffin.'

* * *

Dim ond ychydig o geir sydd yn y maes parcio ar y penrhyn ond dwi'n adnabod car y milfeddyg a thryc Greg. Dwi'n falch o weld nad oes neb arall ar y llwybr uwchben y pwll. Mae Carl yn eistedd y tu allan i un o'r pebyll, wedi'i lapio mewn sach gysgu. Mae'n chwifio ei law arnom i ddod i lawr ato. Mae Felix a'i dad yno hefyd.

Mae Daisy a minnau'n llithro o dan dâp yr heddlu ac yn sgrialu i lawr y grisiau.

Mae'r creigiau'n borffor tywyll yng nghysgod y bore bach. Mae'r môr yn las golau. Mae niwlen denau yn hongian dros y dŵr. Mae'n oer nawr ond bydd yn ddiwrnod poeth yn nes ymlaen, gallaf deimlo hynny. Mae asgell â hafn ynddi'n torri drwy wyneb y dŵr y tu hwnt i'r pwll trai.

Mae Carl yn edrych arnom ac yn gwenu. 'Mae 'da ni newyddion da. Fe ddaeth mam y dolffin 'nôl.'

'Ry'n ni'n gwybod,' gwena Daisy.

Dwi'n rhoi pwt iddi yn ei hasennau. 'Ro'n ni wastad yn meddwl y byddai hi'n dod.'

Mae ffôn symudol yn canu tu mewn i'r babell. 'Fy ffôn i ydy hwnna,' medd Carl. Mae'n cropian i mewn i'r babell i'w ateb.

Mae tad Felix yn edrych ar ei wats ac yn gwgu arnom. 'Fe ddylech chi'ch dwy fod ar eich ffordd i'r ysgol, mae'n siŵr.'

'Ro'n ni isie gweld y dolffin gwyn, dyna i gyd,' meddaf.

Dolffin Gwyn

'A finnau,' medd Felix. 'Fe rown ni lifft i chi i'r ysgol, iawn, Dad?'

Mae tad Felix yn nodio. 'Wel, mae'n well i ni beidio bod yn hir. Fe fyddwn ni'n hwyr fel mae hi.'

Trof at Daisy ond mae hi wedi cerdded oddi wrthym yn barod, dros y creigiau at ymyl y pwll.

'Mae hi'n dal yn grac 'da fi, on'd yw hi?' gofynna Felix.

Gwenaf. 'Dydy hi ddim wedi gwisgo'i dylwythen ers hynny.'

Dilynaf Felix. Mae'n cerdded yn araf ar draws yr arwyneb anwastad, gan afael yn rhai o'r creigiau â'i fraich dda i'w atal ei hun rhag cwympo ar y creigiau.

'Ddest ti o hyd i rywbeth ar y cof bach?' gofynnaf.

Mae Felix yn ysgwyd ei ben. 'Mae cyfrinair yn ei gloi e. Dwi wedi rhoi cynnig ar dy enw di a "*Moana*", a llawer o rai eraill, ond dwi ddim wedi'i ddatrys e eto. Oes unrhyw beth arall y gelli di feddwl amdano y byddai dy fam yn ei ddefnyddio?'

Codaf fy ysgwyddau. Gallai fod yn unrhyw beth o'i hoff fwyd i'r enw Lladin am seren fôr.

Plygaf i fynd o dan y gorchudd gwyn a mynd yn fy nghwrcwd wrth ymyl Daisy. Wrth fy ymyl mewn bwced mae gwaddod hylif brown tywyll. Mae darnau bach o berfedd yn glynu fel spaghetti wedi'u coginio ar ochrau'r bwced. Dwi'n crychu fy nhrwyn. Mae'n drewi o bysgod. Mae Greg yn y dŵr, yn cynnal y rafft. O flaen y dolffin

mae menyw, yn dal twmffat sy'n sownd wrth diwb hir
sy'n mynd i mewn i geg y dolffin.

Mae'r fenyw'n gwenu arnaf. 'Felly ti yw Cara.
Mae Carl wedi bod yn sôn amdanat ti. Sam ydw i gyda
llaw, y milfeddyg.'

Gwenaf 'nôl arni ac edrych ar y dolffin gwyn.
Pwysaf ymlaen fel y gallaf edrych i fyw ei lygad.
Mae'n syllu'n ôl arna i. Tybed ydy e'n fy adnabod, ydy e'n
cofio pwy ydw i. 'Fydd e'n gwella nawr?' gofynnaf.

Mae Sam yn nodio. 'Mae siawns dda ganddo. Pan fydd
e'n gallu cydbwyso yn y dŵr a bwydo'i hun, gallwn adael
iddo fynd yn rhydd.'

Mae Daisy'n gwthio'i gwallt cyrliog yn ôl. 'Gawn ni
helpu i ofalu amdano?'

Mae Sam yn chwerthin. 'Dwi ddim yn meddwl y
byddech chi'n hoffi'r jobyn yma.' Mae'n pwyntio at yr
hylif brown trwchus yn y twmffat. 'Bwyd babi i ddolffin
ydy e! Pysgod wedi'u malu a gwrthfiotigau! Pan fydd llai
o chwydd yn ei geg, byddwn ni'n trio rhoi pysgod
cyfan iddo.'

Mae Daisy'n tynnu ei sanau a'i hesgidiau ac yn
hongian ei thraed o ymyl y pwll. 'Beth ydy ei enw fe?'

Mae Sam yn codi ei hysgwyddau ac yn gwenu.
'Does dim enw 'dag e.'

'Mae'n rhaid iddo gael enw,' mynna Daisy.

'Dwi'n siŵr fod ganddo enw dolffin,' medd Sam.
'Mae chwiban ei hun gan bob dolffin, enw iddo'i hunan.'

Dolffin Gwyn

'Mae'n rhaid i ni gael enw iddo,' medd Daisy eto.
Mae hi'n llithro i mewn nes bod y dŵr at ei phengliniau
ac yn estyn ei llaw i geisio anwesu'r dolffin.

Mae Sam yn ysgwyd ei phen. 'Rhaid i ni ofalu nad ydy
e'n dod yn gyfarwydd â phobol. Mae wir yn anodd,
dwi'n gwybod. Ond dyna'r peth gorau iddo fe.'

Neidiaf wrth i adenydd du ruthro heibio i mi.
Mae jac-y-do'n taro'r bwced drosodd ac yn dwyn darn o
gynffon pysgodyn yn ei geg. Dwi'n ei wylio'n hedfan i
fyny uwchben y Pwll Glas, ac yn gweld rhywun yn
cerdded yn araf ar hyd y llwybr ar dop y clogwyni.

'Menyw'r Adar,' sibryda Daisy.

Mae Felix yn cysgodi ei lygaid rhag yr haul i edrych
arni. 'Menyw'r Adar? Pwy ydy hi?'

Rhythaf ar Daisy a rhoi pwt iddi yn ei hasennau.
Dwi ddim isie iddi ddweud unrhyw beth amdana i'n
mynd i weld Miss Penluna.

'Dwi'n ei nabod hi,' medd Sam. 'Mae hi'n dod ag adar
tost i mewn i'r feddygfa weithiau.'

Mae Daisy'n cydio yn fy llawes. 'Mae hi'n dweud mai
angylion y môr ydy dolffiniaid.'

Mae Sam yn gwenu. 'Angylion?' gofynna hi. 'Ie, efallai
taw e.'

Mae'r dolffin gwyn yn pefrio fel perl pinc yng
ngoleuni'r bore bach.

'Dyna wnawn ni ei alw fe, 'te,' medd Daisy, a gwên
fawr ar ei hwyneb. 'Fe wnawn ni ei alw e'n Angel.'

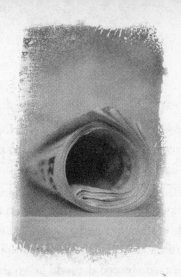

PENNOD 25

'Angel?' medd Carl.

Mae Daisy'n nodio. 'Mae'n rhaid iddo gael enw.'

Mae Carl yn syllu ar y ffôn symudol yn ei law. 'Dyna'n union ddywedodd y dyn wrtha i. Fe ddywedodd e fod yn rhaid iddo gael enw.'

'Pa ddyn?' gofynnaf.

Mae Carl yn gwgu ac yn rhoi ei ffôn ym mhoced ôl ei drowsus. 'Dyn y papur newydd lleol. Mae llawer o ddiddordeb yn y dolffin, yn enwedig ers i ni roi ei hanes e ar wefan Achub Bywyd Morol,' eglura. 'Mae papurau newydd a rhaglenni teledu a grwpiau amgylcheddol isie dod i'w weld e. Mae'n rhaid i mi ddod o hyd i le i ni gael cynhadledd i'r wasg ddydd Sadwrn. Dwi wedi ffonio neuadd y dre ond maen nhw wedi gwrthod. Maen nhw'n dweud bod angen mwy o rybudd.'

'Dim syndod fan'na,' medd Greg. 'Mae Dougie Evans ar y pwyllgor.'

Dolffin Gwyn

Plethaf fy mreichiau a phwyso'n ôl yn erbyn y creigiau. 'Cyn hir bydd llond bysys o bobol yn dod yma i'n bae ni. Fe fydd pawb isie'i weld e. Fe fydd e fel sioe mewn parc thema.'

'Mae pobol yn dwlu ar weld dolffiniaid,' medd Carl. 'Fe fydd e'n gyfle i ni ddweud wrthyn nhw am waith y tîm Achub Bywyd Morol, a'r peryglon sy'n wynebu ein bywyd morol hefyd.'

Mae Felix yn rhoi ergyd i'r dŵr â'i law. 'Dyna'r union beth,' gwaedda. 'Dyna'n union pam mae ei angen e arnon ni. Mae angen i ni ei ddefnyddio fe i ddweud wrthyn nhw am y rîff.'

Ysgydwaf fy mhen. 'A gwneud iddo fod yn rhywbeth i bobol syllu arno? Dylai pobol fod â diddordeb yn y rîff heb orfod gweld dolffin.'

Mae Felix yn rholio'i lygaid. 'Ond dydy e ddim yr un peth, ydy e? Hynny yw, beth sy orau gan bobol ddarllen amdano, "Achubwch y Chwistrell Fôr" neu "Achubwch y Dolffin"?'

Gwgaf arno. 'O'r gorau, felly sut ti'n awgrymu y dylen ni wneud hyn?'

'Defnyddio'r rhyngrwyd,' ateba Felix. Mae'n wên o glust i glust. 'Gwefannau, gwefannau cymdeithasol, blogiau, a Twitter, denu pobol i wneud rhywbeth.'

Ysgydwaf fy mhen. 'Fyddai e ddim yn gweithio.'

Mae Felix yn taflu ei law i fyny. '*Pam lai*, Cara? Alla i ddim credu nad wyt ti isie rhoi cynnig arni. Gallen ni gael deiseb ar-lein i bobol ei llofnodi i wahardd y llongau rhag cribo'r rîff.'

'Does dim pwynt,' meddaf. 'Fe elli di gael miloedd o flogiau. Fe elli di gael miliynau o bobol i lofnodi'r ddeiseb, ond fydd dim yn tycio. Fydd dim yn tycio os na allwn ni berswadio perchnogion y llongau pysgota i achub y rîff.'

Dwi'n troi fy nghefn ar Felix ac yn fflicio cerrig mân dros y creigiau gwastad.

'Dewch,' medd tad Felix. 'Mae'n bryd i mi fynd â chi i gyd i'r ysgol.'

Ry'n ni'n eistedd mewn tawelwch ar y ffordd i'r ysgol. Daliaf fy mag yn dynn ar draws fy mrest a syllu drwy ffenest y car. Alla i ddim credu bod Felix a Carl isie defnyddio Angel fel rhyw act syrcas i'r papurau newydd a'r teledu gael dod i syllu arno.

Erbyn i ni ollwng Daisy, ry'n ni'n hwyr i'n gwersi. Gwyliaf Felix yn cerdded ar hyd y coridor i'w ddosbarth mathemateg. Mae ei gamau'n fyr ac yn herciog. Mae'n iawn iddo fe; gallai ddefnyddio hynny'n esgus am fod yn hwyr. Dyna fyddwn i'n ei wneud. Dwi'n gwybod y caf bryd o dafod am fod yn hwyr eto. Mae hi bron yn ddiwedd tymor. Felly, yn lle dringo'r grisiau, dwi'n cerdded drwy'r drws ochr i'r buarth ac yn eistedd i lawr a phwyso yn erbyn boncyff trwchus y gastanwydden.

Dolffin Gwyn

Gorweddaf yn fforch gwreiddiau'r goeden, wedi fy nghuddio oddi wrth yr ysgol, a gorffwys fy mhen ar fy mag ysgol. Mae fy llygaid yn boenus oherwydd diffyg cwsg ac mae fy meddyliau'n dirwyn fel llinynnau o gymylau ar draws yr awyr las, las. Mae'r cysgod o dan y goeden hon yn oer ac yn llonydd. Rywle uwch fy mhen, mae aderyn du'n canu. Mae awel yn siffrwd drwy'r dail trwchus, ac yn fy suo i gysgu.

'Dyna ti,' medd Felix.

Agoraf fy llygaid a chodi ar fy eistedd.

Mae Felix yn sefyll o 'mlaen, yn gwgu. 'Dwi wedi bod yn chwilio amdanat i ym mhobman.'

Codaf a sychu gwair a baw oddi ar fy sgert. 'Faint o'r gloch ydy hi?'

'Mae'r egwyl ar ben,' ateba a gwgu. 'Mae Mrs Carter isie'n gweld ni'n dau.'

Ry'n ni'n siŵr o fod mewn helynt am fod yn hwyr y bore 'ma, ond dwi wedi mynd y tu hwnt i boeni. Dim ond dau ddiwrnod o ysgol sydd ar ôl. Dau ddiwrnod arall a gallaf anghofio popeth am yr ysgol. Dilynaf Felix ar hyd y coridor at swyddfa Mrs Carter. Mae'n curo ar y draws ac yn ei wthio ar agor. Yn yr ystafell, mae Chloe ac Ella a nifer o rai eraill o'n blwyddyn ni yn eistedd ar gadeiriau o gwmpas y bwrdd. Edrychaf ar Mrs Carter. Tybed beth maen nhw'n ei wneud yma hefyd.

'Dere i mewn, Cara,' medd hi. Teimlaf yn anesmwyth wrth weld ei gwên.

Mae Felix yn eistedd wrth ochr Chloe.

Mae Mrs Carter yn pwyntio at sedd i mi, ond dwi ddim yn eistedd ynddi. 'Mae Felix wedi bod yn dweud wrthon ni am y dolffin ry'ch chi'ch dau wedi helpu i'w achub.'

Edrychaf draw ar Felix.

'Hoffen ni i gyd gynnig ein help hefyd,' esbonia.

Mae Ella'n gwenu. Mae Chloe yn chwarae â'i breichled, ond mae hi'n edrych arna i drwy ei ffrinj.

Dwi ddim isie i hyn fod yn digwydd. Alla i ddim credu bod Felix wedi bod yn dweud wrth bawb yn yr ysgol.

'Beth wyt ti'n ei feddwl, Cara?' Mae Mrs Carter yn dal i wenu arna i ac yn aros.

'Mae digon o bobol i helpu ar hyn o bryd,' meddaf. 'Ac mae hi braidd yn llawn i lawr yn y Pwll Glas. Does neb yn cael cyffwrdd ag e beth bynnag.'

Gwelaf y siom ar wyneb Ella.

'Fe awgrymodd Felix ffordd y gallai pawb yn yr ysgol fod yn rhan o'r peth,' medd Mrs Carter.

Ysgydwaf fy mhen. Ein dolffin ni yw Angel. Ni ddaeth o hyd iddo. Nawr mae Felix isie i bawb gael rhan ohono hefyd.

Cymeraf gam neu ddau yn ôl tuag at y drws a rhythu ar Felix. 'Diolch, ond does dim angen unrhyw help arnon ni.'

Dolffin Gwyn

Mae Felix yn rhythu'n ôl arna i ac yn dweud, 'Ti'n anghywir, Cara. Os y'n ni isie achub y rîff, mae angen pob help posib arnon ni.'

'Ry'n ni'n hollol iawn fel ry'n ni,' meddaf.

Mae Mrs Carter yn agor ei breichiau led y pen ac yn dweud, 'Mae Felix yn iawn, Cara. Ry'n ni i gyd isie gwarchod y bae hefyd. Does neb ohonon ni isie i'r llongau gribo gwely'r môr. Dwi wedi cynnig neuadd yr ysgol i Carl ar gyfer y gynhadledd mae e am ei chynnal. Fe fydd pawb yma, y wasg a'r gwleidyddion a'r pysgotwyr. Dyma'n cyfle ni i ddangos i bawb gymaint ry'n ni'n ei feddwl o'n bae.'

'Ry'n ni'n mynd i wneud posteri a'u rhoi nhw i fyny o gwmpas y neuadd,' medd Chloe.

'Dere, Cara,' ymbilia Ella. 'Mae'n bwysig i ni i gyd.'

Mae Chloe'n nodio. 'Mae'n fae i ni hefyd, Cara.'

Edrychaf arnyn nhw i gyd. 'Ydych chi wir yn meddwl y gallai hyn weithio?'

'Mae'n rhaid iddo fe weithio, Cara,' medd Felix, gan wthio'i hun ymlaen ar ei sedd. 'Fe fydd y llongau'n dechrau cribo'r rîff ymhen llai nag wythnos. Dyma'r unig beth sydd ar ôl y gallwn ni ei wneud.'

PENNOD 26

Dwi'n gwneud yn siŵr fy mod i'n cyrraedd yr ysgol yn syth ar ôl cinio dydd Sadwrn. Ro'n i'n meddwl y byddwn i'n gynnar, ond nid fi yw'r cynta yma.

Daliaf y prif ddrysau ar agor i Greg. Mae'n cario blwch cardfwrdd mawr yn ei ddwylo. Gallaf weld posteri wedi'u rholio i fyny a darnau o wymon sych yn sticio allan o'r top. ''Nôl yn yr ysgol yn barod, Cara?' gwena. 'Ar ddiwrnod cynta'r gwyliau? Ti'n frwd, mae'n rhaid.'

Dwi'n chwerthin a'i ddilyn i mewn i neuadd yr ysgol. Fyddwn i ddim yn colli hyn am y byd.

Alla i ddim credu cymaint ry'n ni wedi llwyddo i'w wneud mewn cyn lleied o amser. Stopion ni gael gwersi am y ddau ddiwrnod ola a gwneud prosiect ysgol ar y rîff yn lle hynny. Gwnaeth ein blwyddyn ni furlun enfawr o'r rîff cwrel ar hyd un ochr i'r neuadd. Gwnaeth Blwyddyn Wyth linell amser ein tre gyda chychod pysgota a rhwydi a heigiau o bysgod allan o ffoil. Jake ac Ethan oedd yr unig rai na chymerodd ran. Ddaeth Jake ddim i'r ysgol hyd yn oed ar y diwrnod ola.

'Beth wyt ti'n ei feddwl?' gofynna Chloe.

Mae hi'n gosod y ffotograff ola ar fwrdd arddangos yn union y tu mewn i'r drysau. Yno mae'r ffotograffau cynta a dynnodd Carl y diwrnod y daethon ni o hyd iddo, a'r ffotograffau newydd a dynnodd Chloe heddiw.

'Mae'n wych,' meddaf. Syllaf ar y ffotograff a dynnodd Chloe'r bore 'ma o Angel yn nofio ar ei ben ei hun mewn cylchoedd yn y Pwll Glas.

'Mae e'n bwyta ar ei ben ei hun hefyd,' medd Chloe.

Edrychaf ar ffotograff arall, un agos o geg Angel. Mae'r clwyf dwfn bron â gwella. Heblaw am linell o graith o gornel ei wên dolffin, does dim arwydd ei fod e wedi cael anaf o gwbl.

Mae tad Felix yn cerdded heibio'n cario pentwr o gadeiriau. 'Hei, Cara, wnei di roi help llaw i ni?'

Mae mam Felix yma hefyd, yn gosod y cadeiriau'n rhesi. Mae'r cadeiriau bron yn llenwi'r neuadd o'r blaen i'r cefn.

'Faint o bobol ddaw, y'ch chi'n meddwl?' gofynnaf.

Mae tad Felix yn codi ei ysgwyddau. 'Fe gawn ni weld cyn bo hir,' ateba.

Mae Felix yn rhoi cardiau post bychain i mi â ffotograff o Angel ar y ffrynt. 'Alli di helpu gyda'r rhain?'

Dwi'n troi un yn fy llaw. 'I beth mae'r rhain?' gofynnaf.

'Fi wnaeth nhw ddoe,' ateba Felix. 'Ro'n i'n meddwl y bydden ni'n eu rhoi nhw ar y seddi i gyd. Bydd pobol yn gallu eu llofnodi ar y cefn a'u rhoi nhw yn y blwch – dyna'r ddeiseb i achub y bae.'

Dwi'n troi un drosodd a gweld y llythrennau du ar y cefn. 'Maen nhw'n wych, Felix,' meddaf, 'wir yn wych.'

Mae Felix yn edrych i fyny arnaf ac yn gwenu. 'Ro'n i'n gobeithio y byddet ti'n eu hoffi nhw.'

Cerddaf i fyny ac i lawr y rhesi'n rhoi'r cardiau ar y cadeiriau. Yng nghefn y neuadd, mae Carl yn gosod y gliniadur ar gyfer y sgrin fawr i fyny ar y llwyfan. Mae llai na dwy awr cyn y cyfarfod a llai na dau ddiwrnod cyn y bydd y llongau'n gallu cribo'r rîff.

Mae rhagor o rieni a phlant yn ymuno â ni ac yn helpu i sticio lluniau ar y wal a rhoi arddangosfa o wahanol gregyn a gwymon ar fwrdd. Ar ôl i'r llun ola gael ei roi i fyny, mae Greg yn cerdded i mewn o'r gegin gyda hambwrdd o ddiodydd.

Cymeraf wydraid o sudd oren ac eistedd wrth ochr Felix. 'Mae popeth yn barod,' meddaf. 'Does dim byd arall y gallwn ni ei wneud nawr.'

Mae'r drysau'n agor a chau ac mae Mrs Carter yn cerdded draw. Mae hi'n agor dalen hir o bapur. 'Dwi newydd ddod ar draws hwn ar y we,' eglura.

Dolffin Gwyn

Mae Ella'n ei helpu i'w roi ar y bwrdd ac yna'n sefyll
o'i flaen ac yn darllen y geiriau'n uchel. ' "I'r dolffin yn
unig, yn fwy na phawb arall, mae natur wedi rhoi'r hyn y
mae pob athronydd da yn chwilio amdano; cyfeillgarwch
heb unrhyw fantais." '

Mae Mrs Carter yn nodio. 'Plutarch, hen athronydd
cynnar o wlad Groeg, ysgrifennodd hyn, ddwy fil o
flynyddoedd yn ôl. Mae'n bwysig ar gyfer heddiw hefyd.
Cyfeillgarwch, er mwyn cyfeillgarwch, ac nid oherwydd
ein bod ni'n meddwl bod rhywbeth arall y gallwn ni elwa
ohono. Mae'n anhygoel sut mae dolffiniaid yn cael effaith
ar bobol.'

'Mae'r Maoris yn Seland Newydd yn credu bod
dolffiniaid yn cario ysbrydion eu cyndadau,' meddaf.
Arhosaf ac edrych o gwmpas. Mae pawb yn dawel,
yn gwrando.

Mae Mrs Carter yn gwenu. 'Tybed beth yw'r gair
Maori am ddolffin?'

Syllaf ar lun o ddolffin wrth ben Mrs Carter.
Ceisiaf gofio. Dwi'n cofio i Mam ddweud wrtha i
unwaith. Dwi'n cofio bod yr enw'n swnio fel anadl
dolffin yn ffrwydro uwchben y dŵr.

'Beth ydy e 'te?' gofynna Felix.

Mae ei gwestiwn mor uniongyrchol. Dwi'n troi i
edrych arno.

Mae'n pwyso ymlaen ac yn syllu arnaf. 'Wel?'

'"Te . . . pu-whee" ydy e,' atebaf.

'Wyt ti'n siŵr?'

'Dwi'n meddwl.'

'Sut wyt ti'n ei sillafu e?'

'Dim syniad,' atebaf. 'Oes ots?'

Mae Felix yn rhedeg ei law drwy ei wallt. Mae'n edrych arna i ac yna ar y cloc cyn dweud, 'Mae'n rhaid i mi fynd. Mae'n werth rhoi cynnig arni.'

'Beth?' meddaf.

'Fe ddyweda i wrthot ti wedyn.'

Mae'n codi ac yn tynnu ei dad i un ochr.

'Mae Carl yn rhoi ei sgwrs ymhen awr,' galwaf ar ei ôl.

Ond mae Felix a'i dad wedi mynd. Mae drysau'r neuadd yn agor a chau'n glep y tu ôl iddyn nhw.

Helpaf Greg a Mrs Carter i glirio'r cwpanau a mynd â nhw i'r sinc yn y gegin.

'Mawredd mawr, edrychwch mas fan'na,' medd Mrs Carter.

Safaf ar flaenau fy nhraed i edrych drwy'r ffenestri uchel. Alla i ddim credu fy llygaid. 'Fydd dim lle i bawb,' meddaf.

Mae Greg yn ysgwyd ei ben. 'Fe fydd yn rhaid i rai ohonyn nhw sefyll.'

Mae'r maes parcio'n llawn ceir yn barod, ac mae rhai wedi parcio ar hyd y ffordd. Mae ciw hir o bobol yn nadreddu o gwmpas y buarth.

Dolffin Gwyn

'Ydy Carl yn gwybod?' gofynnaf.

'Mae e wedi mynd i newid ei ddillad,' ateba Greg.
'Fe gaiff e sioc a hanner.'

Edrychaf ar y ciw o bobol. Mae llawer o dwristiaid
mewn trowsus byr a dillad traeth yno. Ond gwelaf llawer
o bobol dwi'n eu hadnabod o'r dre hefyd.

'Dyna Mr Cooke, ein cynghorydd lleol,' medd Mrs
Carter.

'O, da iawn,' meddaf. 'Efallai y gall e basio deddf i
stopio'r llongau rhag difetha'r rîff.'

Mae Greg yn gwgu. 'Gwaith yr aelodau seneddol yn
Llundain ydy hynny,' eglura. 'Fyddai'r rhan fwya ohonyn
nhw ddim yn gwybod y gwahaniaeth rhwng penfras a
macrell petai un yn eu taro yn eu hwynebau.'

Yna gwelaf fod Mr Cooke yn siarad â rhywun.
Dougie Evans. Gwelaf nhw'n chwerthin, yn rhannu jôc.
Dwi ddim isie i Mr Cooke fod o blaid Dougie.
Cofiaf beth ddywedodd Felix am beidio ag ildio heb
ymladd. Mae llai na dau ddiwrnod cyn bydd y llongau'n
cael cribo'r bae. Llai na dau ddiwrnod cyn y bydd y
llongau'n cael tynnu eu cadwyni ar draws y rîff. Efallai na
chawn ni'r cyfle hwn byth eto.

Dyma ein cyfle.

Mae'n rhaid iddo weithio.

Dyma'r un cyfle mawr sydd gennym i achub y bae.

PENNOD 27

Gwthiaf fy ffordd drwy'r dyrfa sy'n gwau trwy'i gilydd yn y fynedfa ac eistedd wrth ymyl Dad a Daisy yn y blaen. Mae'r neuadd dan ei sang. Mae pobol yn sefyll ar hyd y waliau. Gwelaf griw o bysgotwyr ychydig o resi o'r blaen. Mae Dougie Evans yn pwyso'n ôl yn ei gadair, ei freichiau wedi'u plethu ar draws ei frest, a gwên hunanfodlon ar ei wyneb.

'Fe gwrddodd Dougie â rhai o berchnogion llongau pysgota yn y dafarn amser cinio,' sibryda Dad.
'Fe ddywedodd e wrthyn nhw i gyd am brotestio yn erbyn y ddeiseb, a bod eu bywoliaeth yn diflannu.'

Dwi'n troi i edrych ar y môr o wynebau yn y stafell. 'Dwi'n siŵr y bydd llawer o bobol fan hyn yn fodlon llofnodi'r ddeiseb i warchod y bae.'

Mae Dad yn ysgwyd ei ben. 'Dim ond gwaharddiad gwirfoddol fydd e am y tro. Ti'n gwybod na fydd e'n golygu dim os na fydd y pysgotwyr yn cytuno.'

Dolffin Gwyn

Mae'r stafell yn boeth er bod y drysau a'r ffenestri ar agor. Mae'r murmur lleisiau'n tawelu wrth i newyddiadurwr a dyn camera gerdded i fyny drwy'r canol a sefyll mewn cornel yn y blaen. Mae'r radio lleol yma hefyd, yn mynd i ddarlledu'r cyfarfod yn fyw.

'Ble mae Felix?' sibrydaf. 'Fe ddylai e fod yma erbyn hyn.' Cymeraf gip dros fy ysgwydd ar y stafell orlawn. Efallai nad ydy Felix yn gallu gwthio'i ffordd drwodd. Codaf i fynd i edrych ond mae Dad yn fy nhynnu'n ôl i lawr.

'Mae Carl ar fin siarad,' sibryda Dad.

Gwyliaf Carl yn dringo'r grisiau i ben y llwyfan a throi i wynebu'r holl bobol.

Mae'r neuadd yn mynd yn dawel. Mae coesau cadeiriau'n crafu ac mae babi'n llefain yn rhywle yn y cefn. Gwyliaf Carl. Mae'n edrych mor wahanol mewn siwt a thei. Mae ei wallt wedi'i frwsio ac mae'n gwisgo sbectol ac ymyl tenau, aur iddi. Mae'n symud o'r naill droed i'r llall. Mae'n edrych yn welw hefyd. Gallaf glywed y papur yn siffrwd yn ei ddwylo crynedig.

Croesaf fy mysedd drosto.

Dydy pethau ddim yn dechrau'n dda. Dydy'r meicroffon ddim yn gweithio ac mae Carl yn siarad mor dawel, dwi'n siŵr nad ydy'r bobol hanner ffordd yn ôl yn ei glywed yn siarad o gwbl. Mae pelydrau'r haul yn dod ar ongl drwy'r ffenestri ac mae rhywun yn gorfod tynnu'r

185

llenni a diffodd y goleuadau i weld y sgrin y tu ôl iddo.
Mae pobol yn gwrando wrth iddo ddangos lluniau o
Angel. Mae pobol yn tynnu anadl wrth weld y briwiau
dwfn yn ei geg, ac yn ochneidio wrth ei weld yn bwyta'i
bysgodyn cyntaf.

Ond wedyn mae Carl yn dechrau siarad am y bae a'r
prosiect i achub y rîff cwrel. Mae'n dangos graffiau a
siartiau cylch ar y sgrin, ac yn siarad am y gwahanol
fathau o greigiau sydd o dan y môr. Mae'n defnyddio
enwau Lladin anifeiliaid a phlanhigion y môr ac yn
codi darnau o gwrel i bobol eu gweld. Dwi'n gwybod
nad ydy'r bobol yn y cefn yn gallu gweld. Does neb
yn gwrando, wir. Dim ond am Angel maen nhw
isie clywed.

Ar ôl iddo orffen siarad ac i rywun droi'r goleuadau
'nôl 'mlaen, mae Carl yn holi a oes cwestiynau gan
unrhyw un. Mae rhywun yn holi ble byddan nhw'n
rhyddhau'r dolffin. Mae rhywun arall yn holi a fydd y
dolffin gwyn yn newid ei liw. Ond does gan neb
ddiddordeb yn y rîff. Pell o'r golwg, pell o'r meddwl.
Yna mae Dougie Evans yn sefyll. Mae'n cerdded i fyny i'r
llwyfan at Carl, a'i gap yn ei law. Mae'n wynebu pawb, a
sylwaf ei fod yn gwisgo'i hen ddillad gwaith. Maen nhw'n
edrych yn anniben a blêr.

'Mae'n dda gweld cymaint o bobol yma heddiw,'
dywed, 'yn dwristiaid a phobol leol hefyd.'

Dolffin Gwyn

Mae ei lais yn dod fel taran dros y neuadd. Mae gwên hyfryd ar ei wyneb, ond dydy e ddim yn fy nhwyllo i.

Mae'n agor ei freichiau ar led. 'Gobeithio eich bod chi'n cael amser hyfryd. Ond nid dim ond rhywle ar gyfer cestyll tywod a gwyliau ydy ein tre fach hyfryd ni. Ry'n ni wedi bod yn pysgota o'r porthladd hwn am gannoedd o flynyddoedd. Dyma ein bywoliaeth ni. Pan fydd y twristiaid yn mynd adre, mae'n rhaid i ni wneud bywoliaeth o hyd.'

Mae pawb yn gwrando nawr. Mae'n anodd peidio. Mae rhywbeth am Dougie Evans sy'n dal sylw pobol. Edrychaf ar draws y stafell a gweld Jake yn edrych yn hunanfodlon.

'Mae digon o riffiau o gwmpas yr arfordir yma,' ychwanega Dougie. 'Mae digon i bawb. Ry'n ni'n pysgota gwely'r môr am gregyn bylchog ein bae fel mae'r ffermwyr yn aredig y tir.'

Mae'r stafell yn dawel. Edrychaf o gwmpas a gweld bod pob llygad yn syllu ar Dougie.

Mae'n rhoi ei ddwrn ar ei frest. 'Pysgota yw calon y dre 'ma,' gwaedda. 'Dyna fel mae hi wedi bod erioed. Felly os y'ch chi isie dal i gael y cregyn bylchog mwya ffres ar eich plât, cefnogwch ni hefyd. Cefnogwch y pysgotwyr. Peidiwch ag arwyddo'r ddeiseb dros y gwaharddiad.'

Mae murmur lleisiau'n codi ac mae sŵn curo dwylo'n llifo'n ôl dros y bobol. Nid rhai o'r pysgotwyr yn unig sy'n curo dwylo, ond twristiaid hefyd. Mae Dougie Evans yn plygu ei ben ac yn mynd i lawr at ei sedd eto.

'Dwed rywbeth, Carl,' meddaf o dan fy anadl. Ond dim ond sefyll mae Carl, gan symud o'r naill droed i'r llall wrth i Dougie wenu, yn fuddugoliaethus.

'STOPIWCH!'

Mae pennau'n troi wrth glywed y waedd o gefn y neuadd. Mae Dougie Evans yn edrych i weld pwy sy'n gweiddi. A minnau hefyd. Mae cadeiriau'n crafu a thraed yn llusgo wrth i bobol wneud lle i Felix ddod drwy'r canol.

Mae'n sefyll o 'mlaen, a'r cof bach dolffin yn un llaw. 'Cara, dwi wedi dod o hyd i rywbeth, rhywbeth pwysig.'

'Beth?' gofynnaf.

Mae lleisiau'n codi yn y stafell. Mae hi'n boeth ac yn drymaidd. Does dim byd i gadw pobol yma nawr. Gallaf weld bod pobol yng nghefn y neuadd yn codi i adael.

Mae Felix yn edrych arnyn nhw hefyd. 'Mae'n rhaid i ti brynu amser i mi. Rhwystra nhw rhag mynd. Cer lan i'r llwyfan i ddweud rhywbeth, unrhyw beth rwyt ti isie, am y bae. Dwy funud, dyna i gyd sydd angen arna i. Dwed wrthyn nhw eu bod nhw'n mynd i gael gweld beth gallen nhw ei golli.'

Ysgydwaf fy mhen. 'Alla i ddim.'

Mae Felix yn rhythu arna i. 'Cer, gwna fe.'

Gwyliaf Felix yn cerdded yn ôl drwy ganol y neuadd.

Dolffin Gwyn

Dwi erioed wedi sefyll o flaen tyrfa fel hyn o'r blaen.
Gwelaf fod rhagor o bobol yng nghefn y neuadd yn codi i
adael. Dwn i ddim beth mae Felix wedi dod o hyd iddo,
ond alla i ddim colli'r cyfle yma. Dringaf y grisiau a
wynebu'r gynulleidfa. Wn i ddim beth dwi'n mynd i'w
ddweud. Mae'r môr o wynebau'n syllu'n ôl arna i.
Teimlaf yn sâl ac yn benysgafn. Gwelaf Jake yn chwerthin.
Mae Dougie Evans yn fy ngwylio hefyd. Mae ei lygaid yn
tyllu i mewn i mi. Edrychaf o gwmpas waliau'r neuadd,
ar y murlun o bysgotwyr traddodiadol, cychod a rhwydi
pysgota a chasgenni o bysgod wedi'u halltu.

'Mae Dougie Evans yn dweud y gwir,' meddaf. Mae fy
llais yn llawer cryfach na'r disgwyl. Mae'r neuadd yn
dawel, yn gwrando. Mae rhai pobol yn mynd 'nôl i
eistedd ar eu cadeiriau. 'Pysgota *ydy* calon y dre 'ma.'
Edrychaf o gwmpas. Dyma fy nghyfle mawr. 'Roedd y
cwch wnaeth fy mam a 'nhad ailadeiladu gyda'i gilydd yn
arfer pysgota o'r harbwr yma gan mlynedd yn ôl. Bryd
hynny, byddai hi wedi dod adre'n llawn pennog Mair a
sgadan, mor llawn nes byddai'r pysgod yn arllwys dros yr
ymyl yn ôl i'r môr.' Llyncaf fy mhoer. Mae cefn fy ngwddf
yn sych, fel blawd llif. Edrychaf o gwmpas ac yna ar
Dougie Evans. 'Ond dydy hi hynny ddim yn bosib nawr.
Ry'n ni wedi mynd â'r holl bysgod o'n moroedd ni.
Mae llongau pysgota Dougie Evans yn gorfod mynd yn
bellach ac yn ddyfnach i ddod o hyd i bysgod, a hyd

yn oed wedyn, maen nhw'n dod 'nôl yn wag weithiau.
Nawr ry'n ni'n cribo'r bae am gregyn bylchog, gan rwygo'r
rîff yn ddarnau. Tybed a fyddwn ni'n dal i bysgota yma
o gwbl mewn can mlynedd arall?' Edrychaf ar draws y
neuadd. Does dim golwg o Felix, ond cofiaf beth roedd
e isie i mi ei ddweud. 'Ry'ch chi nawr yn mynd i weld
beth gallen ni ei golli.'

Safaf yno yn y tawelwch ac edrych o gwmpas y
neuadd. Wn i ddim beth sydd i fod i ddigwydd nawr.
Dringaf i lawr y grisiau ac eistedd wrth ymyl Dad.

Mae goleuadau'r neuadd yn cael eu diffodd.

Mae pawb yn y stafell yn dal ei anadl.

Mae llais clir yn torri drwy'r tawelwch. Rhaid i mi
gydio'n dynn yn fy sedd. Mae fy mhen yn troi a theimlaf
fy hunan yn plygu ymlaen.

Dwi'n clywed Mam, yn siarad drwy'r tywyllwch.

PENNOD 28

'*Gadewch i mi fynd â chi ar daith drwy'r lle gwyllt olaf sydd gennym ni, lle mae mynyddoedd a dyffrynnoedd dwfn. Ond nid mewn gwlad bell mae'r lle hwn, ond yma, o dan fôr oer yr Iwerydd.*'

Mae Dad yn cydio yn fy llaw. Mae'r stafell yn dawel. Mae'r sgrin enfawr ar y llwyfan yn dywyll i ddechrau. Mae golau gwyrdd pŵl yng nghanol y sgrin yn raddol yn dod yn fwy a mwy llachar ac ry'n ni'n codi, tuag at yr haul sy'n tywynnu drwy wyneb y dŵr. Mae dail gwymon gwyrdd llachar yn ymestyn i fyny i'r sgrin o oleuni sydd fel drych crychlyd. Mae morlo'n nofio i fyny at y camera, a'i drwyn bron â chyffwrdd â'r lens. Mae fel petai'n gwylio pawb yn y neuadd. Mae ei lygaid mawr fel llygaid ci – yr un lliw â siocled. Mae'n anadlu allan. Mae swigod arian yn codi'n droellog ac mae'n troi a mynd, a'i esgyll wedi'u gwasgu at ei gilydd, a'i gorff llwyd yn llithro drwy'r dŵr.

Ac ry'n ninnau'n troi a throsi drwy'r dŵr hefyd: i lawr,
i lawr, i lawr drwy belydrau crynedig yr heulwen, heibio i
greigiau sydd wedi'u haddurno â gemau o anemonïau
pinc a gwyrdd, heibio i dwmpathau cwrel a sêr môr a
gwyntyll môr.

Rhaid mai dyma'r ffilm olaf i Mam ei gwneud yma yn
y bae.

Mae ei llais yn ein harwain at ddyfroedd gwyrdd tywyll
yn llawn creigiau sydd â chwrel pinc golau a sbyngau
melyn drostyn nhw i gyd. Mae gwrachen resog yn hofran
yng nghanol y dŵr, yn las a melyn llachar yng ngolau'r
tortsh. Mae gwlithen fôr borffor yn ymlwybro drwy
wymon cochlyd. O dan hyn i gyd, mae gwely creigiog y
môr yn fyw o gwrel a draenogod môr. Mae cranc
llygatgoch yn sgrialu heibio. Mae popeth yn fyw yma.

Ond yn sydyn, mae sŵn uchel yn rhwygo drwy'r
neuadd. Mae'r llun ar y sgrin yn newid ac yn llenwi â
chadwyni metel sy'n codi mwd a thywod dros bob man.
Pan mae'r mwd yn suddo i'r gwaelod, y cyfan sydd ar ôl
yw gwely'r môr yn llawn cerrig mân a gwyntyll môr
wedi malu. Mae'r tawelwch yn y neuadd yn llonydd ac
yn ddwfn.

Mae llais Mam yn siarad unwaith eto.

*'Os na wnawn ni rywbeth i warchod ein moroedd,
fydd dim ar ôl, dim ond diffeithwch. Nid ffermwyr y môr
ydyn ni. Dy'n ni byth yn hau, dim ond medi ry'n ni.'*

Dolffin Gwyn

Mae'r goleuadau'n cael eu troi 'mlaen. Does neb yn siarad.
Ry'n ni i gyd wedi cael ein dwyn yn ôl o fyd arall,
â'r lluniau'n dal yn fyw yn ein meddyliau. Mae llais Mam
yn dal i atseinio yn fy mhen. Mae Carl yn dringo'n ôl ar y
llwyfan. Mae'n dal ei nodiadau yn ei law ac mae ar fin
siarad, ond mae pobol yn dechrau curo'u dwylo yng
nghefn y neuadd ac mae'r sŵn yn rholio ymlaen fel ton.
Edrychaf draw a gweld rhai o'r pysgotwyr yn nodio.
Mae eraill yn syllu ar y sgrin fel delwau. Dougie Evans
ydy'r unig un sy'n eistedd a'i ddwylo wedi'u plethu'n
dynn dros ei frest. Mae Jake yn rhythu arna i o ben arall y
neuadd. Dwi'n troi oddi wrtho. Dwi ddim isie difetha'r
eiliad hon. Clywaf lais Mam eto. Dwi isie'i ddal yn ddwfn
y tu mewn i mi. Ei ddal a'i gadw yno am byth.

'Mae'n ddrwg 'da fi am beidio â rhoi rhybudd i ti,'
medd Felix. 'Doedd gen i ddim amser.'
    Torchaf fy jîns a rhoi fy nhraed yn y pwll. Mae Angel
yn llithro heibio ar ei hochr, a'i llygaid bach yn fy
ngwylio. Estynnaf fy nghoes ac mae hi'n gadael i fysedd fy
nhraed gyffwrdd â'i gorff llyfn, cynnes.
    'Sut dest ti i wybod?' gofynnaf.
    Mae Felix yn eistedd wrth fy ymyl ar y creigiau, yn
estyn y cof bach ac yn dweud, '"*Tepuhi*". Fe ddylwn fod
wedi meddwl amdano cynt. Y gair Maori am ddolffin.
Dyna'r cyfrinair. Yr un ddefnyddiodd dy fam i'r cof bach.'

Cymeraf y cof bach oddi wrtho a lapio fy mysedd am y dolffin plastig. Mae'n rhyfedd meddwl ei fod yn dal atgofion am Mam, llun o'r gorffennol, fel petai'n ei dal hithau hefyd. 'Oedd rhywbeth arall arno fe?'

'Dim byd llawer,' medd Felix o dan ei anadl.

Dwi isie gofyn iddo beth ydy ystyr 'dim byd llawer' ond mae Carl yn eistedd wrth ein hymyl.

'Diolch byth fod hynny drosodd,' medd Carl. Mae'r tei'n hongian yn llac am ei wddf ac mae ei drowsus smart yn grychau i gyd. Mae'n rhedeg ei ddwylo drwy ei wallt. 'Allwn i ddim fod wedi'i wneud e hebddoch chi.'

'Ti'n meddwl y bydd e'n gwneud gwahaniaeth?' gofynnaf.

'Roedd tomen o lofnodion ar y ddeiseb i gael gwaharddiad gwirfoddol ar gribo gwely'r môr,' ateba. 'Wnes i gyfri cannoedd o enwau.'

'Beth am y pysgotwyr?' gofynnaf.

'Wn i ddim,' ateba Carl. 'Fe gawn ni wybod cyn hir, siŵr o fod.'

Mae Angel yn nofio heibio i ni eto ac yn taro'r dŵr â'i chynffon. Estynnaf allan i redeg fy llaw ar hyd ei phen a'r graith anwastad ar draws ei gên.

Mae Carl yn gwgu ac yn dweud. 'Mae e'n dod i ddibynnu gormod arnon ni, ac ry'n ni'n poeni am ei fam hefyd. Roedd llawer o gychod allan yn y bae heddiw. Gallai gael ei hanafu gan bropelar cwch.' Mae'n codi ar ei draed i sychu'r dŵr o'i drowsus, ac yna'n plygu yn ei gwrcwd wrth fy ymyl i a Felix. 'Ddylwn i ddim bod yn dweud hyn wrthoch chi, achos does neb arall i fod i wybod . . .'

Teimlaf fy nghalon yn suddo achos dwi'n gwybod yn union beth mae'n mynd i'w ddweud. 'Ry'ch chi'n mynd i'w ollwng e, on'd y'ch chi?'

Mae Carl yn nodio. 'Mae Sam yn meddwl ei fod e'n barod. Ond dy'n ni ddim isie llawer o bobol o gwmpas pan fyddwn ni'n ei ryddhau e.'

Mae Angel yn codi ei ben uwchlaw'r dŵr. Mae'n edrych fel petai'n gwrando arnon ni hefyd. Dwi isie iddi fynd yn ôl i'r gwyllt, ond teimlaf fy nhu mewn yn rhwygo. Dwi'n gwybod, ar ôl iddo fynd, efallai mai dyna'r tro diwetha i mi ei weld e.

'Pryd?' gofynnaf.

'Fory,' ateba Carl, 'fe fyddwn ni'n ei ryddhau e ar y traeth, ar doriad gwawr.'

PENNOD 29

Fi ydy'r gyntaf ar y traeth. Lapiaf fy mreichiau amdanaf a difaru na ddes i â chôt. Mae'r Llwybr Llaethog yn afon o sêr ar draws yr awyr. Dwi'n cofio Mam yn adrodd stori Maori wrtha i am sut y gwasgarodd Tama-rereti gerrig pitw bach dros yr awyr i oleuo'i ffordd, a Duw'r Awyr wedi gosod canŵ Tama-rereti yn yr awyr i wneud y Llwybr Llaethog a dangos sut roedd yr holl sêr wedi cael eu gwneud. Claddaf fodiau fy nhraed yn y tywod oer a gwrando y tonnau'n torri. Dwi isie gweld mam y dolffin. Clustfeiniaf er mwyn ceisio clywed twll chwythu dolffin yn agor ar wyneb y dŵr.

'Cara, ti sy 'na?'

Dwi'n troi ar fy sawdl.

Mae Dad yn cerdded tuag ata i, a'i ffurf yn dywyll yn erbyn goleuadau'r stryd. 'Fe glywes i ti'n gadael y tŷ. Beth wyt ti'n ei wneud allan fan hyn?'

Dolffin Gwyn

'Mae Carl yn rhyddhau Angel ar doriad gwawr.' Alla i ddim atal fy nannedd rhag clecian. Mae gwynt oer yn chwythu oddi ar y lan.

Mae Dad yn tynnu ei siaced ac yn ei rhoi drosof. Mae'r llewys yn llawer rhy hir ac mae'r siaced yn cyrraedd fy mhengliniau. Mae Dad yn fy nghofleidio'n dynn yn ei erbyn ac ry'n ni'n gwylio'r wawr yn ymledu drwy'r awyr yn y dwyrain, stribed o olau sy'n gwneud i'r sêr bylu. Mae haid o hutanod y tywod yn hedfan yn isel uwchben y traeth ac yn glanio'n nes draw ar hyd ymyl y lan.

'Dyma Carl yn dod,' medd Dad.

Mae tryc yn dod tuag aton ni, ac adlewyrchiad y goleuadau blaen yn y tywod gwlyb.

'Gobeithio y bydd Felix a'i dad yn cyrraedd mewn pryd,' meddaf.

Mae'r cerbyd yn stopio wrth ein hymyl ac mae Carl a Greg yn neidio ohono, a thad Felix a Sam yn dilyn. Pwysaf dros gefn y tryc a gweld Felix yn eistedd wrth ymyl pen Angel. Mae Angel wedi'i lapio mewn tywelion gwlyb ar y rafft arnofio melyn.

Mae Carl yn edrych dros y dŵr. 'Unrhyw sôn am y fam?'

Ysgydwaf fy mhen. 'Gobeithio nad ydy hi'n aros wrth y pwll.'

Cydiaf yng nghornel blaen y rafft gyda Dad ac ry'n ni i gyd yn helpu i godi Angel oddi ar y tryc.

Mae e'n drwm, yn gorff solet o asgwrn a chyhyrau.
Rhoddaf un llaw ar ei ben wrth i ni ei gario i'r dŵr.
Mae e'n anadlu'n fyr ac yn ysgafn, ei lygaid ar agor led
y pen.

'Peidiwch â mynd i mewn yn rhy ddwfn,' medd Carl.
'Gadewch i ni aros iddo ddod yn gyfarwydd â'r dŵr.
Dy'n ni ddim isie iddi nofio i ffwrdd yn rhy gynnar.'

Ry'n ni'n cerdded ymlaen nes i'r dŵr gyrraedd
ein canol, gan adael i Angel arnofio ar y tonnau.
Mae'r tonnau'n torri ymhellach allan ac yn rhedeg i'r lan
yn gamau o ewyn. Mae Angel yn rhyfedd o dawel,
fel petai yntau'n aros hefyd. Teimlaf y sŵn clician a'r
chwibanu y mae'n ei wneud yn mynd yn syth drwof i, yn
guriadau anweledig o sain sy'n ymledu drwy ddyfroedd
tywyll y bae.

Mae ymyl yr haul yn codi dros ben y bryniau'r tu ôl i
ni, gan droi'r môr yn hylif aur.

Teimlaf gorff Angel yn tynhau. Mae e'n llonydd ac yn
dawel, mae e'n gwrando.

Efallai fy mod innau'n gallu teimlo chwibanu'n
dirgrynu drwy'r dŵr hefyd, achos dwi'n synhwyro bod ei
fam yn agos.

'Pfwwwwsh!' Mae'r fam yn codi i'r wyneb wrth
ein hymyl.

'Gwyliwch hi,' ydy rhybudd Carl. 'Fe allai hi droi'n gas
os yw hi isie'i llo.'

Dolffin Gwyn

Mae Angel yn taro'i gynffon, yn ysu am gael nofio.

Mae Carl a Greg yn gollwng yr aer o ddwy glustog hir y rafft ac yn gadael iddo lithro odano. Rhedaf fy nwylo ar hyd ei gefn un tro eto wrth iddo lamu ymlaen i gwrdd â'i fam. Maen nhw'n nofio ochr yn ochr, eu cyrff yn cyffwrdd, ac yn llithro gyda'i gilydd o dan y môr.

Mae dwy bluen o anadl gynnes yn codi yn awyr oer y wawr.

Gwyliaf y bwlch lle roedden nhw, a theimlo rhyw wacter rhyfedd yn nwfn fy mod.

Nid am yr hyn dwi wedi'i golli.

Ond am yr hyn dwi'n gobeithio fydd yn y dyfodol.

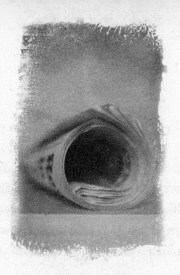

PENNOD 30

Mae Carl yn cynnig lifft adre i ni yn y tryc. Mae fy siorts yn wlyb diferol a dwi'n rhewi. Eisteddaf yn y cefn gyda Dad a Felix. Ry'n ni'n hercian ar hyd y tywod tonnog ac yn troi i fyny'r slip i heol yr arfordir. Mae'r siop bapurau wedi agor yn gynnar. Mae'r siopwr yn rhoi'r papurau allan ar y stand. Mae Dad yn gofyn i Carl aros ac mae'n neidio allan i brynu bara i Anti Bev a chopi o'r papur lleol.

Cipiaf y papur o'i ddwylo. Ar y blaen mae llun enfawr o Angel. Wrth droi'r tudalennau i ganol y papur gwelaf erthygl dros ddwy dudalen gyda lluniau o Carl a Dougie a neuadd yr ysgol. Mae Daisy a minnau yn y lluniau hefyd.

'Beth mae'n ei ddweud?' gofynnaf. Gwthiaf y papur i law Felix.

Mae Felix yn codi'r papur. '"*Achubwch ein Moroedd: Llanwodd pobl leol a thwristiaid neuadd yr ysgol ddoe i roi eu cefnogaeth i'r warchodfa forol . . .*"'

Dolffin Gwyn

Mae Felix yn dawel am eiliad wrth iddo ddarllen yr erthygl yn sydyn. Mae'n gwenu o glust i glust. 'Ry'n ni wedi ennill. Gwrandewch ar hyn . . . *"Arwyddodd pysgotwyr lleol y ddeiseb dros y gwaharddiad gwirfoddol ar bysgota a chribo gwely'r môr. Bydd deddf newydd i sicrhau bod y bae yn cael ei warchod yn swyddogol yn mynd drwy'r senedd. Cafodd y ddeiseb ei llofnodi gan dros chwe chant o bobl mewn llai na dwy awr."'*

'Felly mae'r pysgotwyr o'n plaid ni,' meddaf. 'Maen nhw wedi addo peidio â chribo'r bae tan i gyfraith newydd gael ei phasio i warchod y rîff.' Dwi'n methu peidio â gwenu. Do'n i erioed wedi breuddwydio y gallai hyn ddigwydd. Ry'n ni wedi achub Angel ac ry'n ni wedi achub y bae.

'Mae'n rhaid i ni gofio'r eiliad hon,' medd Felix. 'Does dim llawer o eiliadau gwell na hyn i'w cael.'

Dwi'n nodio, oherwydd ei fod e'n dweud y gwir ac ni all dim byd fynd â'r teimlad hwn oddi wrtha i.

Dim byd.

Dim hyd yn oed tryc Dougie Evans wedi'i barcio y tu allan i dŷ Anti Bev ac Wncwl Tom.

Mae Carl yn stopio'r tu allan i'r tŷ. Gallwn glywed lleisiau uchel yn dod drwy ffenest agored y gegin. Wncwl Tom a Dougie Evans sy'n gweiddi. Mae Anti Bev yn sefyll a'i chefn tuag atom, wedi'i gwasgu yn erbyn sinc y gegin.

'Wyt ti am i ni ddod i mewn 'da ti?' gofynna tad Felix.

Mae Dad yn ysgwyd ei ben ac yn edrych yn ddifrifol. 'Popeth yn iawn. Rhaid bod Dougie Evans wedi gweld y papur hefyd.'

Mae Dad a minnau'n dod allan o'r tryc. Codaf fy llaw ar Felix wrth iddyn nhw droi'r gornel a diflannu o'r golwg.

Dilynaf Dad i fyny'r llwybr tuag at y drws. Gwnaf fy ngorau i beidio â chamu ar y craciau yn y cerrig palmant, ond mae Dougie Evans yn agor y drws led y pen ac yn sefyll o'n blaenau ni. Gwelaf fod ganddo gopi o'r un papur newydd yn ei law.

Mae'n ei daflu i'r llawr. 'Dydy e ddim yn golygu dim,' chwyrna. 'Dydy e ddim werth taten.' Mae'n cicio'r papur newydd â'i droed, ac mae'r tudalennau'n mynd i bob man.

Mae Dad yn sefyll yn ôl i adael iddo fynd heibio ac mae'n rhythu arna i wrth wneud. Dwi'n disgwyl iddo gerdded yn syth heibio i mi, ond mae'n aros ac yn troi'n ôl i 'ngwynebu.

'Achub dolffiniaid diawl fel dy fam, ie?' Mae'n rhoi ei wyneb yn agos, agos at fy wyneb i. Mae chwys yn disgleirio ar ei dalcen. 'Edrych beth ddigwyddodd iddi hi.'

'Cer adre, Dougie.' Mae Dad yn gwthio'i hun o 'mlaen i ac yn dweud mewn llais digyffro, 'Cer adre, wnei di,' ond mae ei ddyrnau wedi'u cau.

Dolffin Gwyn

Ceisiaf lithro o flaen Dad. Dwi isie iddo fod yn ddiogel, ond mae Dad yn fy nal yn ôl.

'Does neb yn dweud wrtha i beth i'w wneud,' gwaedda Dougie. 'Neb.'

Mae'n troi ac yn rhuthro i lawr y palmant at ei dryc. Mae'n poeri ar y palmant, yn dringo i mewn ac i ffwrdd ag e dan ruo.

Ac ry'n ni'n cael ein gadael yn y llwch a'r distawrwydd.

Mae Dad yn rhoi ei freichiau amdana i, ac yn dweud, 'Anwybydda'r peth.'

Pwysaf tuag at Dad a cherdded i mewn i'r tŷ gyda fe. Ond alla i ddim peidio â meddwl y byddai Dougie Evans yn rhwygo'r môr i gyd a phopeth ynddo petai'n gallu.

Mae Anti Bev yn sefyll wrth y sinc, a'i llaw dros ei bol. Mae Wncwl Tom yn mynd i roi ei fraich amdani ond mae hi'n codi ei hysgwyddau ac yn symud i ffwrdd. 'Wnest ti ddim gwrando arna i, do fe?'

Mae Wncwl Tom yn eistedd wrth y bwrdd ac yn rhoi ei ben yn ei ddwylo.

'Beth ddigwyddodd?' gofynna Dad.

Mae Anti Bev yn ysgwyd ei phen ac yn syllu ar ei gŵr. 'Fe ddywedes i wrtho am beidio ag arwyddo'r ddeiseb 'na, ond roedd e'n gwrthod gwrando.'

Mae Dad yn edrych o'r naill i'r llall. 'Bev, beth ddigwyddodd?'

'Mae e wedi colli ei swydd. Mae Dougie newydd ei roi e ar y clwt.'

Mae Dad yn mynd i eistedd ar gadair wrth ymyl
Wncwl Tom. 'All e ddim gwneud hynny,' dywed.

'Wrth gwrs 'ny,' medd Anti Bev yn sarrug. 'Dougie
Evans ydy e. Mae'n gwneud yn union fel mae e isie.
Fe ddylet ti fod wedi gwybod hynny, Tom.'

Mae Wncwl Tom yn codi. Mae'n cydio yn ei siaced ac
yn cerdded at y drws.

'I ble rwyt ti'n mynd nawr?' gofynna Anti Bev
yn swta.

'Allan,' ateba. 'Mae angen awyr iach arna i.'

Mae'n gwthio heibio i ni a chlywaf y drws ffrynt yn
cau'n glep.

'Mae angen yr arian arnon ni, Tom,' galwa ar ei ôl
drwy'r ffenest agored. 'Beth wnawn ni heb arian?'

Dw innau hefyd yn mynd tuag at y drws. Does dim
hwyl dda ar Anti Bev. Dwi'n disgwyl iddi ddechrau
gweiddi arna i a Dad, ond mae hi'n eistedd yn drwm ar
gadair. Mae hi'n gwthio cudynnau tenau o wallt o'i
hwyneb ac yn syllu i fyny ar y nenfwd.

'Beth wna i, Jim?' gofynna. 'Does dim arian 'da ni i
dalu'r rhent y mis yma.'

Mae Dad yn cydio yn llaw Anti Bev. 'Fe ddaw
pethau'n iawn eto, Bev. Fe gei di weld.'

Ond mae Anti Bev yn ysgwyd ei phen. Dydy hi ddim
hyd yn oed yn sychu'r dagrau sy'n cwympo yn smotiau
tywyll ar y crys-T sy'n dynn dros ei bol mawr.

Dolffin Gwyn

'Allwn ni ddim talu amdanat ti a Cara hefyd,' medd hi. 'Duw a ŵyr sut byddwn ni'n talu amdanon ni'n hunain.'

Mae Dad yn nodio ac yn eistedd gyda hi, gan ddal i gydio yn ei llaw. 'Ti wedi bod yn dda wrthon ni, Bev,' dywed. 'Mae'n ddrwg 'da fi.'

Dwi'n mynd allan drwy'r drws ac yn troi i fynd i fyny'r grisiau. Ond mae Daisy'n eistedd ar y gris gwaelod, a Tedi-cath yn dynn wrth ei brest. Mae ei hwyneb wedi chwyddo ac mae ei llygaid yn goch gan ddagrau.

'Dwi ddim isie i ti fynd,' medd hi. Mae hi'n lapio'i breichiau amdana i.

Dwi'n rhoi cwtsh fawr iddi. 'Dere, Daisy fach,' meddaf, gan roi fy mraich amdani ac ry'n ni'n dringo'r grisiau gyda'n gilydd i'w stafell wely. Eisteddaf wrth ei hymyl ar y gwely a'i thynnu ata i i gael cwtsh. 'Fe ollyngodd Carl Angel y bore 'ma,' meddaf.

'Fe hoffwn i fod wedi dod,' medd.

Rhedaf fy llaw dros ei gwallt. Dwi'n teimlo'n euog am beidio â mynd â hi gyda mi. Ond allwn i ddim bod wedi gofyn i Anti Bev. Fyddai hi byth wedi gadael i mi fynd chwaith. 'Mae e wedi dod o hyd i'w fam. Roedd hi'n disgwyl amdano yn y bae.'

Mae Daisy'n gwenu ac yn tynnu ar y peli bach o fflwff ar ffwr Tedi-cath.

'Fe achubon ni'r rîff hefyd,' ychwanegaf. 'Mae llun ohonot ti a fi yn y papur. Ry'n ni'n enwog, Daisy.'

'Mae Dougie Evans yn wyllt gacwn am hynny.'

'Dwi'n gwybod,' meddaf. Dwi'n methu peidio â gwenu. 'Ond mae'r pysgotwyr eraill ar ein hochr ni. Dy'n nhw ddim yn mynd i bysgota'r rîff.'

Ysgydwodd Daisy ei phen. 'Fe ddywedodd Dad ei fod e'n gwrthod gwneud, dyna pam dechreuodd Dougie Evans weiddi.'

'Fe ddywedodd Wncwl Tom *ei fod e'n gwrthod gwneud* beth?'

Mae Daisy'n edrych arna i. Mae ei gwefus isaf yn crynu. 'Fe glywes i nhw yn y gegin, ac mae Dougie Evans yn mynd i'w wneud e beth bynnag.'

Teimlaf fy nghalon yn curo yn fy nghlustiau. Chwiliaf ei hwyneb. 'Gwneud beth?' gofynnaf.

Mae Daisy'n tynnu Tedi-cath at ei brest eto. 'Mae Dougie Evans yn dweud ei fod e'n mynd i bysgota pan fydd y llanw i mewn am hanner nos. Mae'n mynd i rwygo pob darn o gwrel sydd yn y bae.'

PENNOD 31

'Wnaeth e ddim gwahaniaeth o gwbl, do fe?'
meddaf.

Dwi'n troi sgerbwd brau'r wyntyll fôr binc drosodd a
throsodd yn fy llaw. Mae darn bach yn torri i ffwrdd ac
yn disgyn ar y tywod gwlyb. Bob dydd, mae mwy a mwy
o wyntyll môr a chwrel yn cael eu golchi ar y lan.
Mae bron i fis wedi mynd heibio ers i'r pysgotwyr lleol
lofnodi'r gwaharddiad gwirfoddol. Ond ers hynny,
mae mwy a mwy o longau o drefi pysgota eraill ar hyd
yr arfordir wedi dod i gribo'r bae. Mae'n amlwg nad
oes gwahaniaeth ganddyn nhw am y gwaharddiad,
na'r bae.

Mae Felix yn taflu carreg fach i'r tonnau. 'Clywodd
Dad y pysgotwyr lleol yn cwyno nad y'n nhw'n cael
cymaint o gimychiaid a chrancod yn eu potiau. Ac mae'r
farchnad bysgota yn y dre yn gwrthod prynu'r cregyn

bylchog,' ychwanega. 'O leia maen nhw'n dal i gefnogi'r
gwaharddiad gwirfoddol. Bydd yn rhaid i'r llongau sy'n
dod yma fynd â phopeth maen nhw'n ei ddal i rywle arall
i'w gwerthu.'

Ysgydwaf fy mhen. 'Am y tro,' meddaf. Dwi'n gwybod
bod Wncwl Tom wedi llwyddo i gael gwaith ar gwch arall.
Bydd e allan yna cyn hir hefyd. Ac nid fe yw'r unig
bysgotwr lleol fydd yno. Clywodd Dad nhw'n dweud nad
oedd hi'n deg fod pysgotwyr eraill yn mynd â'u siâr nhw
o bysgod cragen. Syllaf allan i'r môr. O leia mae hi
wedi bod yn rhy arw i weithio dros y dyddiau diwetha.
Rhaid bod y tonnau mawr wedi golchi'r rîff sydd wedi
malu i'r lan. Dwi ddim isie dychmygu pa olwg sydd ar y
rîff nawr. Rhaid ei fod fel rîff marw, fel y darluniau hynny
o goedwig law wedi'i thorri i lawr, ond o dan y dŵr,
allan o'r golwg.

Mae Felix yn tynnu ei hŵd dros ei ben. Ni ydy'r unig
rai sydd ar y traeth heddiw. Mae'r cymylau'n isel ac yn
drwm. Maen nhw'n gwibio dros y penrhyn a'r bryniau y
tu ôl iddo. Mae glaw oer yn chwythu i mewn o'r môr.

'Ond llwyddon ni i achub Angel,' medd Felix.
'Mae hynny'n bwysig.'

'Ydy,' meddaf. 'Trueni na allwn ni ei gweld hi eto.'

Ry'n ni wedi bod yn chwilio am y dolffiniaid bob
dydd, ond dy'n ni ddim wedi'u gweld nhw ers i Angel
gael ei ryddhau. Gofynnodd Carl i ni gofnodi hynny os

oedden ni'n gweld unrhyw ddolffiniaid neu forfilod.
Aeth â ni allan yn y cwch Achub Bywyd Morol un
diwrnod a gwelon ni heulforgwn, eu hesgyll cefn yn torri
drwy'r dŵr a'u cegau gwyn enfawr led y pen ar agor, yn
hidlo plancton o'r môr. Gwelon ni forloi llwyd hefyd,
a'u cyrff yn dew ar ôl bwyta pysgod, yn ymestyn ar
greigiau cynnes, yn cysgu yn yr haul.

'Dwi ddim yn credu y gwelwn ni lawer yn y môr
heddiw,' medd Felix. 'Dere. Gad i ni fynd i'r dre i gael
rhywbeth i'w fwyta.'

Codaf ar fy nhraed a sychu'r tywod oddi ar fy nwylo.
'Ti wastad yn bwyta rhywbeth!'

Mae Felix yn gwenu. 'Mae dwy awr ers amser cinio.
Dwi'n llwgu.'

Cerddwn drwy strydoedd y dre, ond mae'r caffis
dan eu sang. Drwy niwl y stêm ar y ffenestri, gwelaf
deuluoedd o gwmpas byrddau. Mae bagiau, cotiau ac
ambell ambarél yn hongian oddi ar y cadeiriau.

'Gallen ni nôl sglodion a'u bwyta nhw yn y *Moana*
o dan y gorchudd,' meddaf. 'Does dim llawer o le,
ond mae'n sych yno.'

'Fe wnaiff hynny'r tro,' gwena Felix. 'Bydd rhagor o le
'da ni pan ga i long hwylio i fynd ar daith ar fy mhen fy
hun o gwmpas y byd.'

Chwarddaf. 'Felly rwyt ti'n dal yn mynd i gystadlu yn
ras y regata'r wythnos nesa?'

'Ydw,' ateba. 'Llwyddodd Dad a fi i fynd o gwmpas Craig yr Wylan a 'nôl mewn llai nag awr a hanner y tro diwetha.'

'Ddim yn ddrwg,' meddaf. Ond yn dawel bach, dwi'n meddwl ei fod e'n amser gwych. Awr a phedwar deg pum munud oedd yr amser cyflyma i mi a Dad rasio'r *Moana*, ond dwi ddim am ddweud hynny wrth Felix. Mae e a'i dad wedi bod allan yn hwylio bron bob dydd. Dwi wedi'u gwylio nhw o'r lan. Dwi wedi gwylio, gan hiraethu am fod allan yno hefyd gyda Dad yn y *Moana*, fel roedd hi'n arfer bod. Ond nawr, hyd yn oed ar ei ddyddiau rhydd o'r gwaith, mae'n dod o hyd i rywbeth arall i'w wneud. Does dim diddordeb ganddo fe rhagor. Mae fel petai wedi troi ei gefn ar y *Moana*. Efallai na all e wynebu ei cholli hi. Efallai mai dyna sut mae'n teimlo amdana i hefyd.

Mae Felix a minnau'n cymryd ein sglodion oddi ar y cownter. Llithraf fy mhecyn y tu mewn i 'nghôt i gadw'n sych ac ry'n ni'n troi ar hyd Rope Walk, ffordd gynt o gyrraedd yr harbwr. Mae'r glaw'n curo'r toeon a'r dŵr yn arllwys o'r cwteri a dros ein llwybr. Mae'r cerrig yn disgleirio'n wlyb, a'r mwsog rhyngddyn nhw'n llaith ac yn llithrig. Mae Felix yn cerdded i lawr yn araf ac yn ofalus, ond dwi'n prysuro yn fy mlaen, er mwyn dianc rhag y glaw. Clywaf Felix yn gweiddi. Dwi'n troi a'i weld yn syrthio i'r llawr ac mae ei benbengliniau'n taro'r cerrig caled. Mae ei sglodion wedi'u gwasgaru i'r ffrydiau o ddŵr.

Dolffin Gwyn

Rhedaf yn ôl a phenlinio wrth ei ymyl. 'Sorri, ddylwn i ddim bod wedi rhuthro ymlaen.'

Cynigiaf fy llaw i'w helpu i godi, ond mae'n fy ngwthio i ffwrdd ac yn rhegi o dan ei anadl. Ceisiaf godi rhai o'i sglodion, ond mae hyd yn oed y rhai sydd yn y pecyn wedi troi'n stwnsh. Mae'r gwylanod yn camu 'nôl a 'mlaen y tu ôl i ni, yn barod am bryd o fwyd hawdd.

Mae Felix yn gwthio'i hun i fyny ac yn taro'i law yn erbyn y wal. 'Weithiau dwi'n *casáu* bod fel hyn.'

Mae ei jîns wedi'u rhwygo ar y pengliniau. Mae staeniau gwaed coch tywyll yn lledu dros y denim sydd wedi torri.

Mae'n pwyso yn erbyn y wal ac yn cicio'r pecyn sglodion at y gwylanod. 'Allan ar y dŵr, dwi'n gallu gwneud popeth fel pawb arall. Mae fel petai'r cwch yn rhan ohono i.' Mae'n taro'r wal eto. 'Mas fan'na, dwi'n rhydd.'

Dwi'n nodio, achos dwi'n ei ddeall yn iawn. Mae'r *Moana*'n teimlo fel rhan ohonof i. Mae hi'n ein cadw'n ddiogel, yn gragen sy'n gwarchod Mam a Dad a fi.

Mae'r gwynt yn codi y tu ôl i waliau'r harbwr ac yn chwipio fy ngwallt dros fy wyneb. Lapiaf fy nghôt yn dynn o 'nghwmpas a theimlaf fy mhecyn o sglodion yn llosgi'n gynnes yn erbyn fy nghroen. Mae arogl finegr a sglodion hallt yn codi o gwmpas fy ngholer. 'Dere,' meddaf. 'Mae digon o sglodion 'da fi. Fe gei di rannu fy rhai i.' Dwi innau'n llwgu hefyd, ac yn ysu am eu bwyta nhw o dan y gorchudd sydd wedi'i dynnu ar draws bŵm y *Moana*.

Mae waliau'r harbwr yn wag. Mae gwylan neu ddwy'n martsio ar hyd y wal wrth ymyl y biniau sbwriel, yn gobeithio cael tamaid o fwyd. Edrychaf ar hyd y llinell o gychod pleser a gweld y *Moana*. Ond mae ei gorchudd wedi'i dynnu 'nôl ac mae dau berson yn eistedd ynddi. Hyd yn oed oddi yma gallaf weld pwy ydyn nhw. Ethan sydd yno, a Jake Evans.

Gadawaf Felix ar wal yr harbwr a dringo i lawr yr ysgol sydd wedi'i gosod yn y blociau gwenithfaen. Rhedaf ar hyd y pontŵn, a 'nhraed yn curo'r estyll.

Syllaf arnyn nhw yn y cwch. Mae pecynnau creision a chan o ddiod dros bob man y tu mewn. 'Ewch o'ma,' dwi'n gweiddi.

Mae Jake ac Ethan yn edrych ar ei gilydd. Mae Ethan yn rhoi ei draed ar y seddi.

Dringaf i mewn i'r *Moana*. 'Ewch allan o'n llong i.'

Mae Jake yn plygu ymlaen ac yn crechwenu arnaf. 'Dwi'n credu y byddi di'n gweld nad dy long di yw hi.'

Gwgaf arno. 'Beth ti'n ei feddwl?'

Dim ond gwenu mae Jake. 'Edrych i weld.'

Edrychaf o gwmpas y *Moana*. Mae popeth yr un fath. Agoraf y locer o dan y dec blaen. Mae'r fflachiadau a'r bocs tŵls yno o hyd, ond mae ein carthenni ni wedi mynd, a phethau pysgota Dad a'r cwpanau tun coch.

Dwi'n edrych i fyny ar Jake ac mae e'n dal i wenu. 'Ddywedodd dy dad ddim wrthot ti? Fe brynodd Dad hi'r penwythnos diwetha. Roedd dy dad isie'i gwerthu hi ar frys. Roedd hi'n rhad fel baw, oedd yn wir.'

Dwi'n syllu arno, yn gegrwth. All hyn ddim bod yn wir.

Ond mae ceg Jake yn troi'n llinell galed denau. Mae'n dal yr allweddi i'r locer o dan y dec blaen. 'Felly dwi'n meddwl ei bod hi'n bryd i mi ddweud, cer o'n llong i.'

Gadawaf y *Moana* wysg fy nghefn a dringo'r ysgol. Gwthiaf y pecyn sglodion i ddwylo Felix. 'Mae'n rhaid i mi fynd,' meddaf. Rhedaf yr holl ffordd yn ôl i dŷ Anti Bev heb stopio nes i mi ruthro drwy'r drws. Mae Anti Bev yn smwddio crysau, ac yn gwylio'r teledu.

Safaf o'i blaen. 'Ble mae Dad?' holaf.

Mae Anti Bev yn ceisio edrych o 'nghwmpas. 'Wedi mynd mas.'

Diffoddaf y teledu. 'I ble?' gofynnaf.

Mae hi'n rhoi'r haearn smwddio i lawr ac yn rhoi ei llaw ar ei chlun. 'Beth sy'n bod, Cara?'

'Mae e wedi'i gwerthu hi, on'd yw e?' Ceisiaf ddal y dagrau'n ôl. 'Mae e wedi gwerthu'r *Moana*.'

Mae Anti Bev yn plygu i dynnu plwg yr haearn smwddio o'r wal. 'Eistedd nawr, Cara.'

Dwi ddim yn eistedd. 'Mae e wedi gwerthu'r *Moana* i Dougie Evans.'

Mae Anti Bev yn ymestyn i gyffwrdd â'm braich ond dwi'n camu i ffwrdd. 'Fe ddywedodd e nad oedd e'n gallu dweud wrthot ti.'

Syllaf arni, heb yngan gair.

'Paid â bod yn grac ag e, Cara. Mae e'n ceisio ailadeiladu fywyd. Duw a ŵyr, mae angen iddo wneud hynny.'

'Ble mae e?' gofynnaf.

Mae Anti Bev yn ffidlan â botwm un o'r crysau. 'Mae e wedi mynd i Exeter am y dydd.'

'Exeter!' Soniodd Dad ddim am hyn wrtha i. 'Pam Exeter?'

Mae Anti Bev yn tynnu anadl ddofn. Gwyliaf hi'n plygu'r crys yn ofalus. Mae hi'n gollwng ei hanadl yn araf ac yn rhoi'r crys ar y pentwr wrth ei hymyl.

'Ddylwn i ddim bod yn dweud hyn wrthot ti,' medd hi. Mae hi'n rhedeg ei llaw ar hyd blaen y crys ac yn sythu'r coler. 'Ond mae e wedi mynd i gael cyfweliad am swydd. Paid â gofyn beth. Roedd e'n gwrthod dweud wrtha i hyd yn oed. Ond dywedodd e mai er dy fwyn di roedd e'n gwneud hyn.'

Rhuthraf heibio iddi allan o'r stafell. Mae hi'n gweiddi ar fy ôl, ond rhedaf i fyny'r grisiau i ystafell Daisy, gan deimlo'n falch ei bod gyda Lauren ei ffrind heddiw.

Gorweddaf yn belen o dan y cwilt mewn tawelwch gwag.

Alla i ddim credu ein bod ni wedi'i cholli hi.

Nid ni sy'n berchen ar y *Moana*.

Mae'r gragen sy'n gwarchod Mam a Dad a finnau wedi torri.

Dwi'n teimlo nad oes dim all ein gwarchod ni nawr.

Pennod 32

Eisteddaf gyda Felix ar estyll pren y rowndabowt yn y parc. Mae'r glaw yn treiddio drwy fy jîns ac mae metel oer barrau'r rowndabowt yn llosgi i 'nghroen i. Mae hi'n teimlo fel storm yn y gaeaf, er ei bod hi'n haf o hyd. Mae'r cymylau'n isel ac yn drwm ac mae'r môr yn symud yn ddi-baid, yn llwyd ac yn wyrdd. Mae'r llongau pysgota i gyd wedi troi am adref, heblaw am rai Dougie Evans. Mae ei longau e'n dal allan yna yn y tonnau mawr.

Mae wythnos wedi mynd heibio ers i mi gael gwybod bod Dad wedi gwerthu'r *Moana*. Prin dwi'n gallu siarad ag ef. Nid ei fod e'n siarad llawer â fi'r dyddiau yma beth bynnag. Dwi wedi colli Mam a nawr dwi wedi colli'r *Moana* hefyd. Mae'n teimlo fel petawn i'n colli Dad hefyd nawr. Dydy e ddim wedi sôn gair am ei daith i Exeter, a dwi ddim yn mynd i'w holi fe. Allwn i ddim gwneud dim beth bynnag. Bydd y babi'n cyrraedd unrhyw ddiwrnod,

a bydd yn rhaid i Dad a minnau ddod o hyd i rywle
arall i fyw.

Gwthiaf y rowndabowt â'm traed. 'Wyt ti'n dal i
hwylio yn ras y regata yfory?'

'Os na fydd hi'n cael ei chanslo,' medd Felix. Mae ei
hŵd dros ei ben ac mae coler uchel ei got wedi'i thynnu
ar draws hanner isaf ei wyneb, felly dim ond ei lygaid
sydd yn y golwg.

'Gobeithio y byddi di'n ennill,' meddaf. 'Ti'n haeddu
gwneud.'

Mae Felix yn gwthio'i hŵd yn ôl. 'Gofynnes i Dad a
allet ti hwylio 'da fi fory yn ei le fe, ond mae e'n dweud
nad ydw i'n barod eto.'

'Diolch,' gwenaf. 'Ond mae dy dad yn siŵr o fod isie
bod yn y ras 'da ti, hefyd.'

Gwthiaf yn galetach â 'nhraed ac mae'r bryniau a'r môr
i gyd yn troi o'n cwmpas ni.

'Oeddet ti'n gwybod bod Dad wedi cael hyfforddwr
hwylio i mi?' gofynna Felix.

Nodiaf. 'Fe weles i fe allan ar y dŵr 'da ti.'

Mae Felix yn gafael yn y rowndabowt â'i fraich dda ac
yn pwyso allan dros y concrit sy'n troelli. 'Mae e isie fy
rhoi i yn sgwad hyfforddi iau'r tîm hwylio Paralympaidd.'

Dwi'n rhoi fy nhroed i lawr yn sydyn i wneud i'r
rowndabowt stopio. 'Wir! Pam na ddywedest ti wrtha i?
Mae hynna'n wych, Felix. Ardderchog.' Dwi o ddifri hefyd.

Dolffin Gwyn

Mae'n tynnu'r goler uchel oddi wrth ei wyneb ac yn edrych i fyw fy llygaid. 'Mae un o'r categorïau rasio i un morwr anabl ac un morwr abl. Fyddet ti'n fodlon rasio 'da fi?'

Mae'r cwestiwn yn fy synnu. Dim ond yn y *Moana* dwi wedi hwylio erioed.

'Bydden ni'n gwneud tîm gwych,' ychwanega. 'Fydden ni ddim yn dadlau . . . llawer.' Mae e'n gwenu nawr. 'A bydden ni'n ymarfer yma, yn y bae, yn fy nghwch i.'

Syllaf ar y llawr. Byddwn wrth fy modd yn cael hwylio eto, yn enwedig yn rasio gyda Felix, ond am a wn i, mae Dad wedi cael swydd yn Exeter. Cyn bo hir, byddwn ni ymhell i ffwrdd. Ysgydwaf fy mhen. 'Wn i ddim, Felix,' atebaf. 'Dwi ddim yn credu y byddai e'n gweithio.'

'Ond, Cara . . .'

'Gad hi, wnei di?' meddaf yn swta.

Codaf a cherdded oddi wrtho at ffens y parc. Mae'r dref yn ymestyn o 'mlaen. Mae'r glaw wedi tywyllu'r tai ac mae'r harbwr yn llawn cychod sy'n cysgodi rhag y storm.

Yn y pellter gallaf weld llongau pysgota Dougie Evans ar y gorwel. Efallai y byddai'n well bod ymhell i ffwrdd oddi yma. Dwi ddim yn meddwl y gallwn i ddiodde gweld Dougie Evans yn hwylio'r *Moana* yn y bae. Mae Felix yn pwyso ar y ffens yn fy ymyl ac ry'n ni'n gwylio'r llongau'n dod yn ôl ar draws y môr tymhestlog, fel bleiddiaid yn dod yn ôl ar ôl hela. Mae pen blaen y llongau'n codi dros y tonnau ac yna'n disgyn, gan wneud i'r ewyn godi. Mae haid o wylanod yn eu dilyn, yn llachar yn erbyn yr awyr lwyd. Dwi'n dyfalu bod rhwydi'r llongau'n llawn y tro hwn.

'Mae'n ddrwg gen i am fod mor swta,' meddaf.

'Meddylia am y peth,' medd Felix. 'Wyt ti'n addo?'

Nodiaf a stwffio fy nwylo'n ddwfn yn fy mhocedi. 'Mae'n well i mi fynd. Mae Anti Bev isie i mi fynd 'nôl i ginio.'

Cerddaf gyda Felix ar draws y parc chwarae. Mae'r gwynt yn chwibanu drwy farrau uchaf y ffrâm ddringo, fel corwynt drwy hwylbren. Mae pyllau mawr o ddŵr ar y tarmac ac mae'r glaw'n disgleirio oddi ar y si-so a'r siglenni. Y tu allan i'r glwyd ry'n ni'n bron â bwrw i mewn i Adam a'i frawd Joe sy'n rhedeg ar hyd y ffordd, eu traed yn clepian ar y palmant gwlyb.

Mae Adam yn stopio o'n blaenau ni, ei ddwylo ar ei bengliniau, a'i wynt yn ei ddwrn. 'Y'ch chi wedi'i weld e?'

'Beth?' gofynnaf.

'Y siarc mawr gwyn,' medd Adam. 'Mae Dad wedi clywed bod Dougie Evans wedi dal morgi mawr gwyn yn ei rwydi.'

Ysgydwaf fy mhen. Mae Joe yn tynnu ar fraich Adam ac mae'r ddau'n mynd tua'r harbwr. Alla i ddim credu bod Dougie Evans wedi dal morgi mawr gwyn. Dy'n nhw ddim yn dod yma. Wedi dal heulforgi mae e, siŵr o fod.

Dolffin Gwyn

Dwi'n gwybod y gallan nhw fod hyd at bedwar deg troedfedd o hyd. Ond dwi'n dal i amau achos weithiau mae crwbanod y môr yn dod i'r lan yma o ddyfroedd mwy trofannol.

'Beth am fynd i edrych?' gofynnaf i Felix.

Mae Felix yn codi'i ysgwyddau. 'Wyt ti'n gallu wynebu gweld Jake eto?'

'Fyddwn ni ddim yn hir,' meddaf. 'Dwi'n siŵr y bydd llond y lle o bobl lawr 'na hefyd.'

Erbyn i Felix a minnau gyrraedd yr harbwr, mae tyrfa fechan wedi ymgasglu ar y cei yn ymyl un o longau Dougie Evans. Ry'n ni'n cerdded heibio'r farchnad bysgod. Cymeraf gip drwy fflapiau plastig clir y drws i'r gwagle oer a llachar y tu mewn. Mae cratiau melyn yn llawn o bysgod yn rhesi ar hyd y llawr concrit. Mae dau o'r pysgotwyr y tu mewn yn wên o glust i glust. Mae Dougie Evans a'i ddynion wedi cael trip pysgota da.

Edrychaf o gwmpas am Felix, ond yn sydyn mae Jake wrth fy ymyl yn dweud, 'Hei, Cara. Wyt ti wedi gweld morgi mawr gwyn erioed?' Mae'n edrych yn hunanfodlon, ond mae rhywbeth arall, rhywbeth mwy nag ymffrostio yn ei lais.

Edrychaf heibio iddo at y dyrfa o bobl.

Gallaf weld rhywbeth ar y llawr wedi ei hanner guddio'r tu ôl i'r rhesi o goesau.

Ceisiaf wthio fy ffordd drwodd, ond yn sydyn mae Chloe wrth fy ymyl, yn fy nhynnu oddi yno.

Gallaf glywed llais Jake eto. 'Dere i weld beth mae Dad wedi'i ddal yn ei rwydi.'

Mae Chloe'n fy nhynnu'n galetach. 'Paid ag edrych,' medd hi. Mae ei llygaid yn goch gan ddagrau. 'Dere o 'ma, Cara.'

Ac yn sydyn dwi ddim isie bod yma, oherwydd dwi'n gwybod nad morgi mawr gwyn mae Jake Evans isie i mi ei weld.

Dwi isie troi i ffwrdd, ond alla i ddim. Dwi'n gweld darnau ohono, yn llyfn ac yn llwyd rhwng coesau'r bobol sydd wedi tyrru o'i gwmpas.

Gwelaf Felix ym mhen pella'r dorf. Mae'n edrych yn sâl ac yn welw.

Uwch fy mhen, mae gwylan yn sgrechian.

Gwthiaf fy ffordd drwodd, gan ddilyn Jake. Nid morgi mawr gwyn na heulforgi sydd yno. Ar y concrit gwaedlyd mae corff llwyd llonydd dolffin. Mae ei lygaid yn syllu ar y cymylau isel heb weld dim. Dilynaf fwa llyfn ei gefn at yr asgell, at hafn ddofn ar y gwaelod.

Syrthiaf ymlaen ar fy mhengliniau a theimlo blas chwerw yn fy ngheg.

Mae mam Angel wedi marw.

PENNOD 33

Rhedaf. Rhedaf heb stopio nes i mi gyrraedd y gilfach a suddo i'r tywod gwyn meddal. Mae diferion tenau o waed llachar yn rhedeg i lawr fy mreichiau i mewn i'r dŵr. Theimles i mo'r eithin a'r mieri'n torri fy nghroen, ac roedd yn rhaid i mi gyrraedd yma. Roedd yn rhaid i mi ddianc. Gorweddaf i lawr a gadael i'r dŵr droelli o 'nghwmpas, gan wlychu fy jîns. Gorffwysaf fy mhen ar y tywod a chau fy llygaid. Ac mae'r cyfan yn llifo drosta i eto, ei bod hi wedi marw. Mae'r ffordd roedd ei llygaid yn syllu a'i hwyneb wedi malu yn aros yn fy meddwl ac alla i mo'u golchi i ffwrdd, er i mi wneud fy ngorau. Mae'n teimlo fel petai rhan ohona i wedi mynd, fel petai'r rhan oedd yn cadw Mam yn agos ata i wedi mynd hefyd, nawr.

Gwthiaf fy nhalcen i'r tywod gwlyb a phalu fy mysedd i mewn iddo. Dwi isie gwthio fy ffordd i mewn i'r tywod a gadael iddo fy ngorchuddio a gorwedd yma am byth.

Mae hi'n gysgodol yma. Sŵn y tonnau'n torri a phitran patran tawel y glaw yw'r unig bethau dwi'n eu clywed.

Gorweddaf yma a gadael i'r dŵr chwyrlïo i fyny o gwmpas fy jîns a 'nghrys, gan wneud ffos fach o dywod o 'nghwmpas. Mae carreg fach wen yn cael ei golchi i fyny'r traeth heibio i 'mysedd. Gwyliaf y darnau grisial mân yn dal y golau. Trof i wynebu'r môr a gwylio'r garreg yn rholio'n ôl i lawr i lewyrch y dŵr yng nghanol y glaw. Mae fy moch wedi'i gwasgu i mewn i'r tywod. Mae'r tonnau'n codi a disgyn fel sidan llwydwyrdd wedi'i blygu.

'Pffwwwsh!'

Codaf ar fy eistedd.

Clywaf y sŵn eto, sŵn anadl dolffin. Mae Angel yma, a'r asgell wen ar ei gefn yn torri fel bwa drwy'r dŵr. Mae e wedi dod yn ôl yma i chwilio am ei fam, yn ôl i'r gilfach yma lle gweles i e'r tro cyntaf erioed. Ond dydy ei fam ddim yma'r tro hwn. Dim ond fi.

Cerddaf allan i'r dŵr. Mae'n codi dros fy nghanol a 'mrest, a gallaf ei deimlo'n tynnu ar ddefnydd trwm fy jîns. Gallaf ei weld e eto, heb fod ymhell oddi wrtha i. Mae ei llygaid yn llwyd pinc golau. Mae ei groen yr un lliw â pherl. Mae'n chwibanu ac yn clician yn ddi-baid a dwi'n synhwyro ei fod yn galw ar ei fam. Dwi'n estyn fy llaw i gyffwrdd ag e, ond mae'n llithro i ffwrdd ac yn diflannu o dan y dŵr. Cerddaf ymhellach allan.

Mae'r tonnau'n codi odanaf ac yn fy nghodi i fyny, allan o 'nyfnder.

Dolffin Gwyn

'CARA!'

Dwi'n troi ac yn gweld Felix a'i dad yn sefyll ar ben y clogwyn.

'Cara, dere allan o'r dŵr,' gwaedda tad Felix. Mae'n chwifio'i freichiau arna i.

Mae Felix yn dechrau llithro ymlaen ar silff o graig lwyd tywyll. Dwi'n gwybod na fydd yn gallu cydbwyso na dod o hyd i ffordd ddiogel ata i. Dwi'n troi ac yn cerdded allan o'r dŵr ac i fyny'r traeth, fy 'nhraed yn drwm yn y tywod meddal. Edrychaf y tu ôl i mi unwaith. Mae'r gilfach yn wag. Mae Angel wedi mynd.

Ar ôl i mi gyrraedd pen y clogwyn, mae tad Felix yn fy nhynnu i fyny ac yn lapio'i gôt amdanaf. Dwi'n teimlo'n oer. Oerfel dwfn, dwfn, hyd at fy esgyrn. Mae fy nwylo'n las, ac mae fy mysedd yn wyn fel yr eira.

'Mae'n rhaid i ni fynd â ti adre, Cara,' medd tad Felix.

Edrychaf yn ôl i lawr i'r gilfach. 'Allwn ni mo'i adael e. Mae arno ein hangen ni. Dim ond ni sydd ganddi hi.'

'Mae'n rhaid i mi fynd â ti adre,' medd tad Felix. 'Mae dy dad yn poeni'n ofnadwy. Mae e'n chwilio amdanat ti hefyd.'

Mae tad Felix yn fy arwain at y llwybr y tu hwnt i glwyd cae. Prin dwi'n gallu cerdded a gallaf weld bod Felix yn ei chael hi'n anodd mynd drwy'r mwd dwfn.

'Arhoswch yma, y ddau ohonoch chi,' medd tad Felix. 'Fe a' i i nôl y car.'

Llithraf i lawr yn erbyn y wal gerrig, o afael y gwynt oer, a gwylio tad Felix yn rhedeg ar hyd y llwybr. Gwasgaf fy nghefn i mewn i'r gwair hir a phlygu fy mreichiau am fy mhengliniau.

Mae Felix yn eistedd wrth fy ymyl ac yn tynnu ei hŵd dros ei ben. 'Mae pobol yn y dre'n gandryll am beth wnaeth Dougie Evans.'

'Fydd hynny'n newid dim,' meddaf. Tynnaf ddarn o wair a'i lapio o gwmpas fy llaw o hyd ac o hyd. Dad oedd yn iawn. Os na allwn ni gael y pysgotwyr i gyd o'n plaid ni, yna allwn ni ddim achub y rîff. Dwi ddim yn credu y gall unrhyw un ddweud na gwneud unrhyw beth fydd yn newid meddwl rhywun fel Dougie Evans. Meddyliaf tybed faint mae'n rhaid iddo'i golli cyn iddo weld na fydd dim byd ar ôl.

Tynnaf yr hadau gwlyb o'r gwair a'u fflicio yn yr awyr. Mae goleuadau blaen car Mr Andersen yn dod o hyd i ni drwy'r glaw mân.

Mae Felix yn gwthio'i hun ar ei draed ac yn ymestyn yn ddwfn i'w bocedi ac yn dweud, 'Dwn i ddim a ddylwn i ddangos hwn i ti.' Mae'n edrych o gwmpas ar gar ei dad yn hercian ar hyd y trac. 'Fe ddywedes wrth Dad na fyddwn i'n gwneud. Ond ro'n i'n meddwl y byddwn i isie gwybod yn dy le di.'

'Beth?' gofynnaf.

Mae Felix yn tynnu amlen wen o'i boced, yn ei dal yn ei law ac yn dweud, 'Roedd rhywbeth arall ar y cof bach yna. Edrychodd Dad i mewn i'r peth. Mae e'n nabod pobol.'

'Beth, Felix?'

Mae Felix yn sefyll o 'mlaen ac yn stwffio'r amlen i'm llaw. 'Cuddia fe. Paid â gadael i Dad weld.'

Teimlaf fy nghalon yn curo yn erbyn fy mrest. 'Pam na ddywedest ti hyn wrtha i o'r blaen?'

'Efallai y bydd e'n dy helpu di i ddeall, dyna i gyd.'

Mae'r car yn stopio yn ein hymyl ac mae tad Felix yn dod allan ohono. 'Dewch 'te, chi'ch dau.'

Llithraf yr amlen o dan fy siwmper a mynd i eistedd yn y sedd gefn ar bwys Felix. 'Deall beth?' sibrydaf.

Mae tad Felix yn troi rownd yn ei sedd. 'Am beth ry'ch chi'ch dau'n siarad?' gofynna.

'Dim byd,' ateba Felix. Mae'n gwgu ac yn troi i ffwrdd.

Ry'n ni'n eistedd mewn tawelwch wrth i ni hercian ar hyd y lôn anwastad. Dwi'n dal yr amlen yn dynn yn erbyn fy mrest ac yn teimlo'r corneli'n gwasgu'n ddwfn i mewn i 'nghroen.

Mae rhywbeth i'w wneud â Mam ynddi hi.

Allwedd i ble bynnag mae hi, efallai.

PENNOD 34

Syllaf ar y ffotograff am y canfed tro. Mae'r sioc o weld Mam yn fy nharo unwaith eto. Mae hi yn ei chwrcwd wrth ymyl yr offer plymio, ei gwallt wedi'i wthio y tu ôl i'w chlustiau, ac mae'n edrych fel petai hi'n canolbwyntio. Dwi wedi'i gweld hi'n edrych dros ei hoffer plymio o'r blaen, gan fynd drwy'r rhestr yn ei phen. Does dim pwynt siarad â hi pan fydd hi fel hyn. Mae hi'n gallu anghofio am y byd y tu allan, wrth ganolbwyntio ar ei gwaith. Mae palmwydd yn y cefndir, mewn porthladd dramor. Mae starn llong fawr yn llenwi rhan chwith yr olygfa ac mae'r rhan dde'n dangos porthladd prysur â llongau a chraeniau ar hyd dociau sy'n ymestyn i'r pellter.

Mae rycsacs a bagiau'n bentwr wrth ymyl Mam. Gwelaf ei rycsac hithau yno hefyd. Mae'r cysgodion yn ddwfn ac yn hir, felly rhaid mai'r bore bach ydy hineu'n hwyr gyda'r nos. Alla i ddim dweud. Dwi bron yn gallu dychmygu ei hwyneb yn troi i edrych arna i.

Dolffin Gwyn

'Cara!'

Stwffiaf y ffotograff yn ôl o dan fy ngobennydd, lle cysges arno drwy'r nos. Dwi ddim isie i neb wybod. Dwi wedi aros yn stafell Daisy drwy'r bore, yn cuddio oddi wrth Anti Bev. Mae hi wedi bod yn glanhau'r tŷ'n wyllt, yn clirio cypyrddau ac yn newid y dillad gwely i gyd.

'Cara,' gwaedda Anti Bev eto. 'Mae Felix 'ma. Mae e isie gwybod wyt ti'n mynd i'r regata.'

Dringaf i lawr y grisiau i'r gegin. Gallaf glywed rhaglen gartŵn yn bloeddio o'r lolfa a dwi'n dyfalu bod Daisy'n ceisio osgoi ei mam hefyd.

Mae Anti Bev yn pwyso ar ei mop, a diferion o chwys ar ei thalcen. Mae popeth yn dwt ac yn daclus a sylwaf fod y ffwrn fel pin mewn papur. Mae'r ffenestri wedi cael eu glanhau, hyd yn oed.

Af ar flaenau fy nhraed ar draws y llawr at Felix sy'n sefyll wrth y drws a'i dynnu i mewn i'r cyntedd. 'Do'n i ddim yn meddwl dy fod ti'n mynd i'r regata,' meddaf. 'Chlywest ti ddim bod y ras wedi'i chanslo? Mae storm ar y ffordd.'

Mae Felix yn codi ei ysgwyddau. 'Dwi'n gwybod, ond ro'n i'n meddwl y byddwn i'n mynd i weld beth sy'n digwydd yn y dre. Wyt ti isie dod?'

Nodiaf. 'Aros i mi nôl fy esgidiau.'

Estynnaf fy sandalau o'r rac sandalau yn y cyntedd. 'Dwi'n mynd i'r dre 'da Felix,' gwaeddaf.

Mae Anti Bev yn pwyso yn erbyn ffrâm y drws ac yn fy ngwylio'n cau fy sandalau. Mae'n ymestyn ac yn rhwbio'i chefn. 'Cer â Daisy gyda ti, Cara. Mae gormod 'da fi i'w wneud heddiw.' Mae'n tynnu arian o'r tun ar ben y meicrodon. 'Dyma ddeg punt i chi gael ci poeth yr un.'

Stwffiaf yr arian yn fy mhoced a cherdded gyda Felix ar hyd heol yr arfordir. Mae Daisy'n rhedeg o'n blaenau, gan wneud i'r gwylanod wasgaru fry i'r awyr.

'Edrychest ti ar y llun?' hola Felix.

Nodiaf.

'Fe gafodd e ei dynnu yn Honiara,' eglura, 'porthladd ar ynys Guadalcanal, un o Ynysoedd Solomon. Cafodd ei dynnu ychydig cyn iddi fachlud y noson y diflannodd dy fam.'

Ry'n ni'n cerdded mewn tawelwch am dipyn. Dwi'n falch bod Felix wedi dweud y ffeithiau'n blwmp ac yn blaen.

'Sut cest ti'r llun?' gofynnaf.

'Roedd ffolder o'r enw Honiara ar y cof bach. Roedd rhestri o gyfeiriadau: gwestai, cwmnïau llogi ceir, a chanolfannau plymio. Mae cyd-weithiwr i Dad wedi bod yn gweithio yno ac fe fu'n gwneud ymholiadau drosto. Daeth o hyd i'r ffotograff yma yn archifau'r papur lleol.'

Stopiaf a throi at Felix. 'Felly pam dy'n ni ddim wedi gweld hyn o'r blaen, o'r ymchwiliad ar y pryd?'

Dolffin Gwyn

Mae Felix yn codi ei ysgwyddau. 'Mae cyd-weithiwr Dad yn dweud na chafodd y stori sylw. Cyhoeddusrwydd gwael. Gwael i dwristiaeth.'

Pwysaf ar y rheiliau a syllu allan i'r môr. Mae'r llun yn profi bod Mam wedi mynd allan i blymio'r noson ola honno, ond dydy e ddim yn dweud beth ddigwyddodd. Does dim arwydd o ran ble na pham yr aeth hi.

Er ei bod hi'n gynnes ac yn drymaidd, mae'r traeth yn wag. Mae'r dŵr fel perl gwyrdd. Mae ymchwydd dwfn y môr yn codi ei wyneb disglair yn grychau llyfn, fel hen wydr. Ond does neb yn y dŵr. Mae'n llonydd, yn rhy lonydd. Mae popeth yn dawel. Mae'r faner uwchben y siop offer môr yn hongian yn llipa ac yn llac. Mae'r gwylanod hyd yn oed wedi gadael yr awyr ac yn llinellau ar y toeon a chyrn simnai ac ar hyd y morglawdd. Mae'n teimlo fel petai'r awyr i gyd yn gwasgu i lawr arnom. Mae llygad y storm uwch ein pennau nawr. Dyma'r tawelwch cyn y storm, ac ry'n ni'n cael amser i feddwl ac anadlu. Ond mae'n ymddangos fel petaen ni'n cael ein gwylio.

Mae Daisy'n rhedeg 'nôl ac yn tynnu ar fy mraich. 'Dere,' medd hi. 'Gad i ni fynd i'r dre.'

Ry'n ni'n cerdded drwy'r strydoedd cul o dan y baneri bach sydd wedi'u hongian rhwng y siopau a'r tai. Mae Dad y tu allan i'r Merry Mermaid yn clirio platiau. Mae'n codi ei law ac yn gwenu arnom wrth i ni fynd heibio a dw innau'n codi fy llaw'n ôl. Yn y sgwâr y tu allan i neuadd y dref mae nifer o stondinau a gêmau. Mae'r maer mewn cyffion, yn barod i bobol daflu sbwng gwlyb ato. Mae gêm gnau coco a gêm y dyn cryfa. Mae band pres yn chwarae hefyd ac mae tîm o ferched yn martsio i fyny ac i lawr yn troi batynau. Dwi'n prynu cŵn poeth ac yn eistedd gyda Felix a Daisy ar un o'r meinciau yn y sgwâr. Edrychaf draw ar Felix. Dwi ddim mewn hwyliau da i wneud hyn a dwi'n gallu dweud ei fod e'n teimlo'r un fath â fi. Dwi'n gadael i Daisy gael y newid o'r arian am y cŵn poeth ac yn ei gwylio hi'n rhedeg i ffwrdd i chwarae gêm bachu'r hwyaden a gwario'i harian ar y stondinau.

Dim ond ar ôl iddi wario'r arian i gyd mae hi'n dod yn ôl ac yn eistedd wrth ein hymyl, â hwyaden fflyfflyd a phecyn o gyffug yn ei dwylo.

'Gwell i ni fynd â ti adre,' meddaf.

Ry'n ni'n cerdded tua'r môr ar hyd yr heol uwchben yr harbwr. Mae awel fach yn codi ymylon fy sgert.

'Wyt ti'n teimlo'r awel?' gofynnaf.

Mae Felix yn nodio.

Edrychaf draw at y faner uwchben y siop offer môr. Mae ei hymylon yn cyrlio ac yn crychu yn yr awel. Mae gwynt newydd yn chwythu o'r gorllewin. Mae cymylau tywyll yn ymledu drwy'r awyr sy'n wyn fel llaeth. Mae ias yn rhedeg i lawr fy asgwrn cefn ac mae croen gŵydd

dros fy mreichiau a 'nghoesau, oherwydd allan ar dros
y môr mae storm yn dod ac ry'n ni'n union yn ei
llwybr hi.

Ry'n ni'n troi i stryd gul â grisiau rhwng hen
fythynnod i'r harbwr.

'Hei, y Dwpsen Ddwl!'

Syllaf y tu ôl i ni. Jake ac Ethan sy 'na, yn dod i lawr y
grisiau'r tu ôl i ni.

Mae Daisy'n cydio yn fy llaw ac yn ei gwasgu'n dynn.

'Hei, Cara,' gwaedda Jake. 'Glywest ti 'mod i'n
symud tŷ?'

Ry'n ni'n dal ati i gerdded, ond mae Jake ac Ethan yn
dal i fyny gyda ni. Mae'r grisiau'n achosi trafferth i Felix.
Mae'r canllaw'n dod i ben hanner ffordd i lawr y llethr.

'Mae Dad yn prynu un o'r tai mawr 'na lan ar y bryn
sy'n edrych dros y bae,' medd Jake. 'Mae'r ardd yn enfawr.
Mae e wedi addo beic cwad i fi hefyd.'

Dwi'n anwybyddu Jake.

'Mae Dad yn dweud y bydd e'n ei alw fe'n Tŷ Cregyn,'
medd Jake. 'Ti'n gwybod pam, on'd wyt ti? Mae'r arian yn
dod o'r elw am y cregyn bylchog o'r bae.'

Dwi isie dal ati i gerdded ond mae Felix ar ben rhes o
risiau. Dwi'n gwybod nad ydy e isie i mi ei helpu,
felly dwi'n aros yn ei ymyl wrth iddo ymlwybro i lawr
yn araf bach. Mae ei wyneb yn dangos ei fod yn
canolbwyntio wrth geisio cydbwyso ar y grisiau.

'Trueni bod y regata wedi'i chanslo,' medd Jake.
'Ro'n i'n meddwl efallai y byddet ti'n hoffi fy ngweld i'n
hwylio'r *Moana* yn y ras.'

'Dwyt ti ddim yn gallu hwylio, hyd yn oed,' meddaf.

'Mae Ethan a fi wedi hwylio o'r blaen,' chwardda Jake.
'Dydy e ddim mor anodd â hynny.'

'Ti wedi gwneud cwpwl o wythnosau o hwylio dingis
gyda'r ysgol,' meddaf. 'Dyna i gyd.'

'All e byth â bod mor anodd â hynny os ydy e'n gallu ei
wneud e.' Mae Jake yn amneidio ei ben at Felix. 'Prin mae
e'n gallu cerdded.'

Mae Ethan yn pwffian chwerthin.

Teimlaf fod Felix yn mynd yn dynn wrth fy ymyl.

'Beth am ras?' gofynna Jake. 'Ni yn y *Moana* a chi'ch
dau yn y cwch anobeithiol. Cewch chi fynd yn gyntaf,
hyd yn oed.'

Dwi'n troi i wynebu Jake. 'Does dim regata heddiw,'
meddaf. 'Mae storm ar y ffordd.'

Mae Jake yn taflu ei ben yn ôl ac yn chwerthin.
'Dwi ddim yn ofni storm!'

Dwi'n troi i ffwrdd. Does dim pwynt dadlau rhagor.

Mae Jake yn camu'n fras. 'Dere, Ethan. Wyt ti'n ffansïo
hwylio o gwmpas Craig yr Wylan?'

Gwyliaf nhw'n diflannu rownd cornel y tŷ ar ben y stryd.

'Fydden nhw ddim yn ei wneud e,' meddaf. 'Fydden
nhw?'

Dolffin Gwyn

Wrth i ni gyrraedd yr harbwr, mae diferion mawr o law yn disgyn o'r awyr ac yn taro'r palmant. Mae smotiau llwyd tywyll dros y sment golau. Teimlaf y diferion trwm yn glanio yn fy ngwallt ac ar fy nillad. Mae'r awyr bron yn ddu, a'r tu hwnt i'r harbwr mae ymchwydd y môr yn donnau mawr gwyrdd. Does dim cesig gwynion allan yno eto, dim ond tonnau'n codi a disgyn.

'Dwi ddim yn credu'r peth.' Pwyntiaf i lawr at y pontŵn. Mae Jake ac Ethan yn y *Moana*. Maen nhw wedi tynnu'r tarpolin oddi ar y bŵm ac yn codi'r hwyl i fyny'r hwylbren.

'Dy'n nhw ddim yn gall,' medd Felix.

'Byddai Dougie Evans yn cael haint tasai'n gwybod bod Jake am fynd allan i'r môr,' meddaf. 'Dere, mae'n rhaid i ni eu rhwystro nhw. Nid dim ond er eu lles nhw, ond er mwyn *Moana* hefyd. Fe fydd hi'n cael ei chwalu'n deilchion os hwylian nhw.'

Dringaf i lawr yr ysgol wrth i Daisy ddilyn Felix i lawr y ramp. Erbyn i mi gyrraedd y *Moana*, mae Jake ac Ethan wedi codi'r hwyl fawr a'r jib. Dy'n nhw ddim hyd yn oed wedi riffio'r hwyliau. Mae chwa o wynt yn cydio yn yr hwyl ac yn gwneud i'r bŵm symud allan uwchben y dŵr.

'Paid â bod yn dwp, Jake,' gwaeddaf.

Ond dim ond chwerthin mae Jake a dal ei law allan i deimlo'r gwynt gan ddweud, 'Awel yr haf, dyna i gyd.'

Ond mae rhywbeth mwy nag ymffrostio yn llygaid Jake. Mae ofn hefyd, fel petai wedi mynd yn rhy bell a'i fod yn methu dod o hyd i'r ffordd yn ôl.

Tynnaf y *Moana* yn nes ac mae ei chlustogau'n taro yn erbyn y pontŵn.

'Paid, Jake,' meddaf. 'Mae dy dad wedi colli Aaron. Dydy e ddim isie dy golli di hefyd.'

Dim ond syllu arna i mae Jake. Mae diferion trwm o law yn disgyn o'r awyr ac yn gwneud tyllau ar wyneb y dŵr. Mae'r diferion yn cwympo'n gynt, yn fawr ac yn drwm, a chyn hir mae sgrin o law rhyngon ni. Alla i ddim gweld ei wyneb rhagor. Mae'n tynnu'r *Moana*'n rhydd ac yn defnyddio padl i'w gwthio i ffwrdd. Ethan sydd wrth y llyw. Mae'r *Moana*'n llithro dros y dŵr ac yn taro i mewn i long fach sydd wedi'i hangori wrth y pontŵn arall. Mae Jake yn gwthio i ffwrdd eto, a'r tro hwn mae Ethan yn anelu blaen y *Moana* tua phorth yr harbwr. Mae hi'n crafu yn erbyn wal yr harbwr a dwi'n clywed sŵn rhwygo. Mae Jake yn edrych yn ôl unwaith cyn i'r *Moana* lithro allan o'r harbwr, a blaen ei mast yn y golwg uwchben wal yr harbwr. A dim ond nawr dwi'n sylweddoli hefyd nad oes siacedi achub gan Jake nac Ethan.

'Mae'n rhaid i ni eu rhwystro nhw,' meddaf. Edrychaf o gwmpas yr harbwr, ond mae'r waliau'n wag. Mae'r glaw wedi gyrru pawb oddi yno.

'Fe awn ni â 'nghwch i,' medd Felix. Mae'n pwyso i lawr ac yn dechrau datod y gorchudd.

Dolffin Gwyn

'Peidiwch â mynd,' medd Daisy.

Edrychaf arni. Mae hi'n rhewi ac yn wlyb at ei chroen. Penliniaf wrth ei hymyl a chydio yn ei dwylo. 'Bydd yn ddewr, Daisy. Cer i nôl Dad. Mae e yn nhafarn y Merry Mermaid. Dwed wrtho fe beth sydd wedi digwydd. Dwed wrtho fe am ffonio gwylwyr y glannau.'

'Plis, paid â mynd, Cara,' ymbilia. Mae ei llygaid yn fawr ac yn llawn dagrau.

'Mae'n rhaid i mi,' meddaf.

'Fe fyddi di'n diflannu. Ddoi di ddim 'nôl.'

Rhof fy mreichiau amdani a meddwl tybed ai dyma sut roedd Mam yn teimlo pan adawodd hi. 'Fe fydda i'n ofalus,' meddaf. 'Ddo i 'nôl, dwi'n addo.'

Mae Daisy'n troi oddi wrtha i. 'Dwi'n dod gyda chi.'

'Chei di ddim, Daisy,' plediaf. 'Mae'n rhy beryglus i ti.'

Mae Felix yn edrych i fyny ac yn dweud, 'Daisy, mae'n rhaid i rywun alw gwylwyr y glannau. Efallai bydd angen help arnon ni allan fan'na.'

Mae Daisy'n edrych arno a gwelaf ei gwefus isa'n crynu.

'Mae angen tylwythen deg arna i nawr, Daisy,' medd Felix. 'Efallai mai hi fydd yr un i'n hachub ni.'

Mae gwên fach yn dod dros wyneb Daisy. Mae hi'n nodio ac yn sychu'r dagrau o'i hwyneb. 'Fe a' i.'

Gwyliaf hi'n rhedeg ar hyd y pontŵn. Ddylwn i ddim gadael iddi fynd o 'ngolwg i, dwi'n gwybod. Beth petai hi'n syrthio i'r dŵr neu'n cael ei tharo i lawr wrth groesi'r ffordd? Ceisiaf wthio'r meddyliau hynny o 'mhen a helpu Felix i mewn i'w gwch.

Mae Felix yn dechrau codi'r hwyl fawr. 'Gwisga siaced achub,' gwaedda. 'Mae dwy 'da fi fan hyn.'

'Aros eiliad,' gwaeddaf. Rhedaf ar hyd y pontŵn, dringo i mewn i un o'r cychod pleser a chodi clawr un o'r meinciau. Tynnaf ddwy siaced achub arall allan, un i Jake ac un i Ethan, a rhedeg yn ôl at Felix. Mae'n rhaid i ni eu rhwystro nhw cyn iddyn nhw fynd y tu hwnt i ddiogelwch y penrhyn. Efallai y gallwn ni wneud iddyn nhw droi'n ôl. Gwisgaf fy siaced achub, dringo i mewn a helpu Felix i wisgo'i siaced yntau.

'I ffwrdd â ni,' gwaedda Felix.

Dwi'n datod y rhaff ac yn gwthio'r cwch i ffwrdd. Mae Felix yn ein llywio drwy'r bwlch cul rhwng waliau'r harbwr, allan i'r môr agored, ac allan i ymchwydd llwydwyrdd y cefnfor.

PENNOD 35

Mae'r tonnau'n rholio ac yn taro'n drwm yn erbyn waliau'r harbwr. Gallaf deimlo grym y tonnau wrth iddyn nhw daro corff y cwch. Mae tipyn o bellter rhyngon ni a Jake ac Ethan. Mae hwyliau'r *Moana*'n llawn ac mae hi'n pwyso'n drwm dros y dŵr.

Mae Felix wedi rhoi rîff yn ein hwyliau ni, ond mae hi'n gogwyddo a dwi'n eistedd allan er mwyn ei chydbwyso. Dwi'n falch bod bwrdd canol hir yng nghwch Felix a dwi'n gwybod bod llai o siawns y byddwn ni'n troi wyneb i waered. Edrychaf tuag at Felix, ond mae ei wyneb yn gwlwm tyn wrth iddo ganolbwyntio. Mae llen drom o law dros y penrhyn. Mae Craig yr Wylan allan yn y môr yn llwyd golau yn erbyn awyr dywyllach. Y tu hwnt i'r penrhyn mae cesig gwynion yn britho'r dŵr. Mae cerrynt a gwyntoedd cryfion allan yna. Nid dyna'r lle i unrhyw gwch bach a dwi'n meddwl tybed faint o amser fydd y cwch achub yn ei gymryd i gyrraedd yno.

'Mae'n rhaid i ni roi rîff arall i mewn,' gwaedda Felix, 'cyn i ni daro'r tonnau 'na.'

Mae'n troi i mewn i'r gwynt a gwasgaf fy hunan yn erbyn yr hwylbren a riffio'r hwyl fawr, gan ledu fy nhraed i gydbwyso yn erbyn yr ymchwydd mawr. Dwi'n gwybod bod Felix yn iawn. Fe fyddwn ni'n arafach ond allwn ni ddim mentro gyda hwyl sy'n rhy fawr.

Eisteddaf yn y sedd ganol y tu ôl i Felix wrth iddo riffio'r hwyl. Mae'r gwynt yn gryfach, a'r ymchwydd yn mynd yn fwy drwy'r amser.

Ry'n ni'n palu i mewn i'r tonnau sy'n torri'r tu hwnt i'r penrhyn. Mae'r don gyntaf yn torri dros y cwch a dwi'n anadlu i mewn yn sydyn wrth i'r dŵr lifo dros fy nghoesau ac o gwmpas fy nghanol. Does dim siwtiau dŵr na dillad cynnes 'da ni. Yn sydyn, teimlaf ein bod ni wedi gwneud peth ffôl yn dilyn Jake allan fan hyn. Dwi'n troi i edrych yn ôl, ond mae'r tir o'r golwg y tu ôl i len o law. O'n blaenau, mae'r *Moana*'n hercian drwy'r tonnau. Gwelaf hi'n troi ac yn trosi ac yn cael ei bwrw'n ôl ac i'r ochr wrth i'r tonnau wneud iddi wyro oddi ar ei chwrs. Ry'n ni'n dal i fyny â hi, er bod ein hwyliau'n llai.

Mae Jake ac Ethan mewn trafferth. Mae hwyl y jib yn hedfan yn rhydd a gwelaf fod Ethan yn rhoi ei bwysau i gyd ar y llyw. Mae blaen y *Moana*'n mynd yn is yn y dŵr wrth iddi fynd heibio Craig yr Wylan. Bydd yn rhaid iddyn nhw ei throi hi i fynd o amgylch ochr bella'r graig.

Dolffin Gwyn

Gobeithio eu bod nhw'n gwybod bod isie hwylio ymhell
y tu hwnt i Graig yr Wylan cyn troi. Os byddan nhw'n
ceisio troi'n rhy fuan, bydd y gwynt a'r tonnau'n eu
gwthio nhw'n rhy agos i'r creigiau.

Efallai eu bod nhw ofni mynd allan yn rhy bell i'r môr,
neu efallai eu bod nhw'n troi'n lletchwith, ond mae
Ethan yn tynnu'r *Moana* ar draws y gwynt ac ry'n ni'n ei
gweld hi'n troi'n sydyn o gwmpas y graig. Mae Jake yn
pwyso ymhell allan dros ochr y *Moana*, a rhaff y brif
hwyl yn ei ddwylo. Does dim amser i weiddi ar Jake.
Mae'r gwynt yn llenwi'r ochr arall i'r hwyl ac yn ei
gwthio ar draws y cwch. Mae'r bŵm yn symud, yn ysgubo
drwy'r awyr, a dwi'n gwybod nad oes gobaith caneri
gan Jake. Mae ei ben yn hedfan am yn ôl wrth iddo
gael ei daflu'n uchel dros y dŵr, a'i freichiau'n ffustio
uwchben y tonnau ewynnog cyn iddo ddiflannu o dan
y tonnau.

'Jake,' sgrechiaf.

Mae Felix wedi gweld hyn yn digwydd hefyd.
Mae'n hwylio tuag at y *Moana*, gan gadw'n agos at y
clogwyni. Mae'r môr yn un llanast gwyn. Mae ewyn y
tonnau sy'n disgyn yn ffrwydro fel glaw trwm arnon ni.
Wrth i'r tonnau daro gwaelod y clogwyn, mae dŵr
gwyrdd ewynnog a thonnau gwyn fel eira yn dod tuag
aton ni. Mae'r cwch yn ysgwyd o'r naill ochr i'r llall,
a'i hwyliau bron â tharo'r dŵr.

Gwthiaf wallt gwlyb o'm llygaid i chwilio am Jake. Cydiaf yn y mast a chodi ar fy mhengliniau i gael gwell golwg. 'Mae e wedi mynd,' gwaeddaf. 'Wedi mynd.'

'Mae'n rhaid i ni symud,' gwaedda Felix.

Ry'n ni'n rhy agos at Graig yr Wylan. Os bydd y bwrdd canol hir yn torri odanon ni, fydd dim gobaith i ni. Pwysaf allan i gydbwyso'r cwch wrth i Felix lywio tuag at Ethan a'r *Moana*. Edrychaf yn ôl unwaith eto tuag at Graig yr Wylan. Dwi isie deffro o'r hunllef hon. Alla i ddim credu bod Jake wedi mynd.

Yna gwelaf ei ben a'i freichiau'n tasgu uwchben y dŵr. Mae ton arall yn ysgubo drosto ac mae Jake yn diflannu eto.

'Mae e fan'na,' bloeddiaf. Mae'r tonnau'n codi'n gribau, ac yn torri draw wrth y creigiau. Mae pen Jake yn codi uwchben y dŵr. Mae'n ceisio crafangu'r aer ond mae'n suddo o dan y dŵr eto.

'Dwi'n ei weld e,' gwaedda Felix.

Mae'n troi'r cwch tuag at Jake. Mae ewyn y tonnau'n hedfan i bobman. Ry'n ni'n mynd i lawr ar don i'r ffos ddofn ac yn codi eto. Edrychaf i'r dŵr a gweld Jake odanon ni unwaith eto, ei grys yn hofran o'i gwmpas a'i freichiau ar led fel petai'n hedfan o dan y dŵr.

Mae'n codi tuag aton ni drwy'r dŵr. Estynnaf a chydio yng nghrys Jake wrth i don ei gario i fyny ac ry'n ni'n disgyn yn un swp o freichiau a choesau y tu mewn i'r cwch. Am un eiliad fer, dwi'n meddwl i mi weld fflach o wyn o dan y tonnau, rhywbeth o dan Jake yn ei wthio i fyny tua'r awyr. Edrychaf eto, ond dim ond chwyrlïo gwyn y môr sydd i'w weld.

'Dere i ni fynd o 'ma,' bloeddia Felix.

Mae Ethan yn cydio'n dynn yn hwylbren y *Moana* wrth i don rolio drosti. Mae'r awyr yn ddu gan gymylau. Does dim gorwel i'w weld. Mae'r môr a'r awyr yn un. Mae Felix yn llywio'r cwch at ochr y *Moana* sy'n wynebu'r môr. Helpaf Jake i wisgo siaced achub. Mae'n bwysau marw. Mae gwaed yn arllwys drwy ei wallt ac i lawr ei dalcen. Dwi'n cydio yn y siaced achub arall ac yn dringo drosodd, i fynd at Ethan yn y *Moana*.

'Cer 'nôl i'r lan,' gwaeddaf ar Felix. 'Cer â Jake 'nôl. Fe ddo i ag Ethan yn y *Moana*.'

Mae ton arall yn ein codi ac yn gwneud i'r ddau gwch grensian yn erbyn ei gilydd. Dwi'n gwthio cwch Felix draw.

'Cer,' gwaeddaf.

Mae Felix yn gwthio ffon reoli ganol ei gwch ac yn hwylio oddi yno, gan fynd gyda'r gwynt tua'r harbwr. Mae chwa o wynt yn taro fy nghefn ac yn ysgubo tua'r môr. Gwyliaf Felix a Jake yn toddi i'r llen o law aneglur.

Teimlaf yn sâl ac yn drwm y tu mewn. Efallai na wela i nhw fyth eto.

PENNOD 36

'Cara!'

Mae Ethan yn baglu draw tuag ataf ac yn cydio yn fy mraich. Mae ei wyneb yn welw. Mae ei gorff i gyd yn ysgwyd. Mae'n gwisgo'i siaced achub ac yn ymbalfalu â'r strapiau.

Mae'r *Moana*'n codi a disgyn dros y tonnau. Mae'n gollwng dŵr, ac yn gogwyddo yn y dŵr. Mae ton arall yn arllwys i mewn i'r cwch ac mae Ethan a minnau'n llithro ac yn taro yn erbyn ein gilydd wrth i ewyn y môr chwyrlïo o'n cwmpas.

Mae fy meddwl yn wyn gan ofn. Mae'n rhaid i mi feddwl. Dwi'n ceisio meddwl.

Mae pentwr o raffau a hwyliau rhydd ar y dec blaen ac yn y dŵr. Dwi'n gweld nawr pam mae'r *Moana*'n gogwyddo yn y dŵr. Mae Jake ac Ethan wedi agor yr hwyl drisgwar ac mae o dan y cwch, fel parasiwt tanddwr, yn ein tynnu tuag at y creigiau.

Dolffin Gwyn

'Helpa fi gyda hon,' bloeddiaf. Ond dydy Ethan ddim
yn symud. Mae'n sefyll fel delw, yn cydio yn yr hwylbren,
fel petai'n dal y cwch yn sownd yn y môr. Dwi'n tynnu ac
yn tynnu ar y rhaff, ond mae'r hwyl yn drwm, a'r dŵr yn
pwyso arni. Mae'r tonnau'n torri fel taranau yn yr ogofâu
yn y clogwyni.

'Ethan,' gwaeddaf. 'Y gyllell. Yn y locer.'

Mae Ethan yn baglu ymlaen, ac yn tynnu pethau o'r
locer. Mae'n dod o hyd i'r gyllell â llafn byr yn y bocs tŵls
ac yn estyn allan tuag ataf. Cydiaf yn y gyllell a llifio ar
draws yr hwyl drisgwar. Mae'n torri'n rhydd ac mae'r hwyl
yn hedfan i ffwrdd, fel slefren fôr enfawr yn dianc yn ôl
i'r môr.

Mae'r tonnau'n fynyddoedd â chopaon o eira nawr, yn
gadwyni mawr sy'n symud, gan godi'n uwch ac yn uwch.
Mae'r gwynt yn sgrechian ac mae'r ewyn yn hedfan drwy'r
awyr. Ry'n ni'n cael ein gwthio tuag at y tonnau sy'n torri.
Hwylio oddi yma ydy'r unig obaith sydd gennym. Tynnaf
ar y brif hwyl a llithro'n ôl at y lliw, gan dynnu Ethan
gyda mi.

'Aros fan hyn 'da fi,' gwaeddaf.

Mae'r hwyl yn llenwi â'r gwynt, yn tynnu'n dynn a
theimlaf y *Moana* yn neidio ymlaen.

'CARA!' gwaedda Ethan.

Edrychaf heibio iddo ar wal o ddŵr gwyrdd tywyll, sy'n
codi'n uchel. Ton wahanol, sy'n codi'n uwch na'r lleill i gyd.

Mae popeth yn arafu.

Mae'r *Moana*'n palu i mewn i'r don. Mae hi'n codi
ar hyd ochr serth y don. Ond mae'r don yn newid.
Mae ymyl o ewyn ar ei brig. Mae'r *Moana*'n brwydro yn
ei blaen, ond mae'r don yn troi tuag i mewn ac yn
dechrau torri. All y *Moana* ddim mynd drosti nawr.
Mae blaen y cwch yn troi yn yr awyr ac mae'r don yn
cyrlio droson ni, yn ein plygu mewn blanced werdd.
Mae'r eiliad hon wedi'i rhewi yn fy meddwl. Y *Moana*,
ar ei hochr, a mil o dunelli o ddŵr droston ni, ar fin ein
gwasgu i lawr.

Cydiaf yn Ethan a'i dynnu o dan un o'r seddau.
Mae'r *Moana*'n rholio ac mae popeth yn mynd yn dywyll.
Mae dŵr y môr yn rhuthro i mewn ac yn llenwi'r gwagle
lle ry'n ni'n gorwedd. Mae'r dŵr yn taranu o'n cwmpas,
ac uwch rhuo'r gwynt a'r tonnau mae sŵn crac, fel ergyd
dryll. Gallaf ei deimlo'n hollti'r dŵr.

Mae'r *Moana*'n troelli'n ôl i fyny, ac mae Ethan a
minnau'n ffrwydro i'r wyneb i gael aer. Mae hwylbren y
Moana i lawr, wedi'i rwygo gan greigiau o dan y dŵr.
Mae'n edrych fel ffon wedi torri. Ond mae rhaffau'r
hwyliau yn dal i fod yn sownd ac yn angori'r *Moana* wrth
y graig. Mae'r môr yn berwi o'n cwmpas. Mae corff y
Moana yn ein gwarchod rhag grym llawn y tonnau.
Ond mae pob ton yn taro yn ei herbyn ac yn ei
gwthio tua'r clogwyn. Teimlaf y cilbren yn crafu ar y
creigiau odanom.

Dolffin Gwyn

'Y fflachiadau,' gwaeddaf. 'Mae fflach yn y locer blaen.'

Baglaf ymlaen ac estyn i mewn i'r locer. Tynnaf y fflach yn rhydd o'r clipiau a cheisio darllen y cyfarwyddiadau ond mae'r *Moana* yn siglo'n ôl a blaen yn y môr berwedig. Mae'r fflach yn wlyb domen. Gobeithio y bydd yn gweithio. Dwi ddim wedi gorfod defnyddio un o'r blaen. Mae ton arall yn tasgu dros y *Moana*, a syrthiaf yn ôl yn erbyn y sedd galed. Tynnaf y tag a dal y fflach tua'r awyr. I ddechrau does dim yn digwydd, ond yna mae ffrwydrad o olau'n dod o'r fflach. Gwyliaf hi'n troelli tuag i fyny, ac yn aros uwch ein pennau, fel llusern coch llachar yn llosgi yn yr awyr dywyll.

Mae ton arall yn ein gwasgu yn erbyn y creigiau. Mae un o'r darnau metel oedd yn dal yr hwylbren yn dod yn rhydd o'r pren ac yn hedfan heibio'n agos at ben Ethan.

'I lawr,' gwaeddaf.

Mae Ethan yn baglu tuag ata i ac ry'n ni'n plygu'n isel o dan y seddau. Mae sŵn pren yn hollti a metel yn torri yn rhwygo drwy'r gwynt sy'n sgrechian. Teimlaf y corff yn crafu yn erbyn y graig odanom a dwi'n gwybod bod cilbren y *Moana*'n cael ei rwygo i ffwrdd. Dyna'r cyfan sy'n ein cadw rhag cael ein taflu yn erbyn y clogwyni.

Mae Ethan a minnau'n gwthio ymhellach o dan y sedd wrth i don ar ôl ton daro yn ein herbyn. Allwn ni ddim gwneud dim, na mynd i unman. Mae Ethan yn cydio yn fy llaw a dwi'n dal ei law yntau'n dynn. Mae'r tonnau'n taro ac yn taro ac yn taro yn erbyn y *Moana*, ac alla i ddim dweud ai'r tonnau sy'n taro, neu fy nghalon sy'n dyrnu.

Ond mae sŵn arall i'w glywed yn curo hefyd, fry uwchben y tonnau. Mae pelydryn o olau'n disgleirio ac yn goleuo'r cwch.

'HOFRENYDD!' gwaedda Ethan.

Ry'n ni'n sgrialu allan ac yn chwifio ein breichiau. Mae'r pelydryn yn aros arnon ni, ac uwch ein pennau mae hofrenydd yn ysgwyd yn ôl a blaen yn y corwynt.

'Ry'n ni'n rhy agos at y clogwyn,' gwaedda Ethan.

Mae dyn yn disgyn tuag atom, yn siâp tywyll yn erbyn y golau. Mae'n disgyn ar weiren, a'i draed yn gwibio uwch ein pennau. Plygaf i lawr, ond mae Ethan yn cydio yn esgidiau'r dyn. Mae hwnnw'n siglo'n ôl a blaen cyn disgyn i mewn i'r cwch. Mae'n rhoi harnais am Ethan ac yn cydio yndda i wrth i don dorri droson ni. Ry'n ni'n swingio dros yr ochr i'r môr ewynnog. Mae dŵr yn rhuthro i 'ngheg a 'nhrwyn i. Mae'r weiren yn tynhau a dwi'n teimlo'r aer yn ysgafn wrth i'r don fynd heibio ac i ninnau godi uwchben y dŵr. Mae'r gwynt yn cydio ynom ac yn ein troelli rownd a rownd wrth i ni godi i'r awyr. Edrychaf i lawr a gweld y *Moana* ymhell odanom.

Dwi isie ei chodi hi gyda ni hefyd, mynd â hi oddi yma. Ond wrth i mi wylio, mae ton yn plygu drosti, yn ei chodi ac yn ffrwydro yn erbyn y graig. Yn y caleidosgop o fôr ac ewyn, y cyfan sydd ar ôl ydy metel wedi'i blygu bob siâp a darnau mân o bren sy'n hedfan i bobman.

PENNOD 37

'Y'ch chi wedi dod o hyd i'r lleill?' gwaeddaf.
Mae dyn y winsh yn ceisio fy nghael i orwedd ar
stretsier, ond dwi'n codi ar fy eistedd eto. 'Y'ch chi wedi'u
hachub nhw? Y'ch chi wedi gweld Felix a Jake? Aethon
nhw yn y cwch arall.'

Mae e'n siarad i feicroffon ei glustffonau ac yn eu dal
yn dynn wrth ei ben er mwyn gallu clywed.

'I ble roedden nhw'n mynd?'

'I'r harbwr,' gwaeddaf. Teimlaf ofn yn codi yn fy
stumog, oherwydd byddai e wedi dweud petaen nhw wedi
dod o hyd iddyn nhw.

Mae'n siarad eto i mewn i'w feicroffon ac yna mae'r
hofrenydd yn newid cyfeiriad, gan droi wysg ei ochr.

'Awn ni â chi i'r dre a chael ambiwlans i'r ddau
ohonoch chi. Yna awn ni 'nôl i chwilio am eich
ffrindiau,' gwaedda.

Dwi wedi colli'r *Moana*, ond dydy hynny'n ddim o'i gymharu â cholli Felix a hyd yn oed Jake. Dydy Ethan ddim yn dweud dim. Mae'n gorwedd o dan flancedi ar y stretsier, a'i lygaid wedi'u cau'n dynn. Lapiaf fy mlanced o 'nghwmpas ac edrych y tu hwnt i'r drws agored ar y môr islaw. Mae'n ymchwyddo'n donnau llwydwyrdd. Dwi isie gweld hwyliau gwyn cwch Felix yn mynd dros y tonnau islaw. Ond mae glaw yn ysgubo ar draws yr awyr ac ry'n ni'n cael ein lapio mewn clogyn o gwmwl, ac mae'n amhosib gweld unrhyw beth o gwbl yno.

Mae fy nghlustiau'n popian wrth i ni ddod i lawr ar y cae chwarae y tu allan i'r dre. Mae'r awyr yn ddu. Mae goleuadau'r stryd yn disgleirio'n oren pŵl, ac mae goleuadau ar y ceir, er nad ydy hi'n hwyr eto. Mae golau glas ambiwlans yn fflachio ar hyd y ffordd uchaf, yn dod tuag atom. Mae dyn y winsh yn ein helpu allan, gan ein harwain o dan lafnau'r hofrenydd sy'n dal i droi at y ceir sydd wedi'u parcio ar yr heol.

Gwelaf Dad yn rhedeg drwy'r glaw.

'Cara!' Mae e'n rhoi ei freichiau amdanaf ac yn fy nhynnu ato. Teimlaf ei anadl gynnes yn fy ngwallt. Mae'n fy nhynnu'n dynn ato. Mae ei gorff yn ysgwyd i gyd a phan godaf fy mhen i edrych arno, mae dagrau dros ei wyneb.

'Cara!'

Mae llaw yn cydio yn f'ysgwydd a dwi'n troi i weld mam Felix.

Dolffin Gwyn

'Ble mae Felix?' Mae ei gwallt yn glynu wrth ei hwyneb ac mae ei masgara wedi rhedeg yn llinellau hir du.

Mae tad Felix a Dougie Evans yno hefyd.

Mae Dougie Evans yn mynd i'w gwrcwd wrth fy ymyl. Mae ei lygaid yn wyllt gan ofn. 'Ble mae fy mab, Cara? Ble mae fy mab?'

Y tro diwetha weles i Jake, roedd e'n gorwedd ar ddec y cwch, yn peswch heli o'i ysgyfaint.

'Maen nhw yng nghwch Felix,' meddaf, 'ar eu ffordd i'r harbwr.'

Mae mellt yn fflachio drwy'r awyr. Mae mam Felix yn cydio yn fy mraich.

'Gallen nhw fod 'nôl nawr,' meddaf. Mae'n syniad gwyllt, amhosib, ond efallai y gallen nhw. Efallai fod Felix wedi llwyddo i'w cael nhw'n ôl yn ddiogel. 'Beth am fynd yno?' awgrymaf.

Maen nhw fel petaen nhw wedi cael eu deffro o drwmgwsg.

'Dewch,' medda tad Felix, 'yn fy nghar i.'

Mae Dad yn fy lapio yn ei gôt. 'Mae angen doctor arnat ti, Cara.'

'Dwi'n iawn,' meddaf. Tynnaf oddi wrtho a dechrau rhedeg ar ôl mam a thad Felix. Mae pawb yn pentyrru i mewn i'r car, Dad, Dougie Evans a minnau ar hyd y sedd gefn.

Mae tad Felix yn stopio ar y palmant wrth yr harbwr ac ry'n ni'n rhuthro allan ac yn rhedeg i ymyl yr harbwr.

Mae'r baneri uwchben y siop offer môr yn curo'n wyllt ac mae rhaffau hwylbrenni'r cychod hwylio'n atseinio yn y gwynt mawr. Edrychaf dros yr harbwr. Mae'r cychod pysgota i gyd i mewn, yn rhes yn yr angorfeydd dwfn. Mae'r cychod hwylio a'r cychod modur yn sownd yn erbyn y pontŵn. Gwelaf y bwlch lle roedd y *Moana*'n arfer bod, ac mae'n fy nharo eto ei bod hi wedi mynd. Wela i mohoni hi eto.

Ond does dim cwch yn yr harbwr, dim sôn am Felix na Jake.

Mae pluen o ewyn yn codi uwchben y wal ac yn gwasgaru dros rywun sy'n edrych allan i'r môr. Mae ei chlogyn du a'i gwallt hir yn hedfan yn y gwynt. Dringaf i fyny ar y silff garreg uwch nesaf at Miss Penluna. Mae hi'n estyn am fy llaw, ond yn cadw ei llygaid ar y môr.

Mae mam a thad Felix a Dougie Evans yn dod aton ni, gan bwyso ar y wal wenithfaen a syllu allan i'r tonnau. Mae mellt yn fflachio ac mae clec taran yn rhwygo'r awyr. Mae'r llanw'n uchel, wedi'i wthio ymhellach gan y gwynt a'r tonnau. Ar hyd y wal, mae rhes o bobol yn gwylio'r storm. Mae'r math yma o rym yn denu pobol i weld beth all e ei wneud. Mae tonnau enfawr yn cyrlio ac yn croesi dros ei gilydd. Mae ewyn yn tasgu ac yn hedfan heibio.

Mae'r hofrenydd yn clecian uwch ein pennau.

'Fe ddôn nhw o hyd iddyn nhw,' gwaedda Dad.

Ond dwi'n meddwl tybed sut, achos mae'n amhosib gweld dim drwy'r curlaw.

Dolffin Gwyn

Mae'r tonnau'n rholio i mewn, un ar ôl y llall, yn fynyddoedd enfawr o ddŵr sy'n symud, a'r ewyn yn hedfan oddi ar eu brig fel eira'n cael ei chwythu gan y gwynt. Dwi'n amheus a fyddai'r *Moana* wedi gallu hwylio yn y tywydd yma.

Mae Dougie yn sefyll ar ben y wal. 'FY MAB!' gwaedda. Ond mae'r corwynt yn taflu'r geiriau'n ôl yn ei wyneb. 'BLE MAE FY MAB?'

Mae'n rhedeg ei ddwylo dros ei ben. Mae ei lygaid yn goch ac yn wyllt. Mae'n cydio ym mraich Dad. 'Dwi wedi'u colli nhw, Jim. Dwi wedi colli fy nau fab.'

Mae Dad yn rhoi ei fraich amdano. 'Dere. Gad i ni fynd 'nôl ac aros am newyddion.'

Trof i edrych ar Miss Penluna. Mae hi'n sefyll fel delw, yn edrych allan i'r môr.

Mae Dougie Evans yn ei throi i'w hwynebu. 'Dwi isie iddo fe ddod 'nôl.'

Mae Miss Penluna yn syllu i mewn i'w lygaid.

'Fe yw'r unig beth sydd ar ôl,' llefa Dougie Evans.

Mae Miss Penluna'n tynnu ei siôl amdani. 'I beth mae e'n dod 'nôl, Dougie? Pa fyd wyt ti'n ei adael iddo fe?'

Mae Dougie Evans yn chwilio'i hwyneb a chlywaf eiriau Miss Penluna er gwaethaf y gwynt a'r môr. 'Mae e gyda'r angylion nawr.'

Mae penliniau Dougie yn gwegian ac mae'n syrthio i'r llawr.

Mae ton yn taro yn erbyn y wal, gan ein gwlychu â dŵr rhewllyd.

'Dere,' medd Dad. Mae'n tynnu fy mraich.

Edrychaf yn ôl i mewn i'r storm unwaith eto.

Ac mae'n teimlo fel petai fy nghalon wedi colli curiad, oherwydd fe weles rywbeth, allan fan'na, dwi'n siŵr i mi wneud.

Syllaf yn fanwl ar len lwyd y glaw.

Dyna hi eto.

Hwyl.

Hwylbren a hwyl yn codi'r tu ôl i don, ac yna gwelaf gorff gwyn cwch Felix yn codi i'r golwg.

'DWI'N EU GWELD NHW!' gwaeddaf.

Mae mam a thad Felix yn dringo i fyny ataf ac mae Dougie Evans yn codi ar ei draed.

Mae Dougie'n cydio yn fy ysgwydd. 'Ble?'

'Fan'na!' Edrychaf, ond mae'r cwch wedi diflannu'r tu ôl i wal o donnau.

Mae'n codi eto.

'Nhw sy 'na,' gwaedda tad Felix, 'nhw sy 'na.'

Mae'r cwch mor fach yn erbyn y tonnau. Gwelaf Felix yn ei sedd a Jake yn ei blyg yn y sedd y tu ôl iddo.

Maen nhw'n mynd gyda'r gwynt. Mae ar eu cefnau, yn eu gyrru tuag atom. Maen nhw'n gynt na'r tonnau, yn mynd heibio iddyn nhw. Mae blaen y cwch ymhell allan o'r dŵr, ac maen nhw'n sgimio ar hyd yr wyneb.

Dolffin Gwyn

Maen nhw'n plymio i lawr ac yn dringo ton arall. Ond yn nes i mewn, mae'r tonnau'n torri, yn taro wal yr harbwr. Mae'r hofrenydd yn clecian drwy'r glaw uwch eu pennau. Ond all Felix ddim stopio nawr na throi i mewn i'r gwynt. Dim ond un dewis sydd yna ac mae'n edrych fel petai Felix wedi penderfynu heb feddwl ddwywaith. Mae'n mynd tuag at y bwlch cul rhwng waliau'r harbwr. Mae'n ymddangos yn amhosib iddo anelu'n gywir yn y môr gwyllt.

Edrychaf ar Dad ond mae ei lygaid wedi'u hoelio ar Felix. Y tu hwnt i Dad, mae'r dyrfa ar hyd wal yr harbwr yn stond, yn gwylio. Does dim byd y gall neb ei wneud.

Mae ton enfawr yn cuddio'r cwch eto. Mae e'n dringo i fyny, ond mae'r don yn newid, yn dechrau cyrlio. Dwi isie iddyn nhw golli'r don hon, a gadael iddi dorri hebddyn nhw. Ond maen nhw wedi mynd yn rhy bell ac maen nhw'n llithro i lawr y don wrth iddi dorri, yn gynt ac yn gynt, gan syrffio gyda hi, a wal gyrliog o ddŵr yn eu gwthio i mewn. Yn rhy gyflym, meddyliaf, fyddan nhw ddim yn medru mynd drwy'r bwlch cul. Mae'r don yn eu gwthio wysg eu hochr ar hyd y llinell o donnau sy'n torri. Mae Felix yn taflu ei bwysau ar ochr y cwch. Mae blaen y cwch yn ysgwyd wrth i'r don dorri. Gwelaf yr hwylbren yn mynd i lawr, ac mae'r cwch i gyd yn diflannu yn ewyn gwyn y tonnau.

Mae'r don yn ffrwydro yn erbyn y wal a dwi'n edrych i ffwrdd. Dwi ddim isie eu gweld nhw'n cael eu malu yn erbyn y blociau gwenithfaen. Mae wal ewynnog o donnau'n ymwthio rhwng waliau'r harbwr mewn tawelwch rhyfedd. Mae'n ymddangos fel petai'r harbwr i gyd wedi dal ei anadl. Cydiaf yn Dad a gwasgu fy mhen i mewn i'w frest. Ond mae Dad yn fy ngwthio i ffwrdd.

'Cara, edrych!'

Edrychaf i lawr i'r harbwr. Mae'r cwch yn saethu drwy'r wal ewynnog o donnau. Mae ei hwyliau wedi rhwygo ac mae'r hwylbren yn llanast o fetel sydd wedi plygu. Mae'r cwch yn gwibio ymlaen ac yna'n dod i stop, gan siglo'n dawel yn y dŵr cysgodol. Mae dau berson y tu mewn iddo, yn hollol lonydd.

'FELIX!' gwaeddaf.

Mae Felix yn pwyso'n ôl yn ei sedd ac yn edrych i fyny arna i. Mae'n codi ei fawd, ac yn gwenu. A'r tro hwn, ton o weiddi hwrê sy'n ffrwydro ar hyd waliau'r harbwr.

PENNOD 38

Dwi'n agor fy llygaid. Drwy'r ffenest, mae'r awyr yn llachar, yn las llachar. Mae awel ysgafn yn codi gwaelod y llenni gan ddod ag arogl heli'r môr i mewn.

'Ti wedi bod yn cysgu ers oesoedd, Cara.'

Dwi'n troi fy mhen. Mae Daisy'n eistedd a'i choesau wedi'u croesi ar fy ngwely, yn fy ngwylio. Mae fy ngwddf yn boenus ac mae fy nghorff yn teimlo'n drwm. Mae'r atgofion am y diwrnod cynt yn golchi drosta i.

'Faint o'r gloch ydy hi?' gofynnaf.

'Mae hi'n bedwar o'r gloch,' ateba. 'Ti wedi colli brecwast a chinio a ti bron â cholli amser te.'

Codaf fy hun i fyny ar fy mhenelinoedd. 'Ydy hi mor hwyr â hynny'n barod?'

Mae Daisy'n nodio. Ond mae ei llygaid yn ddisglair ac mae hi'n wên o glust i glust. Mae hi'n dringo i lawr o'i gwely ac yn cydio yn fy mraich. 'Mae'n rhaid i ti ddod 'da fi, Cara,' mynna. 'Mae'n rhaid i ti ddod i weld.'

Dwi'n codi fy nghoesau dros ymyl y gwely cynfas. Mae fy nghorff i gyd yn gwynio ac mae fy ngheg yn teimlo'n sych ac yn boenus. Gwisgaf grys-T a jîns amdanaf.

'Dere, mae rhywun yma sydd isie dy weld di,' medd Daisy. 'Fe gyrhaeddodd hi'n hwyr neithiwr.'

'Pwy?' holaf.

'Syrpréis,' medd Daisy. Mae hi wrth y drws, yn awyddus i mi ei dilyn hi. 'Mae hi wedi bod yn disgwyl amdanat ti drwy'r dydd.'

'Dwi'n dod,' meddaf. Codaf ar fy nhraed ac mae'r stafell yn troi o 'nghwmpas. Mae fy mhen mor dew a thrwm, alla i ddim meddwl.

Mae Daisy'n cydio yn fy mraich eto ac yn fy arwain i stafell wely ei mam a'i thad. Mae Wncwl Tom yn eistedd ar ymyl y gwely ac mae Anti Bev yn pwyso yn erbyn clustogau, a'i chefn yn erbyn pen y gwely.

Mae Daisy'n gwasgu fy llaw ac yn gwenu. 'Mae gen i chwaer.'

Ac yna gwelaf y babi sydd wedi'i lapio ym mreichiau Anti Bev. Mae hi mor fach. Mae ei llygaid ar gau a'i gwefusau'n gwneud siâp cusan. Mae wyneb Anti Bev yn feddal, fel petai mewn breuddwyd. Mae ei gwallt yn rhydd ac yn llifo dros ei hysgwyddau. Mae ei llaw yn gwpan am ben y babi.

Rhaid bod Mam wedi cydio yndda i fi fel hyn unwaith. 'Mae hi'n hardd,' meddaf.

Dolffin Gwyn

Mae Anti Bev yn edrych i fyny. 'Cara,' medd hi, a rhoi ei llaw yn ysgafn ar y cwilt.

Eisteddaf wrth ei hymyl a syllu ar y babi bach sydd wedi'i lapio mewn pinc.

'Dywedodd Daisy beth wnest ti ddoe,' medd Anti Bev.

Dwi'n aros iddi ddweud y drefn. Dwi'n gwybod na ddylwn i fod wedi gadael Daisy ar ei phen ei hun i ddod o hyd i Dad.

'Roeddet ti'n ddewr iawn.' Mae dagrau'n dod i'w llygaid. 'Ond, Cara, gallet ti fod wedi *marw*.'

Estynnaf i gyffwrdd â'r llaw bitw sy'n cyrlio o gwmpas ymyl y blanced.

'Merch dy fam wyt ti,' medd Wncwl Tom. 'Dyna fyddai hi wedi'i wneud.'

Edrychaf arnyn nhw a gweld rhywbeth rhwng tristwch a thosturi yn eu llygaid. Mae llaw'r babi'n cydio yn fy mys ac mae hi'n ei wasgu yn ei chwsg.

'Beth yw ei henw hi?' gofynnaf.

Mae Daisy'n eistedd wrth fy ymyl ac yn cydio yn fy llaw arall. Mae hi'n gwenu o glust i glust arnaf. 'Fi ddewisodd yr enw,' medd hi. 'Ry'n ni wedi'i galw hi'n Mo, am Moana. Ond Mo fyddwn ni'n ei galw hi.'

Teimlaf fy llygaid yn llosgi'n boeth gan ddagrau. 'Helô, Mo,' meddaf.

Chlywes i mo Dad yn dod i mewn i'r stafell, ond pan edrychaf i fyny gwelaf ei fod yn sefyll wrth y drws.

'Dere,' medd Dad. 'Gad iddyn nhw gael ychydig o amser ar eu pennau eu hunain. Mae Wncwl Tom yn mynd i'r môr yr wythnos nesaf. Rhoddodd Dougie Evans ei hen swydd 'nôl iddo, a chodiad cyflog hefyd.'

Edrychaf ar Wncwl Tom, ond mae e'n dal i edrych ar Daisy a Mo.

Mae Dad yn rhoi ei fraich drwy fy mraich i a dwi'n cerdded gydag e i lawr y grisiau ac allan i'r heulwen. Mae hi'n llawer iachach ar ôl y storm. Mae'r lliwiau'n fwy llachar, yn gliriach. Mae drws car yn cau'n glep ac mae Dougie Evans yn cerdded i fyny'r llwybr, ei wyneb wedi'i guddio y tu ôl i dusw enfawr o flodau. Mae'n stopio wrth weld Dad a mi.

'Dwi wedi dod â'r rhain,' dywed. 'I Bev a'r babi.'

'Cer lan i'w gweld nhw,' medd Dad.

Ond dydy Dougie Evans ddim yn symud. Mae'n gwasgu'r seloffan sydd am y tusw blodau â'i law.

'Sut mae Jake?' gofynna Dad.

Mae Dougie Evans yn syllu ar y llawr. 'Fe fydd e'n iawn,' ateba. 'Pwyth neu ddau ar ei wyneb, dyna i gyd. Efallai bydd y rheini'n ei atgoffa pa mor ddwl oedd e i fynd allan i'r môr fel'na.'

Ceisiaf gerdded heibio iddo, ond dydy e ddim wedi gorffen.

Mae'n troi ata i. 'Oni bai amdanat ti, byddai fy mab wedi marw.'

Dolffin Gwyn

Dwi'n troi at Dad ac yna at Dougie. 'Nid dim ond fi oedd e,' meddaf o dan fy anadl.

Mae Dougie'n gwgu. 'Dywedodd Jake rywbeth rhyfedd hefyd. Dweud mai'r dolffin gwyn achubodd e. Dywedodd e ei fod wedi'i godi e'n uchel, allan o'r dŵr.'

Gwyliaf Dougie Evans yn hel meddyliau. Mae'n troi ei ddwylo o gwmpas coesynnau'r blodau. Mae ei wyneb wedi'i dynnu'n gwlwm tyn. Mae darnau o goesyn un o'r blodau'n cwympo i'r llawr, ond dydy Dougie ddim fel petai'n sylwi.

'Roedd y gwirionedd yn syllu arna i drwy'r amser,' medd ef. 'Ond dewises i beidio â'i weld.'

Mae Dad yn rhoi ei law ar ysgwydd Dougie ac yn dweud, 'Popeth yn iawn, Doug.'

Ond mae Dougie isie bwrw ei fol. 'Mae hynny wedi gwneud i mi feddwl, hynny a'r hyn ddywedodd Miss Penluna. Os daliwn ni ati i rwygo gwely'r môr, i dynnu'r pysgod i gyd allan, fydd dim ar ôl fydd yn werth ei achub. Fydd dim ar ôl i Jake.' Mae'n gwasgu'r blodau'n dynn at ei frest. 'Dwi isie i chi wybod 'mod i wedi llofnodi'r ddeiseb i achub y bae. Ac ar ben hynny, dwi wedi llofnodi i brofi ffyrdd newydd o bysgota i atal dolffiniaid rhag boddi yn ein rhwydi ni hefyd.'

Syllaf ar Dad. Alla i ddim credu bod Dougie Evans wedi newid ei feddwl.

Mae Dad yn gwenu. 'Da iawn ti, Dougie.'

Ry'n ni'n troi i gerdded i ffwrdd, ond mae Dougie'n galw Dad yn ôl ac yn estyn ei law.

'Mae gwaith i ti ar un o fy llongau i, Jim,' dywed. 'Os wyt ti isie gwaith.'

Mae Dad yn cydio yn llaw Dougie ac yn ei hysgwyd. 'Diolch,' ateba. 'Ond mae swydd ar y gweill 'da fi'n barod.'

Dilynaf Dad ar hyd y llwybr ac allan i ffordd yr arfordir ar hyd y glannau.

'Dwi ddim isie symud oddi yma,' meddaf.

Mae Dad yn gwenu, yn rhoi ei fraich amdanaf ac yn dweud, 'Does dim rhaid i ni. Ches i ddim gwybod tan ddoe. Do'n i ddim isie dy siomi di taswn i ddim yn llwyddo.'

Dwi'n stopio ac yn ei droi i fy wynebu. 'Llwyddo 'da beth?' gofynnaf.

Mae Dad yn gwenu fel na weles e'n gwenu ers tro byd. 'Dwi wedi cael fy nerbyn ar gwrs adeiladu llongau yn yr iard longau,' ateba. 'Dwi wedi cael fy asesu a bydda i hyd yn oed yn cael help gyda'r dyslecsia. Mae'n dechrau'r mis nesa.'

Dwi'n rhoi fy mreichiau amdano a'i wasgu'n dynn. 'Dyna wych, Dad,' meddaf.

Mae Dad yn rhoi ei law drwy fy ngwallt. 'Dwi'n gwybod. Dwi'n meddwl hynny hefyd.'

Ry'n ni'n cerdded ar hyd yr heol i ben draw'r traeth a dilyn y llwybr sy'n mynd i fyny'r bryn. Edrychaf allan i'r

môr, gan obeithio gweld asgell wen. Dwi'n methu peidio
â meddwl am Angel. Dwi'n meddwl amdano o hyd nawr,
yn lle breuddwydio amdano. Mae e ar ei ben ei hun allan
yno, heb ei fam, a dwn i ddim a fydd e'n gallu goroesi ar
ei ben ei hun.

'Y ffordd yma,' medd Dad.

Dwi'n ei ddilyn ar hyd y llwybr tywodlyd sy'n rhedeg
ar hyd gwaelod caeau'r gwersyll. 'I ble ry'n ni'n mynd?'

'Alla i ddim dweud wrthot ti,' gwena. 'Syrpréis ydy e.'

Ry'n ni'n mynd heibio cae o bebyll i gae arall o
garafannau mawr. Mae'r cae ar fryn sy'n mynd i lawr at y
twyni tywod sydd y tu ôl i'r traeth. Y tu hwnt i'r twyni,
mae'r môr yn dawel, yn ariannaidd a glas. Mae'n anodd
credu ei fod yn berwi'n wyrdd ac yn wyn neithiwr.

'Dyma ni,' medd Dad.

Mae'r garafán isa yn wynebu'r môr ac mae baneri bach
yn hongian draw o'r garafán i glawdd eithin a wal gerrig
sych. Mae bwrdd wedi'i osod â phlatiau a gwydrau,
ac mae hosan wynt binc siâp dolffin yn chwyrlïo yn
yr awel. Gwelaf gysgodion yn ffenestri'r garafán.

Mae'r drws yn agor yn sydyn ac mae Felix yn dod
allan, gyda'i fam a'i dad a Miss Penluna. Mae Carl a Greg
a Sam y milfeddyg yma, a Chloe ac Ella hefyd.

Mae Dad yn rhoi ei freichiau amdana i, yn fy
nhynnu'n agos ac yn dweud, 'Croeso adre, Cara.'

'Adre?' gofynnaf gan syllu'n syn arno.

'Dydy e ddim yn fawr iawn, dwi'n gwybod, ond mae'n gartre i ni, am y tro.'

Mae ffenestri'r garafán yn wynebu'r môr. Byddaf yn gweld ac yn clywed y môr bob dydd. 'Mae'n berffaith, Dad,' meddaf, a rhoi cwtsh fawr iddo, 'mae'n wych.'

Mae Felix yn pwnio fy asennau. 'Ble buest ti?'

Gwenaf. 'Ble mae dy fedal di?'

Mae Felix yn gwgu. 'Medal?'

'Ti enillodd ras y regata – ti ddim yn cofio?'

Mae Felix yn chwerthin. 'Ie, dyna ni. Ras y regata'n gyntaf, ac yna'r Gêmau Olympaidd.'

'Dewch,' medda tad Felix, 'mae'n rhaid eich bod chi i gyd yn llwgu, ac mae digon o fwyd yn y garafán 'ma i fwydo byddin.'

Gwenaf ac edrych yn ôl allan dros y caeau ar hyd y penrhyn. Mae pelydrau'r haul ar ongl, yn euraid. Mae hi'n ddiwrnod cyntaf mis Medi ac mae naws oer yr hydref yn yr awyr. Dwi isie eiliad ar fy mhen fy hun, dim ond fi, cyn i mi ymuno â nhw.

'Dere,' galwa Chloe.

'Fydda i ddim yn hir,' meddaf.

Gadawaf nhw'n eistedd yn yr heulwen a cherdded ar hyd y llwybr drwy'r twyni. Mae bysedd fy nhraed yn mynd i mewn i'r tywod meddal, oer. Mae'r môr yn wyrddlas, a llinynnau o arian yn gwau drwyddo. Dringaf i fyny i'r twyn uchaf ac eistedd yng nghysgod y moresg, a syllu allan i'r môr.

Dolffin Gwyn

'Cara?'

Dwi'n troi. Do'n i ddim wedi clywed Dad yn fy nilyn.
Mae ffrwd o dywod yn treiglo i lawr y twyn wrth iddo
eistedd wrth fy ymyl. Tynnaf fy nghoesau i fyny a lapio fy
mreichiau amdanyn nhw.

'Rhaid i ni beidio â bod yn rhy hir,' dywed. 'Maen nhw
wedi bod yn disgwyl amdanat ti ers oesoedd, yn enwedig
Felix.'

Edrychaf ar y garafán fach wen â'r baneri, a'r bobol o
gwmpas y bwrdd. Gwelaf Felix yn gorwedd ar y gwely
haul. 'Mae ffrindiau da 'da ni, on'd oes?'

Mae Dad yn nodio. 'Petai Mam yma, byddai hi mor
falch ohonot ti.' Mae'n codi llond llaw o dywod ac yn
gadael iddo redeg drwy'i fysedd. 'Fe wnest ti lwyddo lle
methodd hi. Fe wnest ti wneud i Dougie Evans newid
ei feddwl.'

'Roedd Dougie Evans yn iawn am un peth,' meddaf.

Mae Dad yn troi ataf, a'i lygaid yn wên i gyd. 'Do'n
i byth yn meddwl y byddwn i'n dy glywed di'n
dweud hynny.'

Gwgaf a syllu tua'r gorwel. 'Weithiau mae'r gwirionedd
yn syllu ar rywun, ond ry'n ni'n dewis peidio'i weld e.'

Mae Dad yn ochneidio ac yn lapio'i freichiau amdanaf.
Mae'n cydio'n dynn yndda i.

Codaf ddarn o foresg a'i droi rhwng fy mysedd.
'Ro'n i'n arfer meddwl efallai fod Mam yn rhy bwysig i ni.
Efallai ei bod hi wedi cael ei dewis i wneud pethau

arbennig. Ro'n i'n meddwl y byddwn i'n dod o hyd iddi yn jyngl yr Amazon ryw ddiwrnod, yn achub dolffiniaid yr afon neu anifeiliaid eraill. Ro'n i hyd yn oed yn meddwl efallai ei bod hi wedi cael ei hanfon o fyd arall i achub ein planed ni.' Mae fy llygaid yn llawn dagrau er gwaetha fy ngwên. 'Ond dwi'n gwybod nawr nad ydy hynny'n wir.'

Teimlaf fraich Dad yn fy nhynnu'n nes eto.

Mae poen dwfn yn gwlwm yn fy mrest. 'Efallai na ddown ni byth i wybod beth ddigwyddodd mewn gwirionedd y noson y diflannodd hi,' meddaf. Gwasgaf fy mysedd i mewn i'r tywod. 'Ond dwi'n gwybod i Mam farw'r noson honno.'

Plygaf fy mhen ar fy mhengliniau. Mae fel petai popeth dwi wedi bod yn ei gadw'r tu mewn i mi'n diferu allan ohonof, drwy flaenau fy mysedd i mewn i'r tywod oer, oer odanon ni. 'Petai hi wedi byw, fe fyddai hi wedi dod o hyd i ffordd 'nôl. Byddai hi yma gyda ni nawr. Fe fyddai hi yma, achos uwchlaw popeth arall, roedd hi'n ein caru ni, on'd oedd hi?'

Edrychaf ar Dad a gweld bod ei wyneb yn wlyb gan ddagrau. Pwysaf arno a syllu allan i'r môr, sy'n llonydd, heb grych o gwbl. Yn wyrddlas. Mae tonnau bychain yn torri ac yn rhedeg ar hyd y glannau.

'Fe wnawn ni adeiladu cwch newydd, Cara,' medd Dad. Mae'n sychu'r dagrau o'i wyneb. 'Ti a fi, fe wnawn ni adeiladu cwch newydd i hwylio ynddo fe.'

Dolffin Gwyn

Gwasgaf law Dad a chau fy llygaid. Teimlaf yr heulwen gynnes ar fy wyneb. Mae awel y môr yn codi fy ngwallt ac yn sibrwd heibio i mi drwy'r moresg sych. Clywaf y tonnau'n torri ar hyd y traeth. Uwch fy mhen, mae gwylan yn mewian. Agoraf fy llygaid a'i gwylio'n hwylio, yn wyn fel yr eira yn erbyn yr awyr las tywyll. Mae'r lle i gyd yn teimlo'n fyw rywsut. Dwi'n teimlo'n rhan ohono, fel petai ynddai hefyd. Efallai mai dyma sut roedd Mam yn teimlo. Efallai mai dyma sut roedd hi wastad yn gwybod y byddai'r dolffiniaid yn dod yn ôl. Teimlaf hynny nawr, yn yr eiliad hon o lonyddwch dwfn y môr.

Dwi'n eu teimlo nhw'n codi drwy'r dŵr.

'Dolffiniaid,' gwaeddaf.

Rhedaf i lawr y twyn i'r traeth a chroesi llinell gregyn a gwymon y llanw uchel. Mae fy nhraed yn taro'n galed ar y tywod gwlyb, caled hyd nes fy mod rhedeg yn y tonnau bas ar ymyl y traeth. Rhedaf wrth ochr y dolffiniaid, eu cyrff llwydlas yn codi drwy'r dŵr, a'r heulwen yn disgleirio oddi ar eu cefnau gwlyb, llyfn. Mae esgyll eu cefnau'n codi ac yn symud fel bwâu uwchben y dŵr, haid gyfan o ddolffiniaid yn nofio yn y môr.

Yna dwi'n ei weld. Gwelaf Angel yn neidio o'r canol. Fflach o wyn, mae'n troi yn yr heulwen ac yn taro'r dŵr â'i gynffon, gan dasgu diferion o ewyn diemwnt dros bob man.

'Angel,' gwaeddaf.

Cerddaf allan y tu hwnt i'r tonnau sy'n torri.

'Angel!'

Mae'n neidio eto a gwyliaf e'n troi a throsi cyn plymio'n ôl i lawr i'r dŵr. Yn heulwen euraid gyda'r nos teimlaf ei fod wedi fy newis i, fel petai wedi rhoi'r cyfle i mi weld i mewn i'w fyd.

Dwi'n gwybod yn y bôn na fydd y dolffin gwyn byth ar ei ben ei hun.

Mae'r môr mawr glas yn disgwyl amdano, a dim ond dechrau ei stori ydy hwn.

Annwyl Ddarllenydd,

Wyt ti wedi bod eisiau nofio gyda dolffiniaid
gwyllt erioed? Wyt ti wedi breuddwydio am
blymio i ddŵr clir a nofio gyda nhw, gan eu
gwylio'n troi ac yn trosi o dy gwmpas di?
Wel, finnau hefyd. Pan o'n i'n ifanc, ro'n i'n
arfer breuddwydio am gael dolffin yn ffrind,
a dim ond fi fyddai'n gallu siarad ag e.
Dyna'r atgof a roddodd yr ysbrydoliaeth i mi
ysgrifennu'r Dolffin Gwyn. Mewn gwirionedd,
dechreuodd Dolffin Gwyn fel stori i ddarllenwyr
llawer iau am ferch oedd yn gallu siarad â
dolffiniaid. Ond po fwyaf ro'n i'n ymchwilio i
ddolffiniaid, mwyaf ro'n i'n sylweddoli pa mor
gymhleth a rhyfeddol ydyn nhw. Felly, doedd
dim angen rhoi'r gallu i siarad fel pobol neu
unrhyw allu hudol iddyn nhw yn fy stori.

Yn anffodus, mae dolffiniaid mewn perygl.
Ac mae mwy o lawer o anifeiliaid mewn perygl o
dan y môr. Mae cynefinoedd cyfan yn cael eu
bygwth gan orbysgota, llygredd, ac oherwydd
bod y dŵr yn troi'n asidig. Ond ar gyfer y stori
hon, ro'n i eisiau canolbwyntio ar Cara a'i
brwydr i achub y bae ger ei thref rhag bygythiad
treillio masnachol. Mae mwy a mwy o bysgota
cregyn bylchog wedi bod yn digwydd o gwmpas

arfordir Prydain dros y deugain mlynedd diwethaf. Mae'n golygu tynnu rhacanau metel enfawr dros wely'r môr, gan rwygo unrhyw beth a phopeth, a rhwydo beth bynnag sy'n byw ar wely'r môr. Mae riffiau sydd wedi datblygu dros filoedd o flynyddoedd yn gallu torri'n deilchion mewn munudau. Ar ôl i'r cribo ddigwydd, mae gwely'r môr yn diffeithwch llwyr. Mae Prosiect Lyme Bay yn Dorset wedi dangos bod gwely'r môr yn gallu adfer ei hun eto, o gael digon o amser. Ond os yw'r treillio'n dal i ddigwydd, byddwn ni'n ei golli am byth.

Mae'n codi ofn arna i i wybod bod ein moroedd bregus yn dal i gael eu dinistrio - pell o'r golwg, pell o'r meddwl. Pryd byddwn ni'n sylwi? Pan na fydd dolffiniaid yn llamu allan o'r môr? Pan na fydd pysgod ar ein platiau? Ro'n i eisiau creu stori i ddangos bod ein cymunedau pysgota'n bwysig a'i bod hi'n bosib pysgota'n gynaliadwy, ond dim ond drwy warchod cynefinoedd sy'n fregus. Ro'n i eisiau cadw fy mreuddwyd o nofio gyda dolffiniaid gwyllt ryw ddiwrnod yn dal yn fyw.

A dyna sut y datblygodd stori'r Dolffin Gwyn.

Gill Lewis

Deuddeg Ffaith Ryfeddol
am Ddolffiniaid

1. Mamaliaid yw dolffiniaid.

Fel pob mamal, mae dolffiniaid yn geni rhai bach sy'n fyw ac mae'r mamau'n eu bwydo â llaeth.

2. Mae dolffiniaid yn bwyta pysgod a môr-lewys *(squid)*.

Mae dolffiniaid yn llyncu eu bwyd yn gyfan, er bod ganddyn nhw ddannedd yn eu ceg.

3. Fel mamaliaid eraill, mae gan ddolffiniaid ysgyfaint ac mae angen iddyn nhw anadlu aer i fyw.

Maen nhw'n anadlu drwy dwll chwythu ar gorun y pen a rhaid iddyn nhw godi i'r wyneb yn aml i anadlu cyn plymio i'r dŵr eto.

4. Mae dolffiniaid yn defnyddio techneg o'r enw lleoliad adlais neu ecoleoli i ddod o hyd i'w llwybrau a'u bwyd.

Mae dolffiniaid yn anfon cliciau sy'n cael eu bwrw'n ôl gan wrthrychau eraill yn y dŵr (yn union fel adlais). Felly mae dolffin yn gallu dod o hyd i fwyd, dolffiniaid eraill, ysglyfaethwyr neu greigiau.

5. Creaduriaid cymdeithasol yw dolffiniaid.

Mae dolffiniaid yn byw mewn grŵp neu 'haid' ac yn gweithio gyda'i gilydd fel tîm i fagu eu rhai bach a dod o hyd i fwyd.

6. Mae tri deg saith rhywogaeth wahanol o ddolffiniaid.

Mae tri deg dau o rywogaethau o ddolffiniaid môr a pum rhywogaeth o ddolffiniaid afon.

7. Yr orca yw'r dolffin mwyaf; enwau arall arno yw 'morfil ffyrnig' a 'morfil danheddog'.

Mae'r orca'n cael ei alw'n forfil oherwydd ei faint, ond aelod o deulu'r dolffiniaid yw e mewn gwirionedd.

8. Y 'dolffin trwyn potel' yw'r dolffin mwyaf poblogaidd.

Dolffiniaid trwyn potel yw'r rhai sy'n cael eu gweld amlaf mewn cyfresi teledu, ffilmiau a chanolfannau bywyd môr.

9. Mae dolffiniaid yn anifeiliaid gwaed cynnes.

Mae haen drwchus o fraster o'r enw 'braster morfil', yn union o dan y croen, a honno sy'n eu helpu i gadw'n gynnes.

10. Nid cysgu mae dolffiniaid, ond pendwmpian!

Mae'n rhaid i ddolffiniaid fod yn effro i anadlu, felly dim ond hanner eu hymennydd sy'n cysgu ar unrhyw adeg.

11. Mae dolffiniaid yn cyfathrebu'n effeithiol.

Mae dolffiniaid yn gallu chwibanu mewn ffordd unigryw. Efallai fod hynny'n help i ddolffiniaid unigol adnabod ei gilydd.

12. Mae dolffiniaid mewn perygl.

Pobl yw'r bygythiad mwyaf i ddolffiniaid: llygredd amgylcheddol, dinistrio cynefinoedd, a gorbysgota yw'r prif resymau pam mae cymaint o rywogaethau dolffiniaid mewn perygl.

GWEFANNAU DEFNYDDIOL

Os ydych chi am ddod i wybod rhagor am warchod ein moroedd, edrychwch ar y gwefannau hyn:

Ymddiriedolaethau Bywyd Gwyllt Cymru:
Gogledd Cymru:
http://www.northwaleswildlifetrust.org.uk/welsh/page_home.php
De a Gorllewin Cymru: http://www.welshwildlife.org/

Cronfa Bywyd Gwyllt y Byd dros Natur (World Wildlife Fund for Nature). Gwefan Cymru: http://wales.wwf.org.uk/cy/

Blue Marine Foundation: www.bluemarinefoundation.com

Ocean Conservancy: www.oceanconservancy.org

Marine Conservation Society: www.mcsuk.org Cysylltwch â nhw os ydych chi eisiau cyfleoedd i wirfoddoli.

Finding Sanctuary: www.finding-sanctuary.org

Marine Stewardship Council: www.msc.org a www.fishandkids.org

Born Free Foundation: www.bornfree.org.uk

Whale and Dolphin Conservation Society: www.wdcs.org

British Divers Marine Life Rescue: www.bdmlr.org.uk

Save Lyme Bay Reefs (Dorset): www.savelymebayreefs.org

Eisiau Helpu?

Beth am wneud un neu ragor o'r pethau hyn?

1. Prynu pysgod cynaliadwy lle gwelwch chi logo'r Cyngor Stiwardiaeth Forol (MSC).

2. Ysgrifennu at eich Aelod Seneddol am bysgota cynaliadwy a glanhau ein moroedd.

3. Gwirfoddoli gyda'ch Ymddiriedolaeth Bywyd Gwyllt leol a helpu i lanhau eich traethau.

4. Mabwysiadau dolffin gyda'r Gymdeithas Gwarchod Morfilod a Dolffiniaid:

   www2.wdcs.org/hych/adopt/dolphin/dolphin.php

5. Codi arian i gorff sy'n helpu i roi cymorth i ddolffiniaid.

Y MANNAU GORAU I WELD DOLFFINIAID A LLAMHIDYDDION (*PORPOISES*) YNG NGHYMRU

1. Ynys Enlli ac arfordir Pen Llŷn.
2. Bae Ceredigion (yn enwedig yng nghyffiniau Cei Newydd).
3. Arfordir dwyreiniol Ynys Môn, ger Trwyn Elian.
4. Arfordir Penfro, ger Ynys Dewi.

CYDNABYDDIAETH

Fyddai'r llyfr hwn ddim wedi gweld golau dydd heb help llawer o bobol.

Hoffwn ddiolch i James Barnett o British Divers Marine Life Rescue am wybodaeth ar ddolffiniaid sy'n cyrraedd y lan (*www.bdmlr.org.uk*), Dave Murphy o Brosiect Finding Sanctuary am ei gyfoeth o brofiad fel pysgotwr a'i syniadau gwerthfawr am roi dyfodol cynaliadwy i bawb sy'n defnyddio'r môr (*www.finding-sanctuary.org*), aelodau RYA Sailability am eu hysbrydoliaeth a'u cyngor technegol (*www.ryasailability.org.uk*), Mikey Jones am ddangos i mi fod unrhyw beth yn bosib, ac Ysgol Hwylio Mylor am ddysgu triciau newydd i hen gi.

Mawr yw fy nyled i'm hasiant, Victoria Birkett, ac i Liz Cross a holl staff Gwasg Prifysgol Rhydychen am dynnu'r stori hon o'r het.

Fy niolch mwyaf fel erioed i Roger, Georgie, Bethany a Jemma.

Daeth fy ymchwil am effeithiau treillio masnachol am gregyn bylchog o Brosiect Lyme Bay a ariannwyd gan yr Ymddiriedolaethau Bywyd Gwyllt (*www.savelymebayreefs.org*). Mae eu hastudiaeth o'r riffiau oddi ar arfordir Dorset dros ugain mlynedd wedi dangos nid yn unig effaith lawn arferion pysgota dinistriol ond hefyd y gall cynefinoedd morol gael eu hadfer o gael eu gwarchod ac o gael digon o amser i wneud hynny. Amddiffyn yw'r allwedd i warchodaeth forol, oherwydd wrth i ni barhau i ysbeilio adnoddau'r moroedd, mae'r amser yn dirwyn i ben.

Treuliodd Gill Lewis lawer o'i phlentyndod yn yr ardd lle bu'n rhedeg sw bychan ac ysbyty anifeiliaid i gorynnod, llygod ac adar. Yn ddiweddarach daeth yn filfeddyg go iawn a bu'n teithio o'r Arctig i Affrica yn chwilio am anifeiliaid a lleoedd diddorol. Bu'n gweithio yng Nghernyw am nifer o flynyddoedd a threuliodd sawl awr o'i hamser sbâr yn nyfroedd oer yr Iwerydd, yn dysgu sut mae cwympo oddi ar fwrdd syrffio.

Bellach mae Gill yn ysgrifennu llyfrau i blant. Cafodd *Gwalch y Nen*, ei nofel gyntaf (*Sky Hawk* yn Saesneg), ganmoliaeth fawr ar ôl ei chyhoeddi ac mae wedi cael ei chyfieithu i ugain o ieithoedd. Bu cyhoeddwyr *Sky Hawk* mor hael â noddi gwalch y pysgod oedd wedi'i dagio â lloeren drwy Sefydliad yr Ucheldiroedd i Fywyd Gwyllt, gan wireddu breuddwyd Gill y byddai ei gwaith ysgrifennu'n gallu gwneud cyfraniad uniongyrchol i warchod bywyd gwyllt.

Mae hi'n byw ym mherfeddion Gwlad yr Haf gyda'i gŵr a'u tri phlentyn ac mae'n ysgrifennu mewn tŷ coeden yng nghwmni gwiwerod. Mae hi'n dal i fwynhau ymweld â Chernyw, ond mae'n well ganddi fynd â'r bwrdd bach i ddofi'r tonnau yn lle'r bwrdd syrffio mawr.

Mae rhywbeth yn byw yn nyfnderoedd y goedwig . . .
rhywbeth sydd heb gael ei weld ar fferm Callum
ers dros gan mlynedd.

Mae Callum a Iona'n gwneud addewid i gadw
eu canfyddiad rhyfeddol yn gyfrinach.
Ond a allan nhw ei gadw rhag niwed?

Mae'r cytundeb rhyngddynt
yn newid eu bywydau am byth.

ISBN 978-1-84967-116-3